山田社
日檢書

ここまでやる、
だから合格できる

我的貼身日檢老師!!

MP3＋QR Code
隨看隨聽

絕對合格全攻略！

新制日檢

必背
かならず
あんしょう

かならずでる
必出

文法

N5

吉松由美、田中陽子、西村惠子、千田晴夫、大山和佳子、林勝田、山田社日檢題庫小組◎合著

前言
Preface

學日語讓自己發光發熱
我的貼身日檢老師，
每個例句文法細細說明＋點出例句生字中譯

《絕對合格 全攻略！新制日檢 N5 必背必出文法》精心出版適合自學者的詳細解說版，圖解速記心法口訣，用生活對話，開啟趣味學習，一個人走到哪，學到哪，隨時隨地增進日語文法力，輕鬆通過新制日檢！

最具權威日檢金牌教師竭盡所能、濃縮密度，讓您學習效果再次翻倍！

精采內容：

★「以一帶十機能分類」歸納腦中文法，不再零亂分散，概念更紮實，學習更精熟！

★ 用生動活潑的日常會話，開啟學習，從趣味生活中學活用！

★ 我的貼身日檢老師，用〔例句文法細細說明＋點出例句生字中譯〕，讓您成為高效自學者，自學文法變簡單。

★「秒記文法心智圖」圖解考試重點，像拍照一樣，一看就記住的速記心法口訣！

★「瞬間回憶關鍵字」濃縮文法精華成膠囊，考試瞬間打開記憶寶庫。

★「5W+1H」細分使用狀況，絕對貼近日檢考試，高效學習不漏接！

★ 小試身手分類題型立驗學習成果，加深記憶軌跡！

★ 必勝全真模擬試題，直擊考點，全解全析，100% 命中考題！

百分百全面的日檢學習對策，讓您輕鬆取證，讓您制勝考場。

本書特色：

100% 分類

「以一帶十機能分類」，以功能化分類，快速建立文法體系！

　　書中將文法機能進行分類，按格助詞、疑問詞、指示詞、形容詞、動詞、授受表現、時間、斷定…等共 14 章節，幫您歸納，以一帶十，把零散的文法句型系統列出，讓學習更有效果，文法概念更為紮實，學習更為精熟。

　　每項文法都從生活中的對話開啟章節，與日常情境串聯，既富有趣味又有記憶點，擺脫枯燥學習，自然深入記憶。從對話中，更能學到一來一往的對答句型，讓您的會話能力在不知不覺中累積。

100% 應用

用生動活潑的日常會話，開啟學習，從趣味生活中學活用！

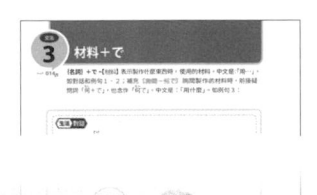

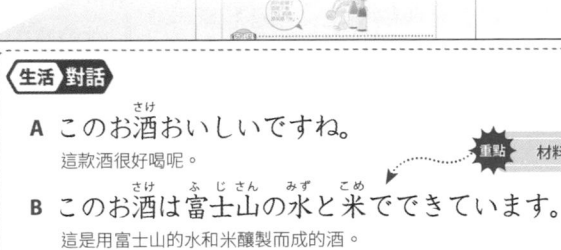

生活 對話

A このお酒おいしいですね。
這款酒很好喝呢。

重點　材料

B このお酒は富士山の水と米でできています。
這是用富士山的水和米釀製而成的酒。

100% 詳細

用〔例句文法細細說明＋點出例句生字中譯〕，讓您成為高效自學者，自學文法變簡單。

　　例句中，文法的靈活應用和單字變化經常讓初學者看得一知半解，為了讓讀者們自學也能學得輕鬆又深入，本書在例句旁精心撰寫詳盡的文法說明，分析文法在各種情況下的使用方式。同時挑出例句中的生字，在生字上方貼心標上中文字義，讓學習過程無壓力、好理解。「原來還有這種用法！」、「原來是這個意思！」讓您學習不含糊，一定看得懂。

點出生字

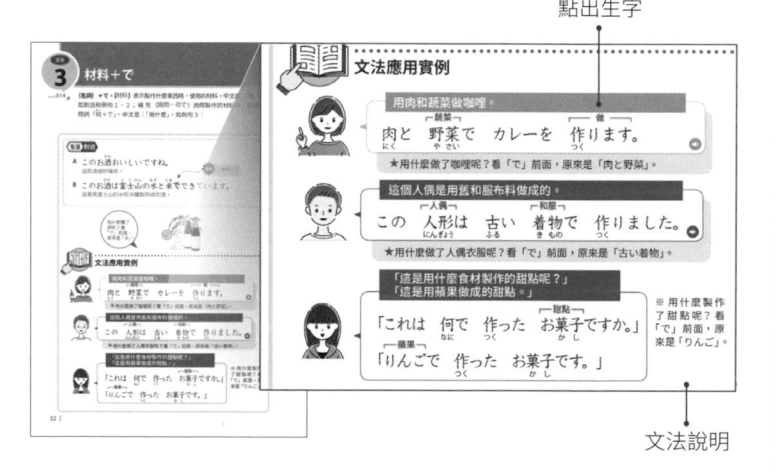

文法說明

　　本書幫您精心整理超秒記文法心智圖，透過有效歸納、整理的關鍵字及圖表，讓您學習思維在一夕間蛻變，讓您學習思考化被動為主動。

　　化繁為簡的「心智圖」中，「放射狀聯想」讓記憶圍繞在中央的關鍵字，不偏離主題；「群組化」利用關鍵字，來分層、分類，讓記憶更有邏輯；「全體檢視」可以讓您不遺漏也不偏重某項目。這樣自然能夠將文法重點，長期的停留在腦中，像拍照一樣，達到永久記憶的效果。

100% 秒記

「秒記文法心智圖」圖解文法考試重點，一看就記住的速記心法口訣！

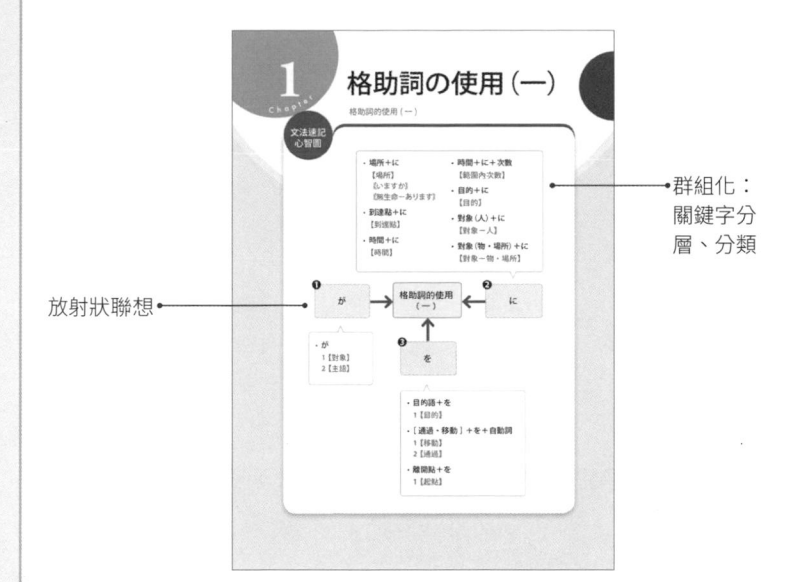

群組化：
關鍵字分
層、分類

放射狀聯想

100% 濃縮

「瞬間回憶關鍵字」
濃縮文法精華成膠囊，
考試瞬間打開記憶寶
庫！

　　文法解釋為什麼總是那麼抽象又複雜，每個字都讀得懂，但卻很難讀進腦袋裡？本書貼心在每項文法解釋前加上「關鍵字」，也就是將大量資料簡化的「重點字句」，去蕪存菁濃縮文法精華成膠囊，幫助您以最少時間就能輕鬆抓住重點，刺激聯想，進而達到長期記憶的效果！有了這項記憶法寶，絕對讓您在考試時瞬間打開記憶寶庫，高分手到擒來！

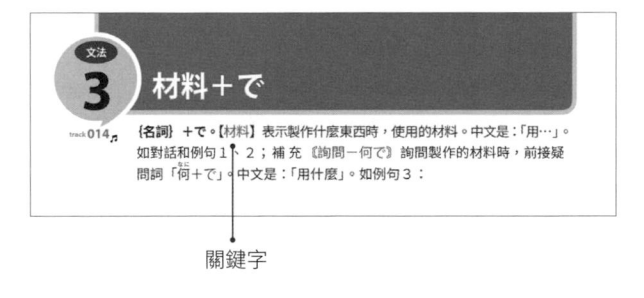

關鍵字

　　學習日語文法，要讓日文像一股活力，打入自己的體內，就要先掌握文法中的人事時地物（５Ｗ＋１Ｈ）等要素，了解每一項文法、文型，是在什麼場合、什麼時候、對誰使用、為何使用，這樣學文法就能慢慢跳脫死記死背的方式，進而變成一個真正屬於您且實用的知識！

　　因此，書中將所有符合 N5 文法程度的 5 個 Ｗ跟 1 個 Ｈ等使用狀況細分出來，並列出相對應的例句，讓您看到考題，答案立即選出！

文法 **3**	材料＋で

track 014 {名詞} ＋で。【材料】表示製作什麼東西時，使用的材料。中文是：「用…」。如對話和例句１、２；補充《詢問－何で》詢問製作的材料時，前接疑問詞「何＋で」。中文是：「用什麼」。如例句３：

細分所有　　　　　　　　相應例句
使用狀況

　　每個單元後面，皆附上文法小練習，幫助您在學習完文法概念後，「小試身手」一下！提供您豐富的實戰演練，當您身經百戰，成功自然手到擒來！

每單元最後又附上，金牌日檢教師以專業與實力精心撰寫必勝模擬試題，試題完整掌握新制日檢出題傾向，並參考國際交流基金和及財團法人日本國際教育支援協會對外公佈的，日本語能力試驗文法部分的出題標準。此外，書末還附有翻譯及直擊考點的解題分析！讓您可以即時演練、即時得知解題技巧，就像有個貼身日語教師幫您全解全析，帶您 100% 命中考題！

小試身手　　　　　　　模擬試題

錯題糾錯筆記

透析盲點，針對弱項迅速復習。

　　書中所有日文句子，都由日籍教師親自錄音，發音、語調、速度都要求符合 N5 新日檢聽力考試情境，讓您一邊學文法，一邊還能熟悉 N5 情境的發音，這樣眼耳並用，為您打下堅實基礎，全面提升日語力！

目録
contents

N5 題型分析

測驗科目 (測驗時間)			試題內容			
			題型		小題題數＊	分析
語言知識 (20分)	文字、語彙	1	漢字讀音	◇	7	測驗漢字語彙的讀音。
		2	假名漢字寫法		5	測驗平假名語彙的漢字及片假名的寫法。
		3	選擇文脈語彙	◇	6	測驗根據文脈選擇適切語彙。
		4	替換類義詞	○	3	測驗根據試題的語彙或說法，選擇類義詞或類義說法。
語言知識、讀解 (40分)	文法	1	文句的文法1 （文法形式判斷）	○	9	測驗辨別哪種文法形式符合文句內容。
		2	文句的文法2 （文句組構）	◆	4	測驗是否能夠組織文法正確且文義通順的句子。
		3	文章段落的文法	◆	4	測驗辨別該文句有無符合文脈。
	讀解＊	4	理解內容 （短文）	○	2	於讀完包含學習、生活、工作相關話題或情境等，約80字左右的撰寫平易的文章段落之後，測驗是否能夠理解其內容。
		5	理解內容 （中文）	○	2	於讀完包含以日常話題或情境為題材等，約250字左右的撰寫平易的文章段落之後，測驗是否能夠理解其內容。
		6	釐整資訊	◆	1	測驗是否能夠從介紹或通知等，約250字左右的撰寫資訊題材中，找出所需的訊息。
聽解 (30分)		1	理解問題	◇	7	於聽取完整的會話段落之後，測驗是否能夠理解其內容（於聽完解決問題所需的具體訊息之後，測驗是否能夠理解應當採取的下一個適切步驟）。
		2	理解重點	◇	6	於聽取完整的會話段落之後，測驗是否能夠理解其內容（依據剛才已聽過的提示，測驗是否能夠抓住應當聽取的重點）。
		3	適切話語	◆	5	測驗一面看圖示，一面聽取情境說明時，是否能夠選擇適切的話語。
		4	即時應答	◆	6	測驗於聽完簡短的詢問之後，是否能夠選擇適切的應答。

＊ 「小題題數」為每次測驗的約略題數，與實際測驗時的題數可能未盡相同。此外，亦有可能會變更小題題數。

＊ 有時在「讀解」科目中，同一段文章可能會有數道小題。

＊ 符號標示：「◆」舊制測驗沒有出現過的嶄新題型；「◇」沿襲舊制測驗的題型，但是更動部分形式；「○」與舊制測驗一樣的題型。

格助詞の使用（一）

格助詞的使用（一）

文法速記
心智圖

- 場所＋に
  【場所】
  〖いますか〗
  〖無生命－あります〗

- 到達點＋に
  【到達點】

- 時間＋に
  【時間】

- 時間＋に＋次數
  【範圍內次數】

- 目的＋に
  【目的】

- 對象（人）＋に
  【對象－人】

- 對象（物・場所）＋に
  【對象－物・場所】

❶ が → 格助詞的使用（一） ← **❷ に**

↑

❸ を

- が
  1【主語】
  2【對象】

- 目的語＋を
  1【目的】

- ［通過・移動］＋を＋自動詞
  1【移動】
  2【通過】

- 離開點＋を
  1【起點】

{名詞} ＋が。【主語】用於表示動作的主語，「が」前接描寫眼睛看得到的、耳朵聽得到的事情等。如對話和例句１；【對象】「が」前接對象，表示好惡、需要及想要得到的對象，還有能夠做的事情、明白瞭解的事物，以及擁有的物品。如例句２、３：

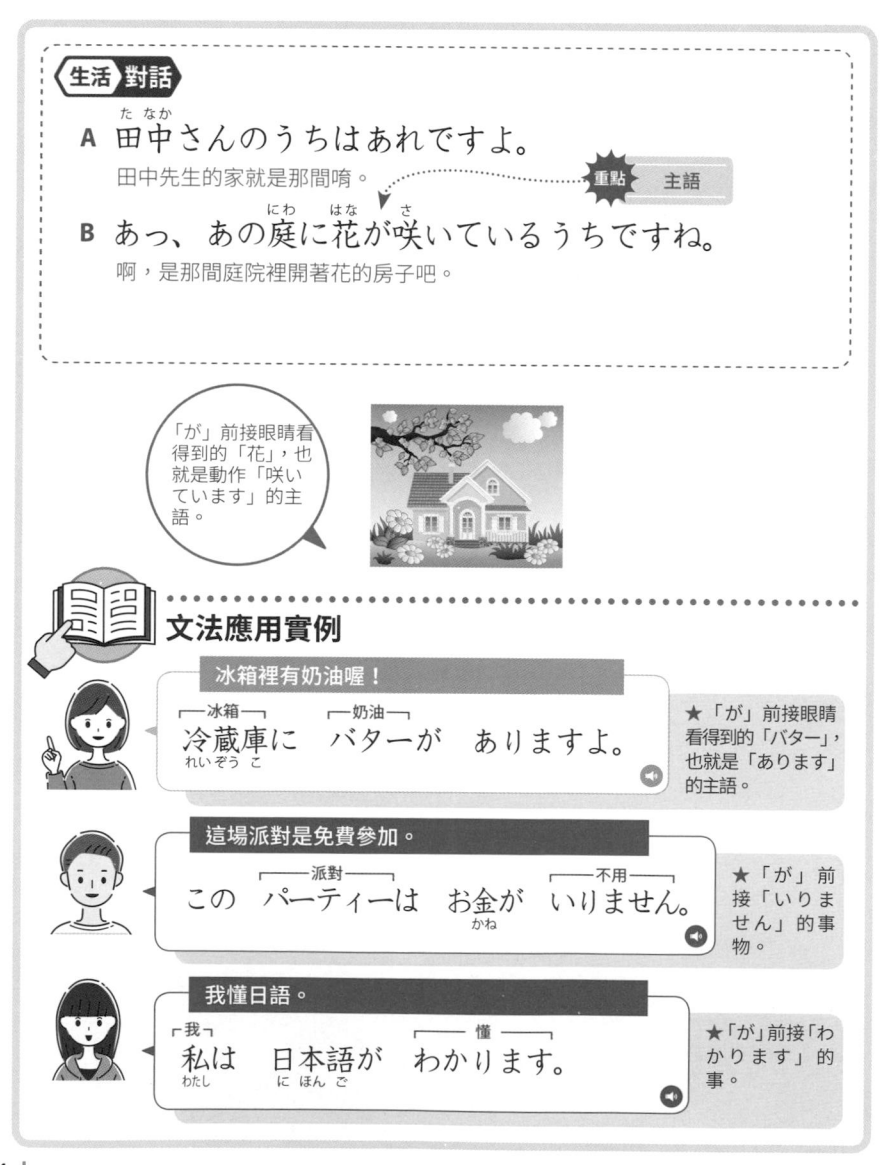

生活 對話

A 田中さんのうちはあれですよ。
田中先生的家就是那間唷。

重點　主語

B あっ、あの庭に花が咲いているうちですね。
啊，是那間庭院裡開著花的房子吧。

「が」前接眼睛看得到的「花」，也就是動作「咲いています」的主語。

文法應用實例

冰箱裡有奶油喔！

┌冰箱┐　┌奶油┐
冷蔵庫に　バターが　ありますよ。
れいぞうこ

★「が」前接眼睛看得到的「バター」，也就是「あります」的主語。

這場派對是免費參加。

　　　　┌派對┐　　　　　┌不用┐
この　パーティーは　お金が　いりません。
　　　　　　　　　　　　かね

★「が」前接「いりません」的事物。

我懂日語。

┌我┐　　　　　　┌──懂──┐
私は　日本語が　わかります。
わたし　にほんご

★「が」前接「わかります」的事。

文法 2　場所＋に

track 002

{名詞} ＋に。【場所】「に」表示存在的場所。表示存在的動詞有「います（在）、あります（有）」，「います」用在自己可以動的有生命物體的人或動物名詞。中文是：「在…、有…」。如例句1、2；補充〖いますか〗「います＋か」表示疑問，是「有嗎？」、「在嗎？」的意思。中文是：「在…嗎、有…嗎」。如對話；〖無生命－あります〗自己無法動的無生命物體名詞用「あります」，例外的是植物雖有生命，但無法動，所以也用「あります」。中文是：「有…」。如例句3：

生活對話

重點　場所

A 学校に日本人の先生がいますか。

請問學校裡有日籍教師嗎？

B ええ、一人います よ。面白くて、話が上手な方ですよ。

有，有一位，那位老師不但風趣，口才也很好唷！

「に」前接場所「学校」，有生命的「先生」要用「います」。

文法應用實例

教室裡有學生。

教室に　学生が　います。

★「に」前接場所「教室、韓国」，有生命的「学生、両親」要用「います」。

我的父母在韓國。

私の　両親は　韓国に　います。

桌上擺著相機。

机の　上に　カメラが　あります。

★「に」前接場所「机の上」，沒有生命的「カメラ」要用「あります」。

3 到達點＋に

track003♫ 【名詞】＋に。【到達點】表示動作移動的到達點。中文是：「到…、在…」。如例：

生活 對話

重點 **到達點**

A 先月、飛行機に乗って、遠い国へ行きました。
上個月搭飛機去了很遠的國家。

B いいな。家内が飛行機が嫌いなので、いつも国内旅行ですよ。
真羨慕。我太太不喜歡搭飛機，所以我們總是在國內旅遊。

「に」前接場所「飛行機」，是動作「乗ります」的到達點。

文法應用實例

抵達了東京車站。

車站 ┌──抵達──┐
東京駅に 着きました。

★「に」前接場所「東京駅」，是動作「着きます」的到達點。

請坐這裡。

┌這裡┐ ┌ 坐 ┐
ここに 座って ください。

★「に」前接場所「ここ」，是動作「座ります」的到達點。

我想上這所大學。

┌大學┐ ┌──進入──┐
この 大学に 入りたいです。

※「に」前接場所「大學」，是動作「入ります」的到達點。

時間＋に

{時間詞} ＋に。【時間】寒暑假、幾點、星期幾、幾月幾號做什麼事等。
表示動作、作用的時間就用「に」。中文是：「在…」。如例：

重點 時間

生活 對話

A 明日は日曜日ですが、9時半に友達と会うでしょう。
あした にちようび　　　　く じ はん　　ともだち　あ

明天是星期天，但你9點半就要和朋友見面吧？

B そうですね。たくさん寝たいですが、7時ぐらいに
　　　　　　　　　　　　ね　　　　　　　しち じ
起きます。
お

是啊。雖然想多睡一會兒，可是7點左右就得起床。

「7時」是「起
きます」的時間。

文法應用實例

在星期天看了電影。

┌星期天┐　　┌電影┐
日曜日に　映画を　見ました。
にちよう び　えい が　　み

★「日曜日」是「映画を見ました」的時間。

我是在3月出生的。

┌3月┐　┌──出生──┐
私は　3月に　生まれました。
わたし　さんがつ　う

★「3月」是「生まれました」的時間。

要利用午休時段去銀行。

┌午休┐　　┌銀行┐
昼休みに　銀行へ　行きます。
ひるやす　　ぎんこう　い

★「昼休み」是「銀行へ行きます」的時間。

時間＋に＋次數

{時間詞}＋に＋{數量詞}。【範圍內次數】表示某一範圍內的數量或次數，「に」前接某時間範圍，後面則為數量或次數。中文是：「…之中、…內」。如例：

生活 對話

重點 範圍內次數

A 私は一日に５杯、コーヒーを飲みますが、伊藤さん
は。

我一天喝５杯咖啡。伊藤小姐呢？

B そうですね。私はお茶を３杯ぐらいかな。

嗯……我大概一天喝３杯茶吧。

「に」前接時間詞「一日」，後接數量詞「5杯」表喝咖啡次數。

文法應用實例

每週去泳池游兩次。

┌─一週─┐　　┌─次─┐
一週間に　２回、プールに　行きます。
いっしゅうかん　にかい　　　　　い

★「に」前接時間詞「一週間」，後接數量詞「2回」表去泳池游泳次數。

每半年旅行一次。

┌半年┐　　┌次┐
半年に　１度、旅行に　行きます。
はんとし　いちど　りょこう　　い

★「に」前接時間詞「半年」，後接數量詞「1度」表旅行次數。

請每小時量一次體溫。

　　　　　　　┌體溫┐　┌─測量┐
１時間に　１回　熱を　測って　ください。
いちじかん　いっかい　ねつ　はか

★「に」前接時間詞「1時間」，後接數量詞「1回」表量體溫次數。

track006 ♫ 【動詞ます形；する動詞詞幹】＋に。【目的】表示動作、作用的目的、目標。
中文是：「去⋯、到⋯」。如例：

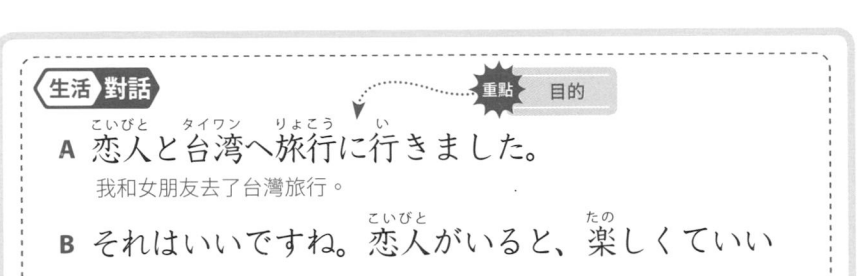

生活 對話　　　　　　　　　重點　目的

A 恋人と台湾へ旅行に行きました。
我和女朋友去了台灣旅行。

B それはいいですね。恋人がいると、楽しくていい
ですね。
不錯耶。和女朋友結伴出遊很開心吧，真令人羨慕。

「に」表示後接
動作「行きま
す」的移動目
的是「旅行」。

👆 **文法應用實例**

要去郵局買郵票。
┌郵局┐　┌郵票┐
郵便局へ　切手を　買いに　行きます。
ゆうびんきょく　きって　か　　い

★「に」表示後接動作「行きます」的移動目的是「切手を買う」。

要不要來我家玩呢？
┌我家┐　┌玩┐
うちへ　遊びに　来ませんか。
　　　あそ　　き

★「に」表示後接動作「来ます」的移動目的是「うち」。

要去上法國菜的烹飪課。
┌─法國─┐　　┌─學習─┐
フランスへ　料理の　勉強に　行きます。
りょう り　べんきょう　い

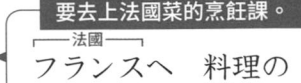

★「に」表示後接動作「行きます」的移動目的是「料理の勉強」。

對象（人）＋に

{名詞}＋に。【對象－人】表示動作、作用的對象。中文是：「給…、跟…」。如例：

生活 對話 ⟶ **重點 對象－人**

A 家族に会いたいです。コロナで国へ帰ることができ
ません。

我很想念家人，可是由於新冠肺炎疫情而無法回國。

B そうですか、それは大変ですね。

這樣哦，一定很想家吧。

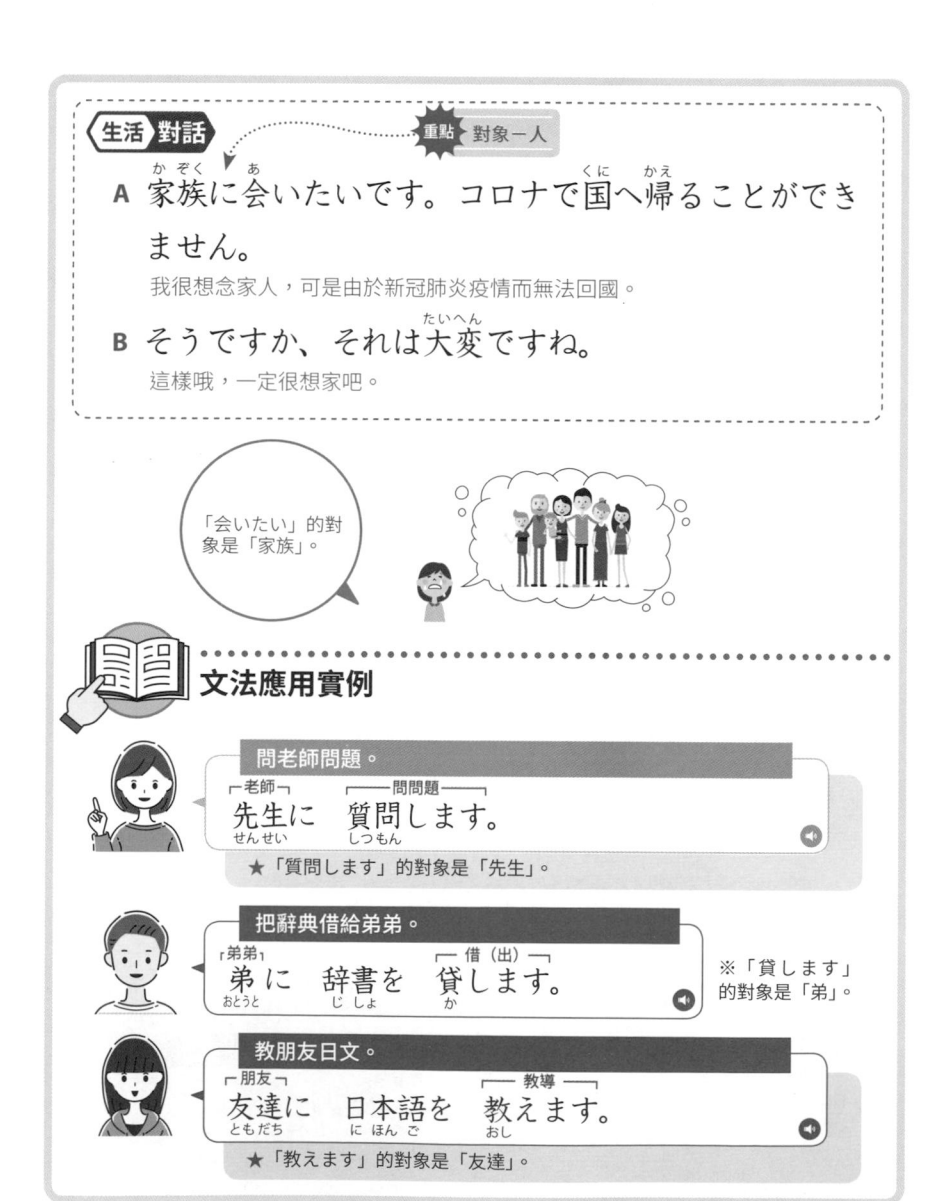

「会いたい」的對象是「家族」。

文法應用實例

問老師問題。

┌老師┐　┌問問題┐
先生に　質問します。
せんせい　しつもん

★「質問します」的對象是「先生」。

把辭典借給弟弟。

┌弟弟┐　　　┌借（出）┐
弟 に　辞書を　貸します。
おとうと　じしょ　か

※「貸します」的對象是「弟」。

教朋友日文。

┌朋友┐　　　┌教導┐
友達に　日本語を　教えます。
ともだち　にほんご　おし

★「教えます」的對象是「友達」。

文法 8　對象（物・場所）＋に

track 008

{名詞} ＋に。【對象—物・場所】「に」的前面接物品或場所，表示施加動作的對象，或是施加動作的場所、地點。中文是：「…到、對…、在…、給…」。如例：

生活 對話

重點　對象—物

A きれいな花ですね。お花に水をやるのは朝と夕方、どちらがいいでしょうか。

好漂亮的花。早上澆花和傍晚澆花，哪一種比較好呢？

B 朝の方がいいですよ。

早上澆花比較好喔。

「に」前接物品「お花」，是動作「やります」施加的對象。

文法應用實例

把茶水倒進杯子裡。

┌杯子┐　　　　　┌─倒進─┐
コップに　お茶を　入れます。
　　　　　　ちゃ　　い

★「に」前接物品「コップ」，是動作「入れます」施加的對象。

請在這裡寫上大名。

　　　┌姓名┐　　┌寫┐
ここに　名前を　書いて　ください。
　　　　なまえ　　か

★「に」前接位置「ここ」，是動作「書きます」施加的對象。

把月曆掛在牆上。

┌牆┐　┌──月曆──┐　　┌掛┐
壁に　カレンダーを　掛けます。
かべ　　　　　　　　　か

※「に」前接位置「壁」，是動作「掛けます」施加的對象。

目的語＋を

{名詞}＋を。【目的】「を」用在他動詞（人為而施加變化的動詞）的前面，表示動作的目的或對象。「を」前面的名詞，是動作所涉及的對象。如例：

生活 對話

A ただいま。
我回來了。

B おかえりなさい。
回來啦！

A 健太は。
健太呢？

重點　目的

B シャワーを浴びています。
他在沖澡。

「を」前面的「シャワー」，是他動詞「浴びます」的目的語。

文法應用實例

讀信。

┌書信┐　　┌──讀──┐
手紙を　読みます。
てがみ　　よ

★「を」前面的「手紙」，是他動詞「読みます」的目的語。

繫領帶。

┌─領帶─┐　　┌─繫─┐
ネクタイを　します。

★「を」前面的「ネクタイ」，是他動詞「します」的目的語。

喝了兩杯咖啡。

┌─咖啡─┐　┌…杯┐
コーヒーを　2杯　飲みました。
　　　　　　にはい　の

★「を」前面的「コーヒー」，是他動詞「飲みます」的目的語。

文法 10 [通過・移動]＋を＋自動詞

track 010♫

{名詞}＋を＋{自動詞}。【移動】接表示移動的自動詞，像是「歩く（走）、飛ぶ（飛）、走る（跑）」等。如對話和例句；【通過】用助詞「を」表示經過或移動的場所，而且「を」後面常接表示通過場所的自動詞，像是「渡る（越過）、曲がる（轉彎）、通る（經過）」等。如例句：

生活 對話

A あの犬とても元気がいいですね。
那隻狗狗好活潑喔！

B ええ、毎朝公園を散歩しますし、ご飯もよく食べます。
是啊，每天早上都去公園散步，胃口也很好。

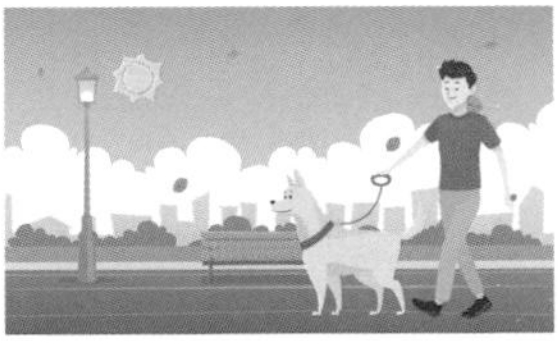

重點 移動

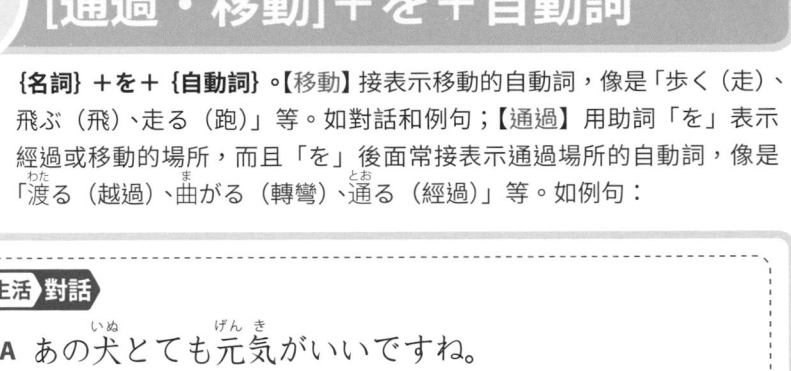

走路經過的地方用「を」表示，「散歩します」是具有移動性質的自動詞。

文法應用實例

小孩正走在路上。

子どもが 道を 歩いて います。
—小孩— 「道路」

★走路經過的地方用「を」表示，「歩きます」是具有移動性質的自動詞。

在路口向右轉。

交差点を 右に 曲がります。
「右」 「—轉彎—」

★走路經過的地方用「を」表示，「曲がります、通ります」是表示通過場所的自動詞。

去學校要經過車站前面。

駅の 前を 通って 学校へ 行きます。
「—經過—」 「學校」

離開點＋を

{名詞}＋を。【起點】動作離開的場所用「を」。例如，從家裡出來，學校畢業或從車、船及飛機等交通工具下來。如例：

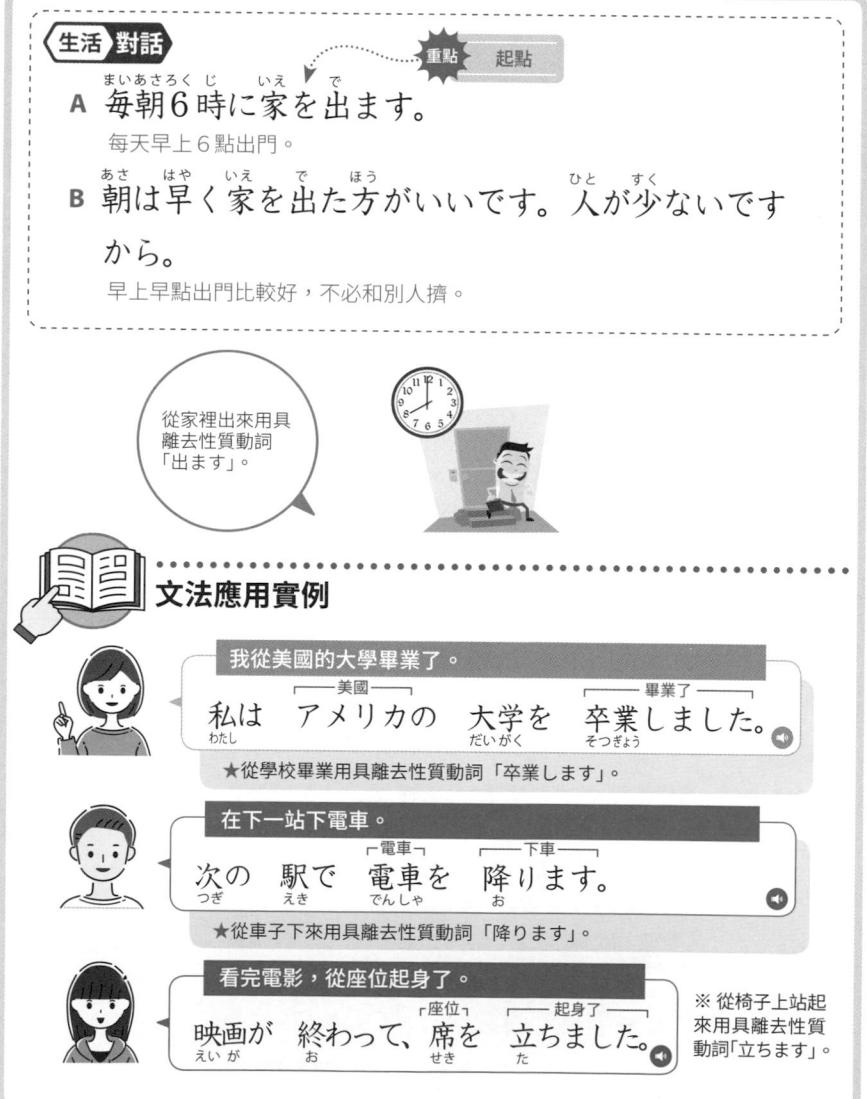

生活 對話

重點 起點

A 毎朝6時に家を出ます。
まいあさろくじ　いえ　で

每天早上6點出門。

B 朝は早く家を出た方がいいです。人が少ないです
あさ　はや　いえ　で　ほう　　　　　　ひと　すく

から。

早上早點出門比較好，不必和別人擠。

從家裡出來用具
離去性質動詞
「出ます」。

文法應用實例

我從美國的大學畢業了。

私は　アメリカの　大学を　卒業しました。
わたし　　　　　　　だいがく　そつぎょう

★從學校畢業用具離去性質動詞「卒業します」。

在下一站下電車。

次の　駅で　電車を　降ります。
つぎ　えき　でんしゃ　お

★從車子下來用具離去性質動詞「降ります」。

看完電影，從座位起身了。

映画が　終わって、席を　立ちました。
えいが　お　　　　せき　た

※ 從椅子上站起
來用具離去性質
動詞「立ちます」。

● 數字 1 到 20 的唸法

1 ～ 10		
1	いち	ひとつ
2	に	ふたつ
3	さん	みっつ
4	し／よん／よ	よっつ
5	ご	いつつ
6	ろく	むっつ
7	しち／なな	ななつ
8	はち	やっつ
9	きゅう／く	ここのつ
10	じゅう	とお
11 ～ 20		
11	じゅういち	
12	じゅうに	
13	じゅうさん	
14	じゅうし／じゅうよん	
15	じゅうご	
16	じゅうろく	
17	じゅうしち／じゅうなな	
18	じゅうはち	
19	じゅうきゅう／じゅうく	
20	にじゅう	

※ 1 ～ 10 有兩種以上的唸
法，而 11 以上的唸法則
會因使用的場合、習慣
等而有所不同。

※「0」唸「ゼロ」或「れ
い」。

● 數字 10 到 9000 的唸法

10 ～ 90		100 ～ 900		1000 ～ 9000	
10	じゅう	100	ひゃく	1000	せん
20	にじゅう	200	にひゃく	2000	にせん
30	さんじゅう	300	さんびゃく	3000	さんぜん
40	よんじゅう	400	よんひゃく	4000	よんせん
50	ごじゅう	500	ごひゃく	5000	ごせん
60	ろくじゅう	600	ろっぴゃく	6000	ろくせん
70	ななじゅう	700	ななひゃく	7000	ななせん
80	はちじゅう	800	はっぴゃく	8000	はっせん
90	きゅうじゅう	900	きゅうひゃく	9000	きゅうせん

萬以上到億的唸法

	一万	十万	百万	千万	一億
唸法	いちまん	じゅうまん	ひゃくまん	せんまん	いちおく

小試身手 文法知多少？

請完成以下題目，從選項中，選出正確答案，並完成句子。

001 兄^{あに}は バイク（　　） 好^すきです。
□　① が　　② を

002 変^{へん}な 人^{ひと}（　　）、さっきから ずっと 私^{わたし}の 方^{ほう}を 見^みて
□　います。
　　① が　　② は

003 明日^{あした}　10時^{じゅうじ}（　　） 会^あいましょう。
□　① に　　② で

004 山本^{やまもと}さんは、今^{いま}　トイレ（　　） 入^{はい}って います。
□　① を　　② に

005 休^{やす}みの 日^ひは 図書館^{としょかん}や 公園^{こうえん}など（　　） 行^いきます。
□　① で　　② へ

006 いつ 家^{いえ}（　　） 着^つきますか。
□　① に　　② を

錯 題糾錯 Note
錯題＆錯解

正解＆解析

參考資料

答案：①②①②②①

新日檢擬真模擬試題

もんだい1 （ ）に 何を 入れますか。1・2・3・4から いちばん いい ものを 一つ えらんで ください。

001 暑いので ぼうし（ ） かぶりました。
□ ① に ② で ③ を ④ が

002 A「昨日、私（ ）あなたに 言った ことを 覚えて い
□ ますか。」
　 B「はい。よく おぼえて います。」
　 ① は ② に ③ が ④ へ

003 学生が 大学の まえの 道（ ）歩いて います。
□ ① や ② を ③ が ④ に

もんだい2 ＿＿★＿に 入る ものは どれですか。1・2・3・4から いちばん いい ものを 一つ えらんで ください。

004 A「来週 ＿＿＿ ＿＿＿ ＿★＿ ＿＿＿ か。」
□ B「はい、行きたいです。」
　 ① ません ② に ③ パーティー ④ 行き

005 A「＿＿＿ ＿★＿ ＿＿＿＿＿＿ 公園は ありますか。」
□ B「はい、とても ひろい 公園が あります。」
　 ① 家の ② の ③ あなた 4 近くに

006 A「今朝は ＿＿＿ ＿★＿ ＿＿＿ ＿＿＿ か。」
□ B「7時半です。」
　 ① おき ② に ③ なんじ ④ ました

▼ 翻譯與詳解請見 P.222

格助詞の使用（二）

格助詞的使用（二）

文法速記
心智圖

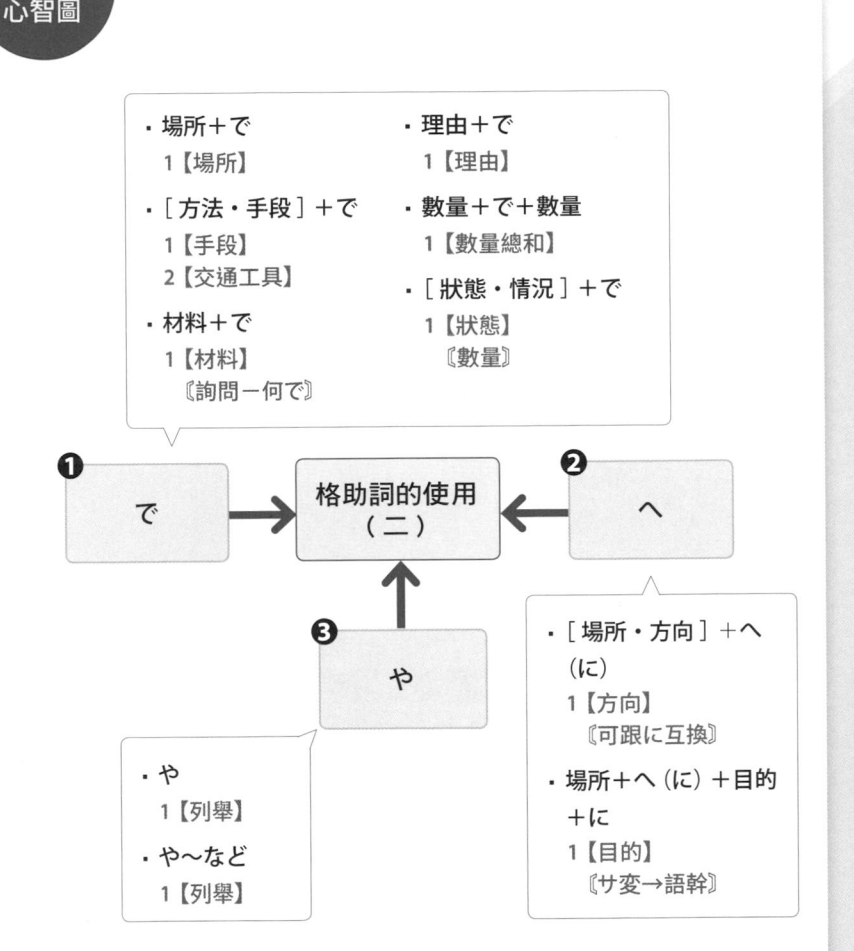

・場所＋で
　1【場所】

・［方法・手段］＋で
　1【手段】
　2【交通工具】

・材料＋で
　1【材料】
　　〖詢問－何で〗

・理由＋で
　1【理由】

・數量＋で＋數量
　1【數量總和】

・［狀態・情況］＋で
　1【狀態】
　　〖數量〗

❶ で　→　格助詞的使用（二）　←　❷ へ

❸ や

・や
　1【列舉】

・や～など
　1【列舉】

・［場所・方向］＋へ
　（に）
　1【方向】
　　〖可跟に互換〗

・場所＋へ（に）＋目的
　＋に
　1【目的】
　　〖サ変→語幹〗

場所＋で

track 012 ♪ {名詞}＋で。【場所】動作進行或發生的場所，是有意識地在某處做某事。「で」的前項為後項動作進行的場所。不同於「を」表示動作所經過的場所，「で」表示所有的動作都在那一場所進行。中文是：「在…」。如例：

生活 對話

A 休みの日は何をしますか。

假日都做些什麼呢？

重點　場所

B 私は海で泳ぐのが好きです。

我喜歡在大海裡游泳。

「で」前接「海」，表示「泳ぎます」進行的地方。

文法應用實例

在咖啡廳工作。

―咖啡廳―　　―工作―
喫茶店で　働いて　います。
きっさてん　はたら

★「で」前接「喫茶店」，表示「働きます」進行的地方。

在北海道滑了雪。

―北海道―　　―滑雪―
北海道で　スキーを　しました。
ほっかいどう

★「で」前接「北海道」，表示「スキーをする」進行的地方。

在這裡稍微休息一下吧。

　　　　　―稍微―　　―休息一下吧―
ここで　ちょっと　休みましょう。
　　　　　　　　　　　　　　　やす

★「で」前接「ここ」，表示「休みます」進行的地方。

文法 2

track013 ♪

[方法・手段]＋で

{名詞} ＋で。【手段】表示動作的方法、手段，也就是利用某種工具去做某事。中文是：「用…」。如對話和例句；【交通工具】表示使用的交通運輸工具。中文是：「乘坐…」。如例句：

生活 對話

A 今から何かしますか。
現在要做什麼呢？

> **重點　手段**

B スマートフォンで動画を見ます。
用智慧型手機看影片。

> 用的是什麼工具看影片呢？看「で」前面，原來是「スマートフォン」。

文法應用實例

用原子筆寫名字。

┌──原子筆──┐　　┌─名字─┐
ボールペンで　名前を　書きます。
　　　　　　　なまえ　か

★用的是什麼物品寫呢？看「で」前面，原來是「ボールペン」。

騎腳踏車去圖書館。

┌─腳踏車─┐　┌─圖書館─┐
自転車で　図書館へ　行きます。
じてんしゃ　としょかん　い

★用的是什麼交通工具呢？看「で」前面，原來是「自転車」。

請搭電梯到5樓。

┌────電梯────┐　┌樓┐　┌──上到──┐
エレベーターで　5階に　上がって　ください。
　　　　　　　　ごかい　あ

★用的是什麼方式上樓呢？看「で」前面，原來是「エレベーター」。

Chapter2

格助詞的使用(二)

| 31

材料＋で

track 014♫

{名詞}＋で。【材料】表示製作什麼東西時，使用的材料。中文是:「用…」。如對話和例句１、２；補充〔詢問－何で〕詢問製作的材料時，前接疑問詞「何（なに）＋で」，也念作「何（なん）で」。中文是:「用什麼」。如例句３:

生活 對話

A このお酒（さけ）おいしいですね。

這款酒很好喝呢。

重點　材料

B このお酒（さけ）は富士山（ふじさん）の水（みず）と米（こめ）でできています。

這是用富士山的水和米釀製而成的酒。

用什麼釀了酒呢？看「で」前面，原來是「米」。

文法應用實例

用肉和蔬菜做咖哩。

　　　　┌蔬菜┐　　┌咖哩┐　　┌─做─┐
肉（にく）と　野菜（やさい）で　カレーを　作（つく）ります。

★用什麼做了咖哩呢？看「で」前面，原來是「肉と野菜」。

這個人偶是用舊和服布料做成的。

　　　┌─人偶─┐　┌舊┐　┌─和服─┐
この　人形（にんぎょう）は　古（ふる）い　着物（きもの）で　作（つく）りました。

★用什麼做了人偶衣服呢？看「で」前面，原來是「古い着物」。

「這是用什麼食材製作的甜點呢？」
「這是用蘋果做成的甜點。」

　　　　　　┌製作┐　┌甜點┐
「これは　何（なん）で　作（つく）った　お菓子（かし）ですか。」

┌蘋果┐
「りんごで　作（つく）った　お菓子（かし）です。」

※ 用什麼製作了甜點呢？看「で」前面，原來是「りんご」。

理由＋で

track **015**♫　{名詞} ＋で。【理由】「で」的前項為後項結果的原因、理由，是一種造成某結果的客觀、直接原因。中文是：「因為…」。如例：

〈生活〉〈對話〉　　　　重點　理由

A 風邪^{かぜ}で学校^{がっこう}を休^{やす}みました。喉^{のど}が痛^{いた}いです。

由於感冒而向學校請假了。喉嚨好痛。

B それは大変^{たいへん}ですね。早^{はや}く病院^{びょういん}に行^いったほうがいいですよ。

那可不妙，盡快去醫院比較好喔。

為什麼請假呢？看「で」前面，原來是「風邪」。

文法應用實例

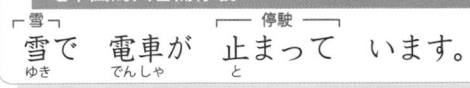

電車因為大雪而停駛。

┌雪┐　　　　　　┌── 停駛 ──┐
雪^{ゆき}で　電車^{でんしゃ}が　止^とまって　います。

★電車為什麼停駛呢？看「で」前面，原來是「雪」。

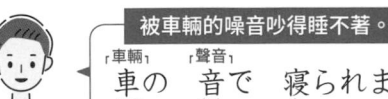

被車輛的噪音吵得睡不著。

┌車輛┐┌聲音┐
車^{くるま}の　音^{おと}で　寝^ねられません。

※ 為什麼睡不著呢？看「で」前面，原來是「車の音」。

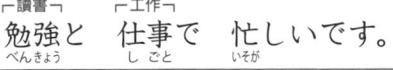

既要讀書又要工作，忙得不可開交。

┌讀書┐　┌工作┐
勉強^{べんきょう}と　仕事^{しごと}で　忙^{いそが}しいです。

★為什麼忙得不可開交呢？看「で」前面，原來是「勉強と仕事」。

數量＋で＋數量

{數量詞}＋で＋{數量詞}。【數量總和】「で」的前後可接數量、金額、時間單位等表示數量的合計、總計或總和。中文是：「共…」。如例：

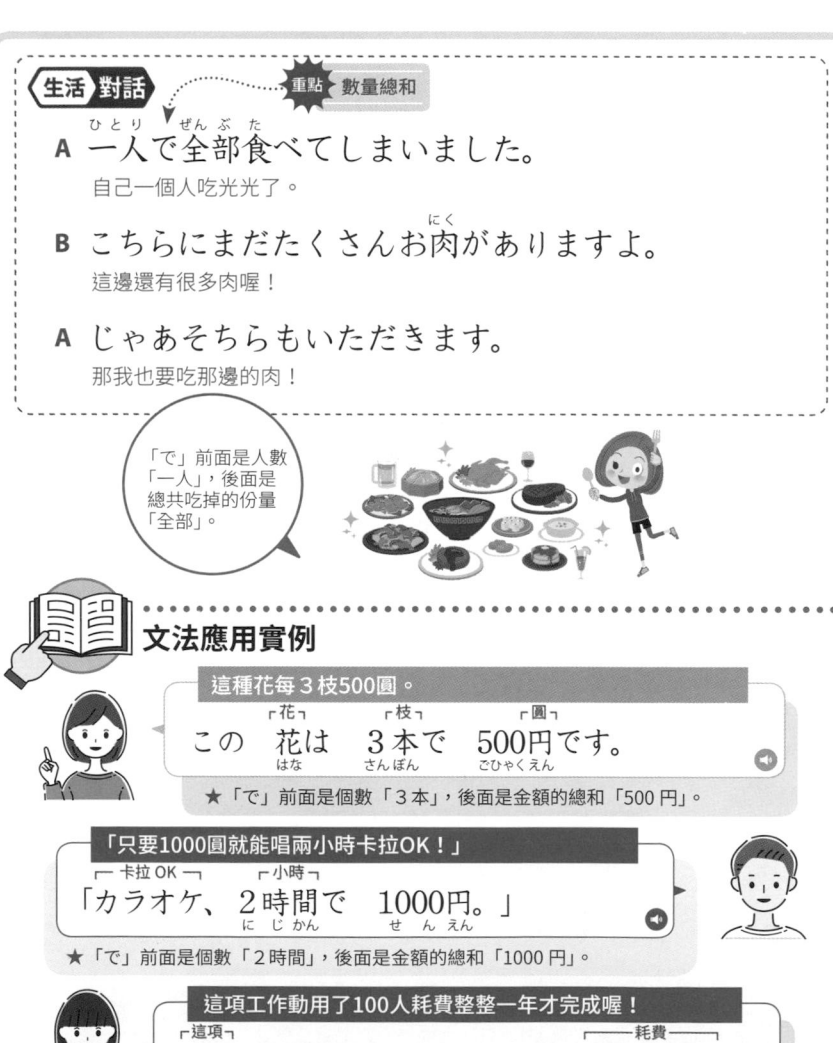

生活 對話 ······ **重點** 數量總和

A 一人で全部食べてしまいました。
ひとり　ぜんぶ　た
自己一個人吃光光了。

B こちらにまだたくさんお肉がありますよ。
にく
這邊還有很多肉喔！

A じゃあそちらもいただきます。
那我也要吃那邊的肉！

「で」前面是人數「一人」，後面是總共吃掉的份量「全部」。

文法應用實例

這種花每 3 枝500圓。

┌花┐　　┌枝┐　　　┌圓┐
この　花は　3本で　500円です。
　　　はな　さんぼん　ごひゃくえん

★「で」前面是個數「3本」，後面是金額的總和「500円」。

「只要1000圓就能唱兩小時卡拉OK！」

┌ 卡拉 OK ┐　┌ 小時 ┐
「カラオケ、2時間で　1000円。」
　　　　　　にじかん　　せんえん

★「で」前面是個數「2時間」，後面是金額的總和「1000円」。

這項工作動用了100人耗費整整一年才完成喔！

┌這項┐　　　　　　　　　　┌耗費┐
この　仕事は　100人で　1年　かかりますよ。
　　　しごと　ひゃくにん　いちねん

★「で」前面是人數「100人」，後面是所需的時間「1年」。

[狀態・情況]＋で

{名詞}＋で。【狀態】表示動作主體在某種狀態、情況下做後項的事情。中文是：「在…、以…」。如對話和例句1；補充〔數量〕也表示動作、行為主體在多少數量的狀態下。如例句2、3：

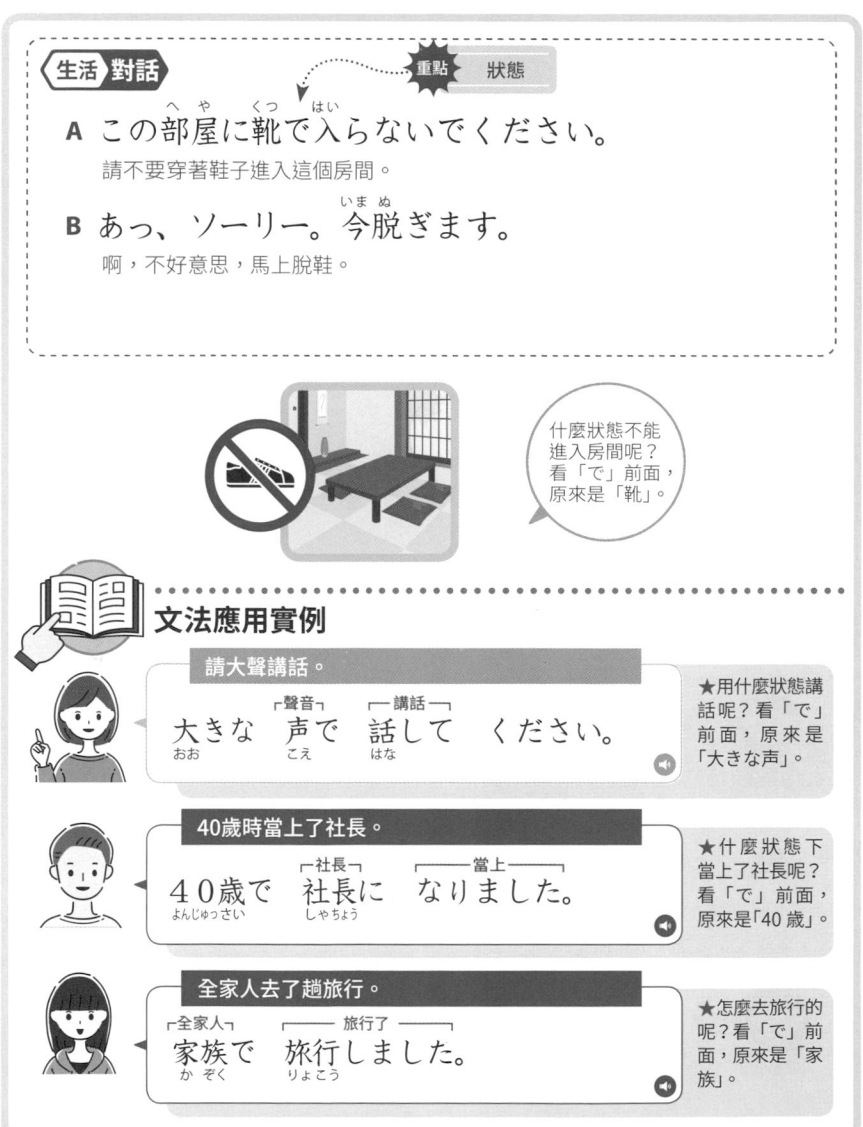

〈生活〉對話　　　　　　　　重點　狀態

A この部屋に靴で入らないでください。
　　へ や　　くつ　はい
請不要穿著鞋子進入這個房間。

B あっ、ソーリー。今脱ぎます。
　　　　　　　　　いま ぬ
啊，不好意思，馬上脫鞋。

什麼狀態不能進入房間呢？看「で」前面，原來是「靴」。

文法應用實例

請大聲講話。
　　┌聲音┐　┌講話┐
大きな　声で　話して　ください。
おお　　こえ　はな

★用什麼狀態講話呢？看「で」前面，原來是「大きな声」。

40歲時當上了社長。
　　　　┌社長┐　　┌當上┐
４０歳で　社長に　なりました。
よんじゅっさい しゃちょう

★什麼狀態下當上了社長呢？看「で」前面，原來是「40歲」。

全家人去了趟旅行。
┌全家人┐　　┌─旅行了─┐
家族で　旅行しました。
か ぞく　　りょこう

★怎麼去旅行的呢？看「で」前面，原來是「家族」。

7 [場所・方向]＋へ（に）

track018

{名詞}＋へ（に）。【方向】前接跟地方、方位等有關的名詞，表示動作、行為的方向，也指行為的目的地。中文是：「往…、去…」。如對話和例句1；補充〔可跟に互換〕可跟「に」互換。如例句2、3：

生活 對話

重點 方向

伊藤（いとう） 先月（せんげつ）、大阪（おおさか）へ行（い）きました。
上個月去了大阪。

山下（やました） 伊藤（いとう）さん、おおきにとかすんまへんとか、ちょっと大阪弁（おおさかべん）になってますよ。
伊藤小姐，您說的「多謝」和「對不住」帶著大阪腔呢。

「行きます」的目的地是？看「へ」前面，原來是「大阪」。

OSAKA

文法應用實例

在路口向左轉。

┌ 路口 ┐ ┌ 左 ┐
交差点（こうさてん）を　左（ひだり）へ　曲（ま）がります。

★「曲がります」的方向是？看「へ」前面，原來是「左」。

在上個月來到了日本。

┌上個月┐ ┌──來到了──┐
先月（せんげつ）、日本（にほん）に　来（き）ました。

※「来ます」的目的地是？看「に」前面，原來是「日本」。

將於暑假時回國。

┌國家┐ ┌──回去──┐
夏休（なつやす）みは、国（くに）に　帰（かえ）ります。

★「帰ります」的目的地是？看「に」前面，原來是「国」。

文法 8　場所＋へ（に）＋目的＋に

track 019 ♫

{名詞}＋へ（に）＋{動詞ます形；する動詞詞幹}＋に。【目的】表示移動的場所用助詞「へ」（に），表示移動的目的用助詞「に」。「に」的前面要用動詞ます形。中文是：「到…（做某事）」。如對話和例句 1、2；補充〖サ変→語幹〗遇到サ行變格動詞（如：散歩します），除了用動詞ます形，也常把「します」拿掉，只用語幹。如例句 3：

生活 對話　　重點　目的

A 京都へ桜を見に行きませんか。
要不要去京都賞櫻呢？

B いいですね。清水寺や嵐山なども見たいですね。
好啊，還想順道遊覽清水寺和嵐山喔。

「へ」前是場所「京都」，目的呢？「に」前是「桜を見る」啦！

文法應用實例

去了3C賣場買電腦。

電気屋さんへ　パソコンを　買いに　行きました。
（3C賣場｜電腦）

★「へ」前是場所「電気屋さん」，目的呢？「に」前是「パソコンを買う」啦！

下次請來我家玩。

今度、うちへ　遊びに　来て　ください。
（下次｜我家）

★「へ」前是場所「うち」，目的呢？「に」前是「遊び」啦！

要去美國學習繪畫。

アメリカへ　絵の　勉強に　行きます。
（繪畫｜去）

★「へ」前是場所「アメリカ」，目的呢？「に」前是「絵の勉強」啦！

や

{名詞} ＋や＋ {名詞}。【列舉】表示在幾個事物中，列舉出 2、3 個來做為代表，其他的事物就被省略下來，沒有全部說完。中文是：「…和…」。如例：

生活 對話

A すみません、電車の中に財布を忘れました。
不好意思，我把錢包忘在電車上了。

B 中に何が入っていますか？
裡面有哪些東西呢？

重點 列舉

A 財布にはお金やカードが入っています。
錢包裡有錢和信用卡。

裝著「錢」跟「信用卡」，還有…。說不完的就用「や」舉出幾個就好了。

文法應用實例

桌上有鉛筆和筆記本。

┌鉛筆┐　　┌筆記本┐
机の　上に　鉛筆や　ノートが　あ
つくえ　うえ　えんぴつ
ります。

★有「鉛筆、筆記本」，還有…。說不完的就用「や」舉出幾個就好了。

在百貨公司買了領帶和公事包。

┌百貨公司┐　　┌領帶┐
デパートで　ネクタイや　鞄を　買
かばん　か
いました。

★買了「ネクタイ」跟「鞄」，還有一些沒提到的。

要到圖書館借閱書籍或雜誌。

┌圖書館┐　　　┌雜誌┐
図書館で　本や　雑誌を　借ります。
としょかん　ほん　ざっし　か

★要借閱「本」跟「雑誌」，還有其他沒提到的。

10 や～など

track 021 ♪

{名詞}＋や＋{名詞}＋など。【列舉】這也是表示舉出幾項，但是沒有全部說完。這些沒有全部說完的部分用副助詞「など」（等等）來加以強調。「など」常跟「や」前後呼應使用。這裡雖然多加了「など」，但意思跟「や」基本上是一樣的。中文是：「和…等」。如例：

生活對話 ··· **重點** 列舉

A 私はりんごやみかんなどの果物が好きです。ももさんは。

我喜歡蘋果和橘子之類的水果。小桃呢？

B なんでも好きですよ。でも一番好きなのはももです。

我什麼都喜歡，不過最喜歡的是桃子。

看「や」跟「など」前的「りんご、みかん」，知道還有其他水果。

文法應用實例

車站前開著麵包坊、書店以及鞋鋪等等商店。

駅前には パン屋や 本屋、靴屋などが あります。
　　　　 └麵包坊┘　　　 └鞋鋪┘

★看「や」跟「など」前的「パン屋、本屋、靴屋」，知道還有其他商店。

運動完，喝茶或果汁之類的飲料吧！

スポーツの 後は、お茶や ジュースなどを 飲みましょう。
└運動┘　　　　　　　　 └果汁┘

★看「や」跟「など」前的「お茶、ジュース」，知道還有其他飲料。

請在這裡寫上大名、住址和電話號碼等資料。

ここに 名前や 住所、電話番号などを 書きます。
　　　　　　 └住址┘ └電話號碼┘

※看「や」跟「など」前的「名前、住所、電話番号」，知道還有其他必填資料。

小試身手 文法知多少？

請完成以下題目，從選項中，選出正確答案，並完成句子。

001 手紙（ 　 ）小包を　送りました。（指寄了信和包裹這兩件時）
□ ① も 　 ② や

002 駅から　学校まで　バス（ 　 ）行きます。
□ ① で 　 ② に

003 学校（ 　 ）家へ　帰ります。
□ ① を 　 ② から

004 地震（ 　 ）電車が　止まりました。
□ ① で 　 ② て

005 昨日は　デパートへ　買い物（ 　 ）行きました。
□ ① を 　 ② に

006 私の　兄は　来月から　郵便局（ 　 ）働きます。
□ ① で 　 ② へ

錯 題糾錯 Note
錯題＆錯解

正解＆解析

參考資料

新日檢擬真模擬試題

もんだい1 （　　　）に 何を 入れますか。1・2・3・4から いちばん いい ものを 一つ えらんで ください。

001　門の 前（　　　）可愛い 犬を 見ました。
□　①は　②が　③へ　④で

002　駅の 前の 道を 東（　　　）歩いて ください。
□　①を　②が　③か　④へ

003　A「ゆうびんきょくは どこですか。」
□　B「この かどを 左（　　　）まがった ところです。」
　　①に　②は　③を　④から

004　母と デパート（　　　）買い物を します。
□　①で　②に　③を　④は

005　弟は 今日 かぜ（　　　）ねて います。
□　①を　②ので　③で　④へ

Chapter2

格助詞的使用（二）

もんだい2　＿＿★＿＿に 入る ものは どれですか。1・2・3・4から いちばん いい ものを 一つ えらんで ください。

006　A「お兄さんは おげんきですか。」
□　B「はい、とても ＿＿＿＿ ＿＿＿＿ ＿★＿ ＿＿＿＿ 行って います。」
　　①げんき　②大学　③で　④に

▼ 翻譯與詳解請見 P.224

模擬試題 **錯題糾錯＋解題攻略筆記！**

錯題＆錯解

正解＆解析

參考資料

格助詞の使用（三）

格助詞的使用（三）

文法速記
心智圖

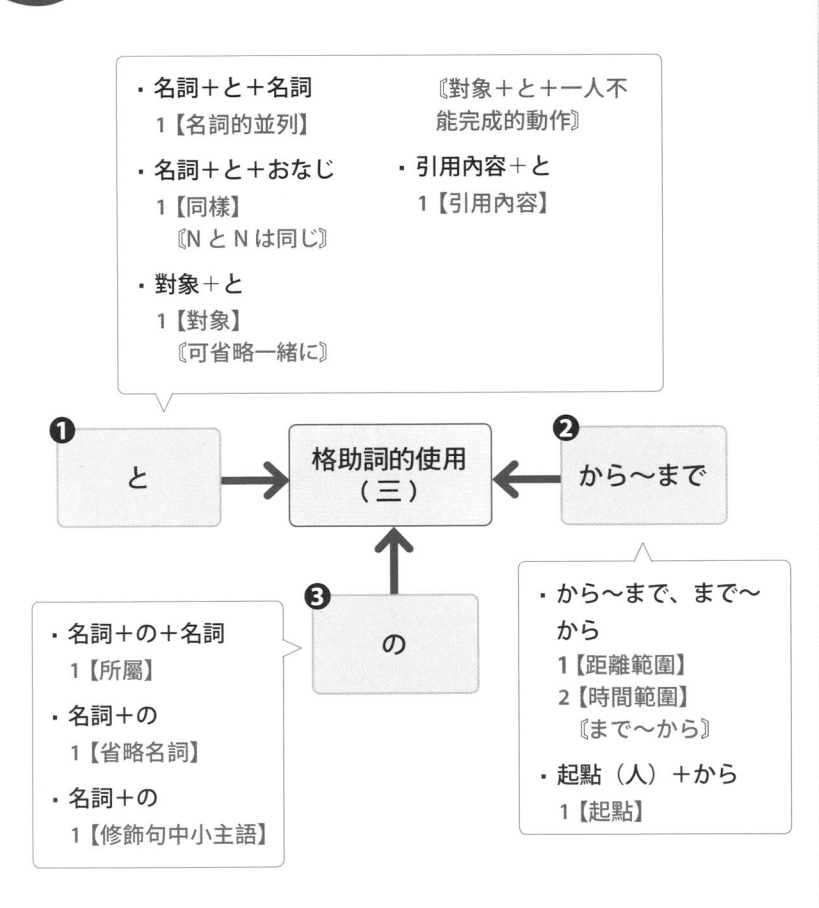

・名詞＋と＋名詞
　1【名詞的並列】

・名詞＋と＋おなじ
　1【同樣】
　　〚ＮとＮは同じ〛

・對象＋と
　1【對象】
　　〚可省略一緒に〛

〚對象＋と＋一人不
　能完成的動作〛

・引用內容＋と
　1【引用內容】

❶
と

格助詞的使用
（三）

❷
から～まで

❸
の

・名詞＋の＋名詞
　1【所屬】

・名詞＋の
　1【省略名詞】

・名詞＋の
　1【修飾句中小主語】

・から～まで、まで～
　から
　1【距離範圍】
　2【時間範圍】
　　〚まで～から〛

・起點（人）＋から
　1【起點】

名詞＋と＋名詞

{名詞}＋と＋{名詞}。【名詞的並列】表示幾個事物的並列。想要敘述的主要東西，全部都明確地列舉出來。「と」大多與名詞相接。中文是:「…和…、…與…」。如例:

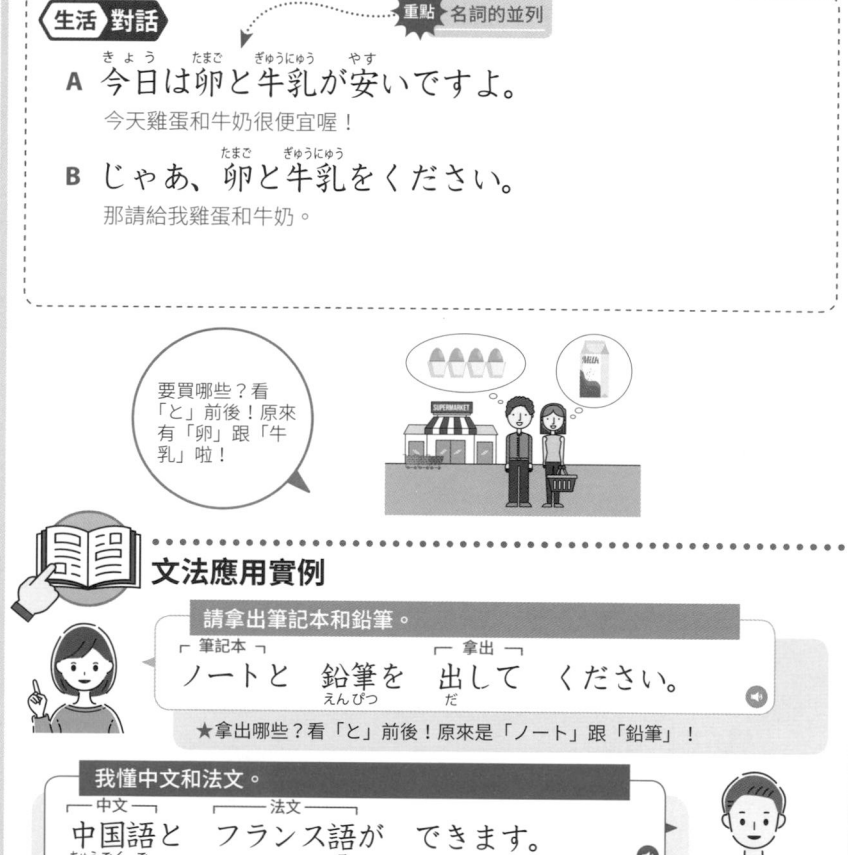

生活 對話　　　　　　　　　　　重點 名詞的並列

A 今日は卵と牛乳が安いですよ。
きょう　たまご　ぎゅうにゅう　やす

　　今天雞蛋和牛奶很便宜喔！

B じゃあ、卵と牛乳をください。
　　　　たまご　ぎゅうにゅう

　　那請給我雞蛋和牛奶。

要買哪些？看「と」前後！原來有「卵」跟「牛乳」啦！

文法應用實例

請拿出筆記本和鉛筆。

┌ 筆記本 ┐　　　　┌ 拿出 ┐
ノートと　鉛筆を　出して　ください。
　　　　　えんぴつ　だ

★拿出哪些？看「と」前後！原來是「ノート」跟「鉛筆」！

我懂中文和法文。

┌ 中文 ┐　┌─ 法文 ─┐
中国語と　フランス語が　できます。
ちゅうごくご　　　　ご

★懂哪些？看「と」前後！原來是「中国語」跟「フランス語」！

搭電車和巴士去大學上課。

　　　　┌ 巴士 ┐
電車と　バスで　大学へ　行きます。
でんしゃ　　　　だいがく　い

★用哪些交通工具？看「と」前後！原來是「電車」跟「バス」！

文法 2 名詞＋と＋おなじ

track 023 ♫

{名詞}＋と＋おなじ。【同樣】表示後項和前項是同樣的人事物。中文是：「和…一樣的、和…相同的」。如例句1、2；補充〔ＮとＮは同じ〕也可以用「名詞＋と＋名詞＋は＋同じ」的形式。中文是：「…和…相同」。如對話和例句3：

生活 對話

重點 同樣

A 「なぜ」と「どうして」は同じ意味ですか。
「為何」與「為什麼」是相同的語意嗎？

B 「なぜ」は理性的、「どうして」は感情的な言い方ですよ。
在用法上，「為何」較為理性，而「為什麼」則是傾向感性。

A そうですか。ありがとうございます。
原來如此，謝謝。

なぜ？ v.s. どうして？

> 什麼的語意相同？看「と」的前後，原來是「なぜ」和「どうして」！

文法應用實例

我想吃和那個人相同的東西。

あの 人と 同じものが 食べたいです。
（相同的）（想吃）

★和什麼一樣呢？看「と」的前面，原來是「あの人」！

這座城鎮和20年前一樣。

この 町は 20年前 と同じです。
（城鎮）（前）

※和什麼一樣呢？看「と」的前面，原來是「20年前」！

我跟美和同學就讀同一所中學。

私と 美和さんは 同じ 中学です。
（我）（中學）

★誰就讀一樣的中學？看「と」的前後，原來是「私」和「美和さん」！

Chapter3 格助詞的使用（三）

文法 3　對象＋と

track024

{名詞}＋と。【對象】「と」前接一起去做某事的對象時，常跟「一緒に」一同使用。中文是：「跟…一起」。如對話和例句１；補充〖可省略一緒に〗「一緒に」也可省略。中文是：「跟…（一起）」。如例句２；補充〖對象＋と＋一人不能完成的動作〗「と」前接表示互相進行某動作的對象，後面要接一個人不能完成的動作，如結婚、吵架，或偶然在哪裡碰面等等。中文是：「跟…」。如例句３：

生活 對話　　　　　　　　　　　　　重點　對象

A 妹と一緒に学校へ行きます。

我和妹妹一起上學。

B 妹さんはいつも元気いっぱいで楽しいでしょうね。

你妹妹看起來總是活力充沛，無憂無慮的，一定很歡樂吧。

「と」前接一起「学校へ行きます」的人「妹」。

 **文法應用實例**

和小狗一起拍了照片。

┌小狗┐　　　　　　┌照片┐
犬と　いっしょに　写真を　撮りました。

★「と」前接一起「写真を撮りました」的對象「犬」。

要和朋友到圖書館用功。

┌朋友┐　　　　　　┌用功┐
友達と　図書館で　勉強します。

★「と」前接一起「勉強します」的人「友達」。

在大學遇到了李小姐。

┌大學┐　　　　┌遇到了┐
大学で　李さんと　会いました。

★「と」前接「会いました」的人「李さん」。

4 引用內容＋と

track 025

{句子}＋と。【引用內容】用於直接引用。「と」接在某人說的話，或寫的事物後面，表示說了什麼、寫了什麼。中文是：「說…、寫著…」。如例：

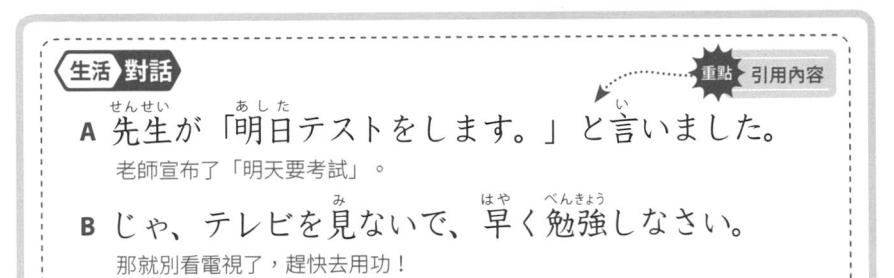

生活 對話　　　　　　　　　　　　　　**重點 引用內容**

A 先生が「明日テストをします。」と言いました。
　老師宣布了「明天要考試」。

B じゃ、テレビを見ないで、早く勉強しなさい。
　那就別看電視了，趕快去用功！

「と」接在「先生」說話的後面，表示「先生」說了「明日テストをします」。

文法應用實例

早上要說「早安」。

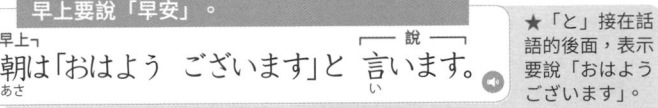

朝は「おはよう ございます」と 言います。

★「と」接在話語的後面，表示要說「おはようございます」。

女孩「啊！」地大聲尖叫起來。

女の子は「キャー」と 大きな
声を 出しました。

★「と」接在「女の子」尖叫聲的後面，表示「女の子」發出了尖叫聲。

打了電話報告老師「今天要請假」。

先生に「今日 休みます」と
電話しました。

★「に」前接打電話的對象「先生」，「と」接在話語後面，表示向「先生」說了「今日休みます」。

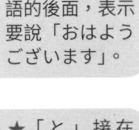

から～まで、まで～から

{名詞}＋から＋{名詞}＋まで、{名詞}＋まで＋{名詞}＋から。【距離範圍】表示移動的範圍,「から」前面的名詞是起點,「まで」前面的名詞是終點。中文是:「從…到…」。如例句1;【時間範圍】表示時間的範圍,「から」前面的名詞是開始的時間,「まで」前面的名詞是結束的時間。中文是:「從…到…」。如例句3;補充〔まで～から〕表示距離、時間的範圍,也可用「まで～から」。中文是:「到…從…」。如對話和例句2:

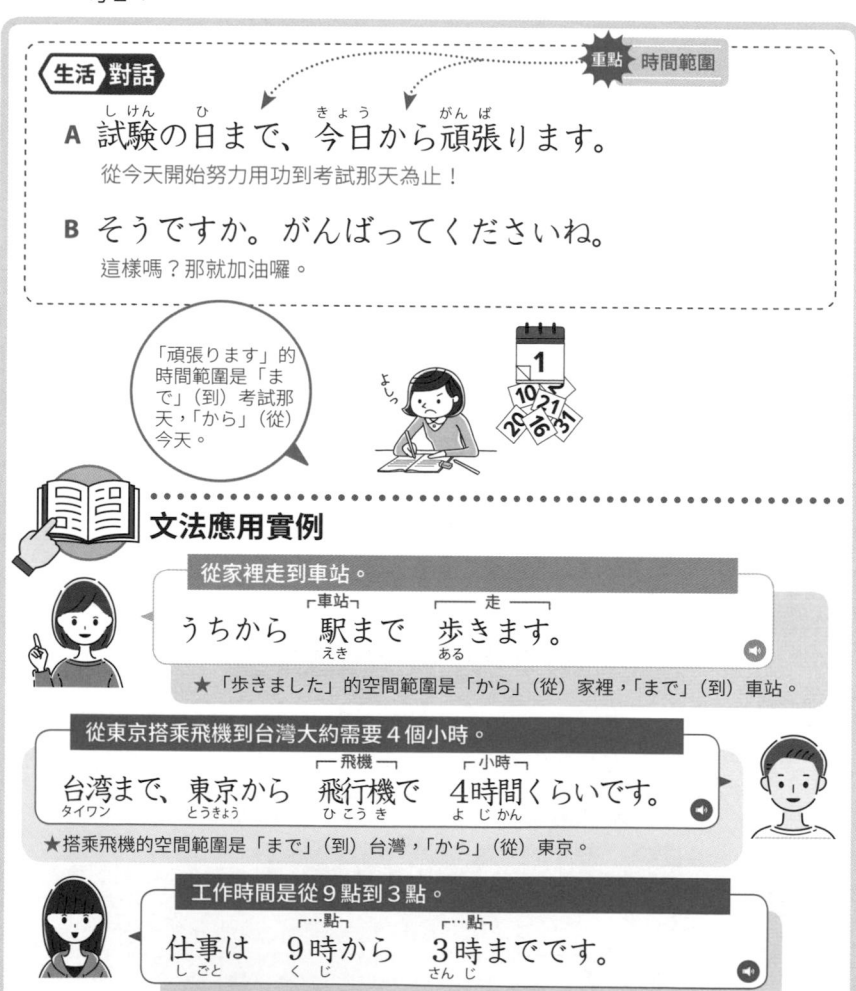

⟨生活⟩對話　　　　　　　　　　　　　　　重點　時間範圍

A 試験の日まで、今日から頑張ります。
　しけん　ひ　　　　きょう　がんば
　從今天開始努力用功到考試那天為止!

B そうですか。がんばってくださいね。
　這樣嗎?那就加油囉。

「頑張ります」的時間範圍是「まで」(到)考試那天,「から」(從)今天。

よしっ

文法應用實例

從家裡走到車站。

　　　　　┌車站┐　　┌走┐
うちから　駅まで　歩きます。
　　　　　えき　　　ある

★「歩きました」的空間範圍是「から」(從)家裡,「まで」(到)車站。

從東京搭乘飛機到台灣大約需要4個小時。

　　　　　　　　　　　┌飛機┐　　　┌小時┐
台湾まで、東京から　飛行機で　4時間くらいです。
タイワン　とうきょう　ひこうき　　よじかん

★搭乘飛機的空間範圍是「まで」(到)台灣,「から」(從)東京。

工作時間是從9點到3點。

　　　　┌…點┐　　┌…點┐
仕事は　9時から　3時までです。
しごと　くじ　　　さんじ

★「仕事」的時間範圍是「から」(從)9點,「まで」(到)3點。

文法 6 　起點（人）＋から

【名詞】＋から。【起點】表示從某對象借東西、從某對象聽來的消息，或從某對象得到東西等。「から」前面就是這某對象。中文是：「從…、由…」。如例：

〈生活〉對話

重點　起點

A これ、父からもらった時計なんです。格好いいと思いませんか。

　　這是爸爸送我的手錶，不覺得很酷嗎？

B 格好いいですね。

　　很酷耶！

誰送了手錶給我？看「から」前面就知道是「父」。

文法應用實例

向朋友借CD。

┌朋友┐　　　　　┌借（入）┐
友達から　CDを　借ります。
ともだち　シーディー　か

★跟誰借了CD？看「から」前面就知道是「友達」。

那件事是聽誰說的？

　　┌傳聞┐　　┌聽了┐
その　話は　誰から　聞きましたか。
　　はなし　だれ　　き

★「から」前面接疑問詞「誰」，表示疑問。

公司有人打電話找你喔！

┌公司┐　┌電話┐
会社から　電話ですよ。
かいしゃ　でんわ

※ 哪裡打了電話過來？看「から」前面就知道是「会社」。

名詞＋の＋名詞

{名詞}＋の＋{名詞}。【所屬】用於修飾名詞，表示該名詞的所有者、內容說明、作成者、數量、材料、時間及位置等等。中文是：「…的…」。如例：

生活 對話

A うちの母は料理が好きです。
　　我媽媽喜歡下廚。

重點　所屬

B じゃ、お母さんの料理はおいしいでしょう。
　　那麼，令堂的料理想必很美味。

A 好きと上手は違いますよ。
　　喜歡和擅長可是兩回事喔。

誰做的菜？看「の」前面就知道是「母」。

文法應用實例

這是我的皮包。

これは　私の　鞄です。
　　　　わたし　かばん

★是誰的皮包？看「の」前面就知道是「私」。

那是日語CD。

それは　日本語の　CDです。
　　　　にほんご　シーディー

★什麼樣的CD？看「の」前面就知道是「日本語」。

用牛肉和番茄煮咖哩。

牛肉と　トマトの　カレーを　作ります。
ぎゅうにく　　　　　　　　　　つく

★做什麼口味的咖哩？看「の」前面就知道是「牛肉とトマト」。

文法

8

track 029 ♪

名詞＋の

{名詞} ＋の。【省略名詞】準體助詞「の」後面可省略前面出現過，或無須說明大家都能理解的名詞，不需要再重複，或替代該名詞。中文是：「…的」。如例：

生活 對話

重點 省略名詞

A そのパソコンは会社のです。
かいしゃ
那台電腦是公司的。

B ええ、知っています。
し
嗯，我知道。

後面用「会社の」，其中「の」代替前面出現過的電腦。

▶ 文法應用實例

那杯咖啡是我的。

┌─咖啡─┐ ┌我┐
その　コーヒーは　私のです。
わたし

★後面用「私の」，其中「の」代替前面出現過的咖啡。

那份月曆是明年的。

┌──月曆──┐ ┌明年┐
あの　カレンダーは　来年のです。
らいねん

★後面用「来年の」，其中「の」代替前面出現過的月曆。

這把傘是誰的呢？

┌傘┐ ┌誰┐
この　傘は　誰のですか。
かさ　だれ

★後面用「誰の」，其中「の」代替前面出現過的傘。

9 名詞＋の

track030

{名詞} ＋の。【修飾句中小主語】表示修飾句中的小主語，意義跟「が」一樣，例如：「あの背の（＝が）低い人は田中さんです／那位小個子的是田中先生」。大主題用「は」表示，小主語用「の」表示。中文是：「…的…」。如例：

〈生活〉對話

A 晩ご飯をどこで食べますか。

你在哪裡吃晚飯呢？

B うちで母の作った料理を食べます。

在家吃媽媽做的菜。

重點 修飾句中小主語

「母の作った料理」其實就是「母の料理」。

文法應用實例

這是朋友拍的照片。

これは 友達の 撮った 写真です。
　　　 ともだち と　　 しゃしん

（拍攝）（照片）

★「友達の撮った写真」其實就是「友達が撮った写真」。

拜讀了老師寫的大作。

先生の 書いた 本を 読みました。
せんせい か　　 ほん よ

（老師）（書）

※「先生の書いた本」其實就是「先生が書いた本」。

這是哥哥上班的公司。

ここは 兄の 働いて いる 会社です。
　　　 あに はたら　　　 かいしゃ

（哥哥）（上班）（公司）

★「兄の働いている会社」其實就是「兄が働いている会社」。

日語小秘方

名詞活用變化

語幹　　　　　　**語尾**

がくせい
学生　　　　　　　だ

がくせい
学生

で	す
で	はありません
で	した
で	はありませんでした

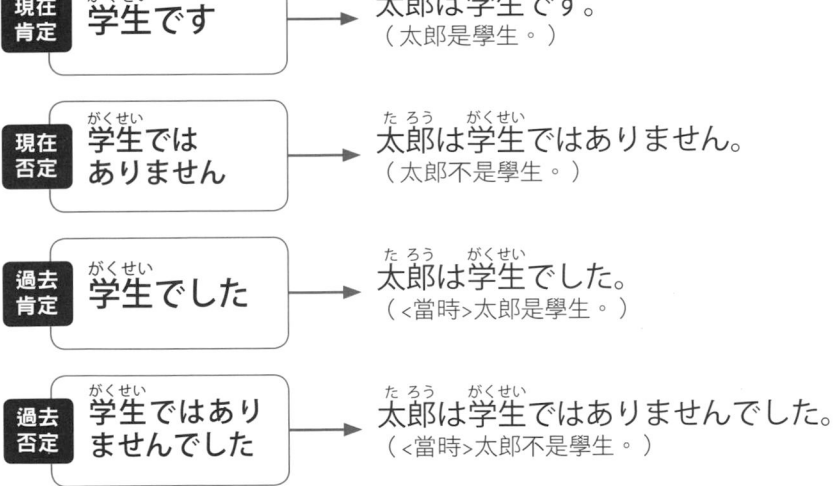

現在肯定	がくせい 学生です	→	たろう　がくせい 太郎は学生です。 （太郎是學生。）
現在否定	がくせい 学生では ありません	→	たろう　がくせい 太郎は学生ではありません。 （太郎不是學生。）
過去肯定	がくせい 学生でした	→	たろう　がくせい 太郎は学生でした。 （<當時>太郎是學生。）
過去否定	がくせい 学生ではあり ませんでした	→	たろう　がくせい 太郎は学生ではありませんでした。 （<當時>太郎不是學生。）

● 名詞

　　表示人或事物名稱的詞，多由一個或一個以上的漢字構成，也有漢字和假名混寫的，或只寫假名的。名詞沒有詞形變化，可在句中當做主語、受詞或定語。

一、日語名詞語源有：

1. 日本固有的名詞
<ruby>水<rt>みず</rt></ruby>　　<ruby>花<rt>はな</rt></ruby>　　<ruby>人<rt>ひと</rt></ruby>　　<ruby>山<rt>やま</rt></ruby>

2. 漢字音讀的詞（來自中國的漢字）
<ruby>先生<rt>せんせい</rt></ruby>　　　　　　<ruby>教室<rt>きょうしつ</rt></ruby>
<ruby>中国<rt>ちゅうごく</rt></ruby>　　　　　　<ruby>辞典<rt>じ てん</rt></ruby>

3. 日本自造的漢字詞（和製漢字）
<ruby>畑<rt>はたけ</rt></ruby>　　<ruby>辻<rt>つじ</rt></ruby>　　<ruby>峠<rt>とうげ</rt></ruby>

4. 外來語名詞（一般不含從中國引進的漢字）

バス (bus)　　　　　　　テレビ (television)

ギター (guitar)　　　　　コップ (cup)

二、日語名詞的構詞法有：

1. 單純名詞
<ruby>頭<rt>あたま</rt></ruby>　　　　　ノート（note book）
<ruby>机<rt>つくえ</rt></ruby>　　　　　<ruby>月<rt>つき</rt></ruby>

2. 複合名詞
名詞＋名詞—<ruby>縞馬<rt>しまうま</rt></ruby>
形容詞詞幹＋名詞—<ruby>大雨<rt>おおあめ</rt></ruby>
動詞連用形＋名詞—<ruby>飲み物<rt>の もの</rt></ruby>
名詞＋動詞連用形—<ruby>金持ち<rt>かねもち</rt></ruby>

3. 派生名詞
<ruby>重<rt>おも</rt></ruby>さ　　　　　　<ruby>遠<rt>とお</rt></ruby>さ
<ruby>立派<rt>りっぱ</rt></ruby>さ　　　　　<ruby>白<rt>しろ</rt></ruby>さ

● 外來語

　　日語中的外來語，主要指從歐美語言中音譯過來的（習慣上不把從中國吸收的漢語看作外來語），其中多數來自英語。書寫時，基本上只能用片假名。但是，有一些外來語，由於很早以前就從歐美引進了，當時就以平假名或漢字書寫並保留到現在的。例：たばこ（タバコ〔tabaco〕）、珈琲（コーヒー〔koffie〕）。例如：

一、來自各國的外來語

1. 來自英語的外來語

　　バス［bus］（公共汽車）　テレビ［television］（電視）

2. 來自其他語言的外來語

　　パン（麵包〈葡萄牙語〉）　マラカス（響葫蘆〈西班牙語〉）
　　コップ（杯子〈荷蘭語〉）

二、外來語的分類

1. 純粹的外來語—

　　不加以改變，按照原意使用的外來語。例如：
　　アイロン〔iron〕（熨斗）　カメラ〔camera〕（照相機）

2. 日式外來語—

　　以英語詞彙為素材，創造出來的日式外來語。這種詞彙雖貌似英語，但卻是英語所沒有的。例如：

　　auto+bicycle →オートバイ（摩托車）
　　back+mirror →バックミラー（後照鏡）
　　salaried+man →サラリーマン（上班族）

3. 轉換詞性的外來語—

　　把外來語的意義或形態部分加以改變，例如：
　　アパート（公寓）　マンション（高級公寓）

　　或添加具有日語特徵成分的詞語。例如，把具有動作性質的外來語用「外來語＋する」的方式轉變成動詞。
　　テストする（測驗）　ノックする（敲門）　キスする（接吻）

　　還有，把外來語加上「る」，使其成為五段動詞，為口語化的用法。
　　メモる（做筆記）　サボる（怠工）　ミスる（弄錯）

小試身手 文 法 知 多 少 ？

請完成以下題目，從選項中，選出正確答案，並完成句子。

001 ここは　私（わたし）（　　）働（はたら）いて　いる　会社（かいしゃ）です。

☐ ①の　　②は

002 その　靴（くつ）は　私（わたし）（　　）です。

☐ ①の　　②こと

003 妹（いもうと）が　好（す）きな　歌手（かしゅ）は、私（わたし）（　　）です。

☐ ①と同（おな）じ　　②と違（ちが）って

004 これは　台湾（タイワン）（　　）バナナですか。

☐ ①か　　②の

005 銀行（ぎんこう）は　9時（くじ）から　3時（さんじ）（　　）です。

☐ ①から　　②まで

006 去年（きょねん）、友達（ともだち）（　　）いっしょに　海（うみ）へ　行（い）きました。

☐ ①は　　②と

錯 題糾錯 Note

錯題＆錯解

正解＆解析
參考資料

答案：①①②②②② (rotated)

新日檢擬真模擬試題

もんだい1 （　　　）に 何を 入れますか。1・2・3・4から いちばん いい ものを 一つ えらんで ください。

001　A「あなたは　明日　だれ（　　　）会うのですか。」
□　B「小学校の　ときの　友だちです。」
　　①は　　②が　　③へ　　④と

002　図書館は、土曜日から　月曜日（　　　）お休みです。
□　①も　　②まで　　③に　　④で

003　A「これは　だれの　本ですか。」
□　B「山口くん（　　　）です。」
　　①の　　②へ　　③が　　④に

004　きのう、わたしは　友だち　（　　　）こうえんに　いきました。
□　①が　　②は　　③と　　④に

005　A「この　かさは　だれ（　　　）かりたのですか。」
□　B「すずきさんです。」
　　①から　　②まで　　③さえ　　④にも

もんだい2 　★　に　入る　ものは　どれですか。1・2・3・4から　いちばん　いい　ものを　一つ　えらんで　ください。

006　A「家には　どんな　ペットが　いますか。」
□　B「　＿＿＿＿　★　＿＿＿＿　＿＿＿＿　よ。」
　　①犬　　②ねこが　　③と　　④います

▼ 翻譯與詳解請見 P.225

模擬試題 **錯題糾錯＋解題攻略筆記！**

錯題 & 錯解

正解 & 解析

副助詞の使用

副助詞的使用

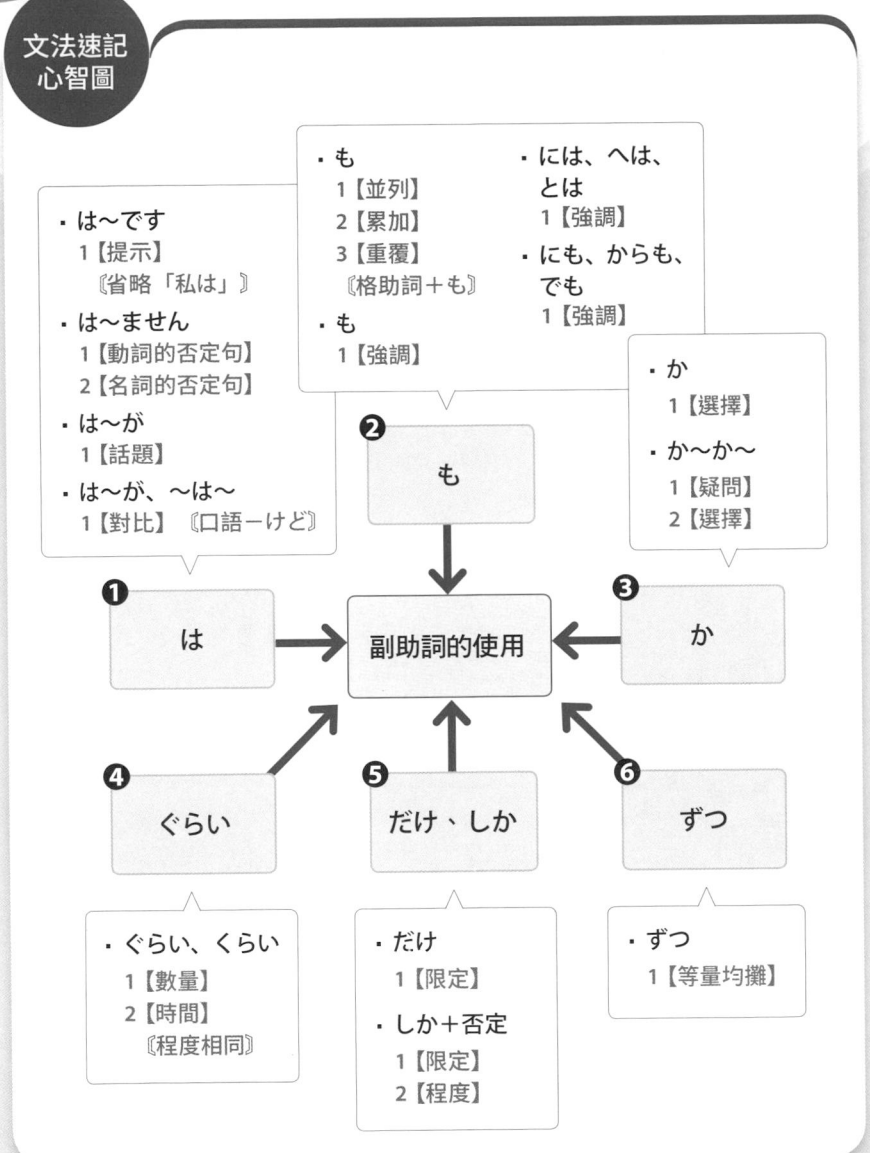

- は〜です
  1【提示】
    〖省略「私は」〗
- は〜ません
  1【動詞的否定句】
  2【名詞的否定句】
- は〜が
  1【話題】
- は〜が、〜は〜
  1【對比】〖口語－けど〗

- も
  1【並列】
  2【累加】
  3【重覆】
    〖格助詞＋も〗
- も
  1【強調】

- には、へは、とは
  1【強調】
- にも、からも、でも
  1【強調】

- か
  1【選擇】
- か〜か〜
  1【疑問】
  2【選擇】

❶ は

❷ も

❸ か

副助詞的使用

❹ ぐらい

❺ だけ、しか

❻ ずつ

- ぐらい、くらい
  1【數量】
  2【時間】
    〖程度相同〗

- だけ
  1【限定】
- しか＋否定
  1【限定】
  2【程度】

- ずつ
  1【等量均攤】

1 は～です

track 031

{名詞} ＋は＋ {敘述的內容或判斷的對象之表達方式} ＋です。【提示】

助詞「は」表示主題。主題就是後面要敘述的對象，或判斷的對象，而這個敘述的內容或判斷的對象，只限於「は」所提示的範圍。用在句尾的「です」表示對主題的斷定或是說明。中文是：「…是…」。如對話和例句１、２；補充〖省略「私は」〗為了避免過度強調自我，自我介紹時常將「私は」省略。如例句３：

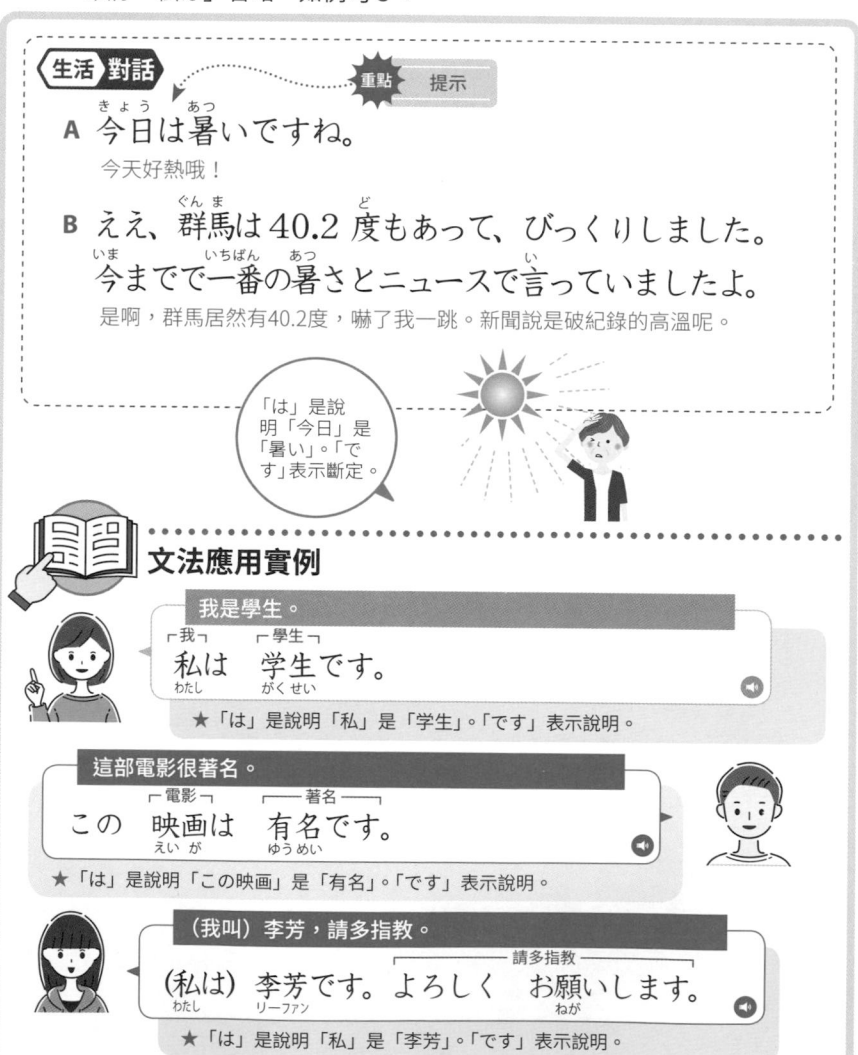

生活 對話 　　　　　　　　　　 重點 提示

A 今日は暑いですね。
　 きょう　 あつ

　　今天好熱哦！

B ええ、群馬は40.2度もあって、びっくりしました。
　 　　　ぐんま　　　　ど
　 今までで一番の暑さとニュースで言っていましたよ。
　 いま　　　いちばん　あつ　　　　　　　　い

　　是啊，群馬居然有40.2度，嚇了我一跳。新聞說是破紀錄的高溫呢。

「は」是說明「今日」是「暑い」。「です」表示斷定。

文法應用實例

我是學生。

┌我┐　┌學生┐
私は　学生です。
わたし　がくせい

★「は」是說明「私」是「學生」。「です」表示說明。

這部電影很著名。

┌電影┐　┌──著名──┐
この 映画は 有名です。
　　 えいが　 ゆうめい

★「は」是說明「這部電影」是「有名」。「です」表示說明。

（我叫）李芳，請多指教。

　　　　　　　　　┌────請多指教────┐
（私は）李芳です。よろしく お願いします。
 わたし　リーファン　　　　　　　　　ねが

★「は」是說明「私」是「李芳」。「です」表示說明。

{名詞}＋は＋{否定的表達形式}。【動詞的否定句】動詞的否定句，後面接否定「ません」，表示「は」前面的名詞或代名詞是動作、行為否定的主體。中文是：「不…」。如對話和例句1；【名詞的否定句】名詞的否定句，用「は～ではありません」的形式，表示「は」前面的主題，不屬於「ではありません」前面的名詞。中文是：「不…」。如例句2、3：

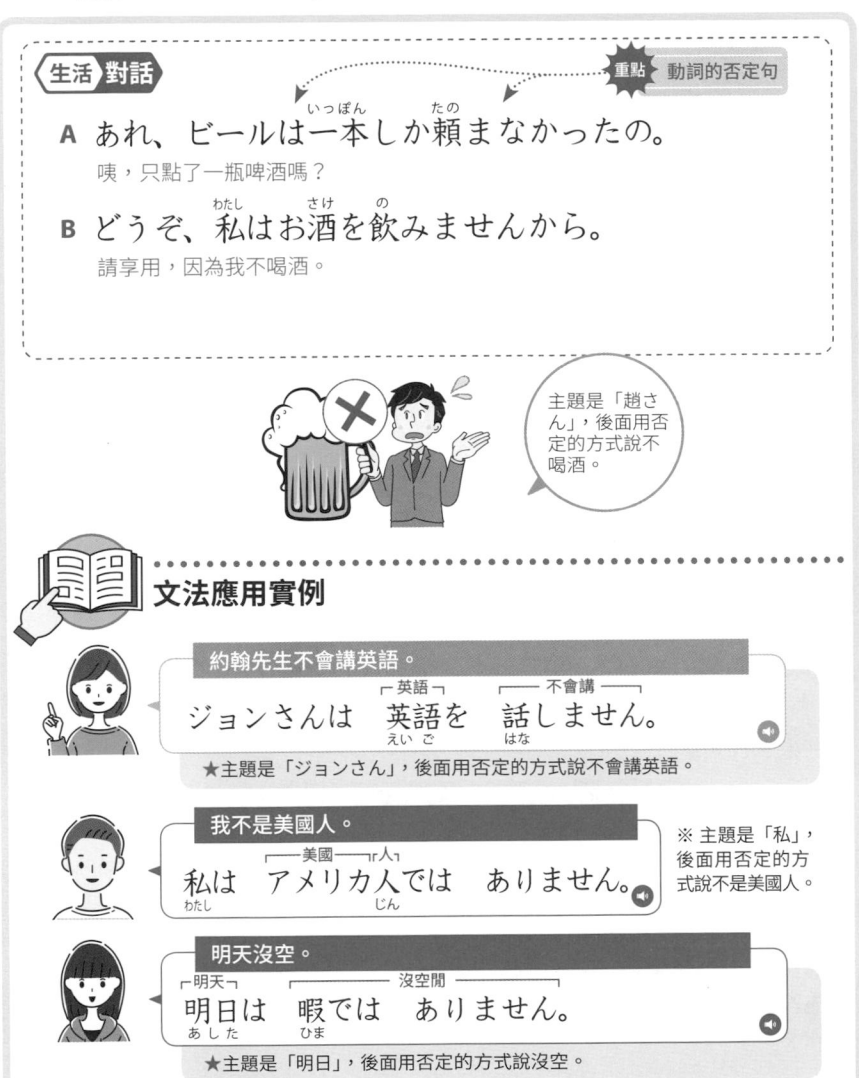

生活 對話　　　　　　　　　　　　　　**重點** 動詞的否定句

A あれ、ビールは一本しか頼まなかったの。
　いっぽん　　　たの
　咦，只點了一瓶啤酒嗎？

B どうぞ、私はお酒を飲みませんから。
　　　　わたし　さけ　の
　請享用，因為我不喝酒。

主題是「趙さん」，後面用否定的方式說不喝酒。

文法應用實例

約翰先生不會講英語。

ジョンさんは 英語を 話しません。
　　　　　　えいご　はな
　　　　　　└英語┘　└──不會講──┘

★主題是「ジョンさん」，後面用否定的方式說不會講英語。

我不是美國人。

私は アメリカ人では ありません。
わたし　　　　じん
　　　└─美國─┘└人┘

※ 主題是「私」，後面用否定的方式說不是美國人。

明天沒空。

明日は 暇では ありません。
あした　ひま
└明天┘　└───沒空閒───┘

★主題是「明日」，後面用否定的方式說沒空。

は～が

{名詞} ＋は＋ {名詞} ＋が。【話題】表示以「は」前接的名詞為話題
對象，對於這個名詞的一個部分或屬於它的物體（「が」前接的名詞）的
性質、狀態加以描述。如例：

生活 對話

A 今年の誕生日プレゼント、何かほしいものがありま
すか。

今年的生日禮物想要什麼呢？

B そうですね、私は新しい靴がほしいです。

我想想……想要一雙新鞋。

重點 話題

主題是「私」，後
接狀態想要一雙
新鞋。

文法應用實例

弟弟個子很高。

┌個子┐　┌高┐
弟 は 背が 高いです。
おとうと　せ　　たか

★主題是「弟」，
後接狀態個子
很高。

今天天氣晴朗。

┌天氣┐　┌很好┐
今日は 天気が いいです。
きょう　てんき

★主題是「今
天」，後接狀態
天氣晴朗。

這家餐館的魚料理是招牌菜。

　　　　　┌魚料理┐　┌─有名的─┐
この 店は 魚料理が 有名です。
　　　みせ　さかなりょうり　ゆうめい

★主題是「こ
の店」，後接狀
態魚料理是招
牌菜。

文法

4 は〜が、〜は〜

track 034 ♬

{名詞} ＋は＋ {名詞です（だ）;形容詞・動詞丁寧形（普通形）} ＋が、{名詞} ＋は。【對比】「は」除了提示主題以外，也可以用來區別、比較兩個對立的事物，也就是對照地提示兩種事物。中文是：「但是…」。如對話和例句1、2;補充〖口語－けど〗在一般口語中，可以把「が」改為「けど」。中文是：「但是…」。如例句3：

生活 對話

A 主夫になって、掃除や料理などをするのは大変でしょう。

成為家庭主夫之後忙著打掃做飯，很辛苦吧。

重點 對比

B 掃除はしますが、料理はしません。

我只負責打掃，不做飯。

做和不做，後面跟前面內容是互相對立的。

文法應用實例

王小姐是台灣人，而林小姐是日本人。

王さんは 台湾人ですが、林さんは 日本人です。
ワン　　　　タイワンじん　　　　はやし　　　　にほんじん

★台灣人和日本人，後面跟前面內容是不一樣的。

我會說英語，但不會說法語。

英語は できますが、フランス語は
えいご　　　　　　　　　　　　　　　　　　　ご
できません。

★會和不會，喜歡和不喜歡，後面跟前面內容是互相對立的。

雖然喜歡喝紅酒，但並不喜歡喝啤酒。

ワインは 好きだけど、ビールは
　　　　　　す
好きじゃない。
　す

5 も

track 035

【並列】{名詞} ＋も＋ {名詞} ＋も。表示同性質的東西並列或列舉。
中文是：「也…也…、都是…」。如對話；【累加】{名詞} ＋も。用於再
累加上同一類型的事物。中文是：「也、又」。如例句1；【重覆】{名詞}
＋とも＋ {名詞} ＋とも。重覆、附加或累加同類時，可用「とも～とも」。
中文是：「也和…也和…」。如例句2；補充〔格助詞＋も〕{名詞} ＋ {格
助詞} ＋も。表示累加、重複時，「も」也有接在「名詞＋格助詞」之後
的用法。如例句3：

〈生活〉對話

A お久しぶりですね。ご両親、お元気ですか。
　好久不見，令尊令堂都好嗎？

重點　並列

B ええ、父も母も元気ですよ。
　託福，家父和家母都很好。

用「も」來並列
出同性質的人物
「父、母」。

文法應用實例

瑪麗小姐是大學生，肯特先生也是大學生。

マリさんは　学生です。ケイトさ
んも　学生です。

★用「も」來再
累加上同一類型
的人物「大學生、
朋友」。

瑪麗小姐以及肯特先生都是我的朋友。

私は　マリさんとも　ケイトさんとも　友達です。

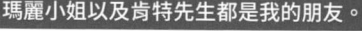

我去過京都也去過大阪。

京都にも　大阪にも　行ったことが　あります。

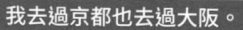

★用「にも」來並列出同性質的地點「京都、大阪」。

【數量詞】＋も。【強調】「も」前面接數量詞，表示數量比一般想像的還多，有強調多的作用。含有意外的語意。中文是：「竟、也」。如例：

生活 對話　　　　　　　　　　　　**重點** 強調

A 家から大学まで2時間もかかります。電車で。
　　いえ　　だいがく　　　　に　じかん　　　　　　　　　でんしゃ

　　從家裡到大學，光是搭電車，就得花上兩個鐘頭。

B そんなに長い間何をしているんですか。
　　　　　　なが　あいだなに

　　在車上那麼久的時間都做些什麼呢？

A 私は大体小説を読んでいます。
　　わたし　だいたいしょうせつ　よ

　　我通常用來讀小說。

2時間

> 「も」前接數量詞「2時間」，表示花費的時間比想像的多。

文法應用實例

這部電影我已經足足看過3遍了。

┌ …遍 ┐　┌ 看了 ┐
この　映画は　3回も　見ました。
　　　えい　が　さんかい　　み

★「も」前接數量詞「3回」，表示次數比想像的多。

買了多達5本日文書。

　　　　　　　┌ …本 ┐　┌ 買了 ┐
日本語の　本を　5冊も　買いました。
に　ほん　ご　ほん　ご さつ　　か

★「も」前接數量詞「5冊」，表示數量比想像的多。

由於感冒而導致多達10人請假。

┌ 感冒 ┐　　┌ …人 ┐
風邪で　10人も　休んで　います。
か　ぜ　じゅうにん　やす

★「も」前接數量詞「10人」，表示人數比想像的多。

7 には、へは、とは

track037

{名詞}＋には、へは、とは。【強調】格助詞「に、へ、と」後接「は」，有特別提出格助詞前面的名詞的作用。如例：

生活 對話

A 今からみんなで少し休みましょう。
大家現在都休息一下吧！

B 隣の部屋には大きな窓がありますから、涼しいでしょう。

重點 強調

隔壁房間的窗子很大，應該很涼快。

對象的「に」後面多加「は」。強調有大窗戶的是「この部屋」。

文法應用實例

直子小姐有很多朋友。

直子さんには 友達が たくさん います。
なおこ ともだち

┌── 很多 ──┐ ┌ 有 ┐

★對象的「に」後面多加「は」。強調有很多朋友的是「直子さん」。

這班電車不駛往京都。

この 電車は 京都へは 行きません。
でんしゃ きょうと い

┌京都┐ ┌── 不前往 ──┐

★地點的「へ」後面多加「は」。強調不駛往的是「京都」。

我昨天才第一次見到了鈴木小姐。

鈴木さんとは 昨日 初めて 会いました。
すずき きのう はじ あ

┌昨天┐ ┌第一次┐

★對象的「と」後面多加「は」。強調初次見到的是「鈴木さん」。

文法 8

にも、からも、でも

track038

{名詞} ＋にも、からも、でも。【強調】格助詞「に、から、で」後接「も」，表示不只是格助詞前面的名詞以外的人事物。如例：

生活 對話

重點　強調

A これはインターネットでも買えます。

這東西在網路上也買得到。

B ええ。でも大きいので、広いお家じゃないと、入りませんよ。

對啊，不過因為有點大，如果家裡不夠寬敞可是擺不下喔。

場合「で」後接「も」，強調除了其他地方，「インターネット」上也買得到。

文法應用實例

「請給我一杯茶。」「啊，也請給我一杯。」

「お茶を　一杯　ください。」
「あ、私にも　ください。」

★對象「に」後接「も」，強調除了其他人，「私」也想要一杯茶。

這是連小孩子都知道的事。

これは　小さな　子どもにも　分かることです。

★對象「に」後接「も」，強調除了其他人，連「子ども」也都知道。

從教室可以遠眺富士山。從我的房間也可以看得到。

教室から　富士山が　見えます。私の　部屋からも　見えます。

※場所「から」後接「も」，強調除了教室，「私の部屋」也看得到。

{名詞} ＋か＋ {名詞}。【選擇】表示在幾個當中，任選其中一個。中文是：「或者…」。如例：

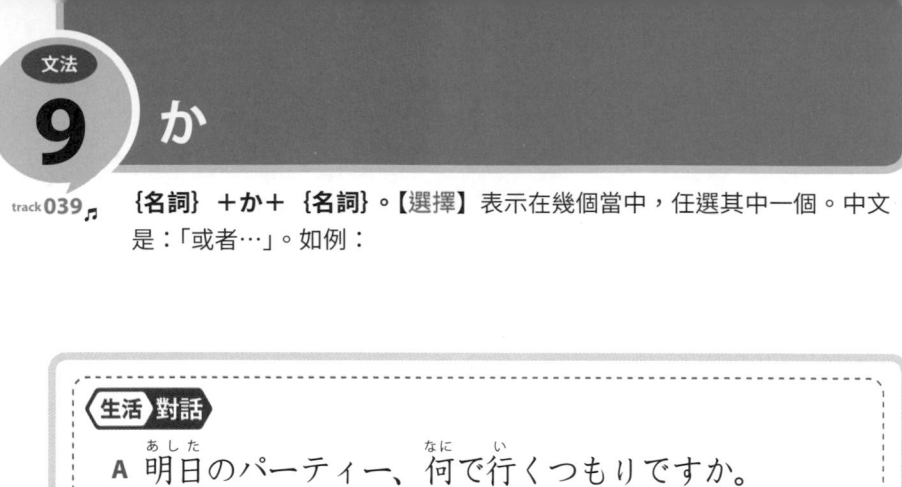

A 明日のパーティー、何で行くつもりですか。
　あした　　　　　　　なに　い

明天的派對你打算怎麼去呢？

B 私はバスか自転車で行きます。
　わたし　　　じてんしゃ　い

搭巴士或騎
自行車去。

重點　選擇

在「バス」跟「自
転車」這兩種當中
任選一樣前往。

文法應用實例

明天或後天會再來一趟。

　　　　┌後天┐　┌再┐
明日か　明後日、もう一度　来ます。
あした　あさって　　　いちど　き

★在「明日」跟「明後日」當中任選一天。

家裡有養狗或貓嗎？

┌狗┐　┌貓┐　┌─飼養─┐
犬か　猫を　飼って　いますか。
いぬ　ねこ　　か

★詢問有養「犬」或「貓」任何一種嗎？

請用英文或中文表達。

　　　　┌─中文─┐　┌─表達─┐
英語か　中国語で　話して　ください。
えいご　ちゅうごくご　はな

★在「英語」跟「中国語」這兩種當中任選一種語言表達。

文法 10 か～か～

track 040

{名詞}＋か＋{名詞}＋か；{形容詞普通形}＋か＋{形容詞普通形}＋か；{形容動詞詞幹}＋か＋{形容動詞詞幹}＋か；{動詞普通形}＋か＋{動詞普通形}＋か。【疑問】「～か＋疑問詞＋か」中的「～」是舉出疑問詞所要問的其中一個例子。中文是：「…呢？還是…呢」。如對話；【選擇】「か」也可以接在最後的選擇項目的後面。跟前項的「か」一樣，表示在幾個當中，任選其中一個。中文是：「…或是…」。如例句：

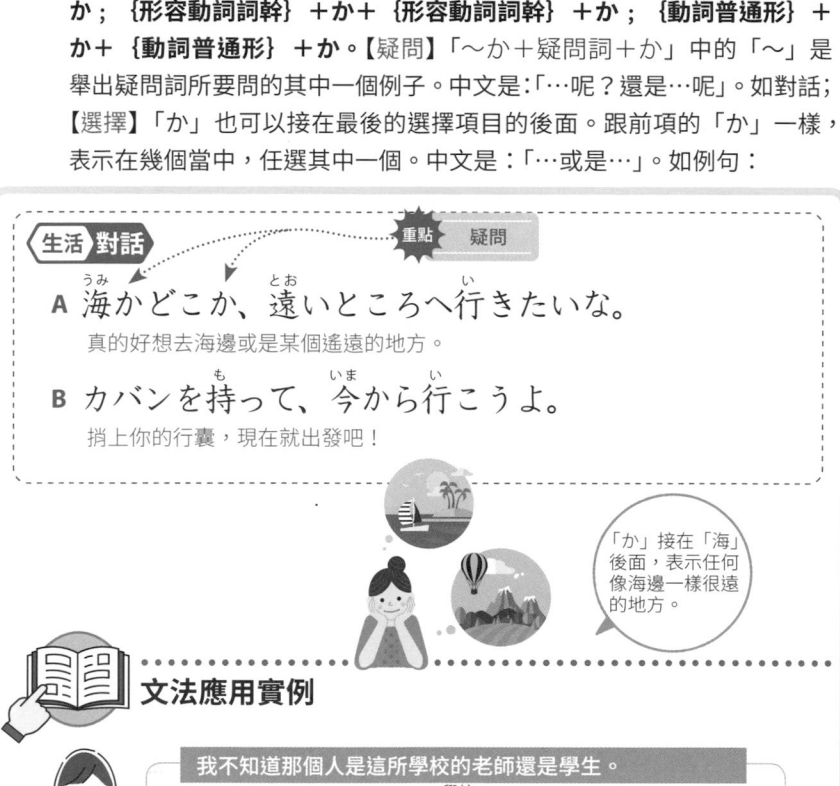

生活對話 重點 疑問

A 海かどこか、遠いところへ行きたいな。
真的好想去海邊或是某個遙遠的地方。

B カバンを持って、今から行こうよ。
揹上你的行囊，現在就出發吧！

「か」接在「海」後面，表示任何像海邊一樣很遠的地方。

文法應用實例

我不知道那個人是這所學校的老師還是學生。

あの 人が この 学校の 先生か 生徒か、知りません。

★「か」接在選項「先生」、「生徒」後面。表示兩者當中的一個。

請說清楚你到底覺得熱還是冷！

暑いか 寒いか、言って ください。

※「か」接在選項「暑い」、「寒い」後面。表示兩者當中的一個。

請做出決定究竟要參加還是不參加！

参加するか しないか、決めて ください。

★「か」接在選項「する」、「しない」後面。表示兩者當中的一個。

ぐらい、くらい

{數量詞}＋ぐらい、くらい。【數量】一般用在無法預估正確的約略數量，或是數量不明確的時候。中文是：「大約、左右」。如對話；【時間】用於對某段時間長度的推測、估計。中文是：「大約、左右、上下」。如例句1、2；補充〔程度相同〕可表示兩者的程度相同，常搭配「と同じ」。中文是：「和⋯一樣⋯」。如例句3：

生活 對話

重點　數量

A　このお皿は 100万円くらいします。
　　さら　　　ひゃく まんえん

　　這枚盤子價值約莫100萬圓。

B　その絵柄は一つ一つに物語がありますからね。
　　えがら　ひと ひと　　　ものがたり

　　畢竟盤子上面的每一個圖案都有一段故事。

大約價值多少錢？大約估算數量，就用「くらい」。

 **文法應用實例**

已經住在日本大約20年。

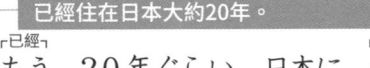

「已經」
もう　20年ぐらい　日本に　住んで
　　　にじゅうねん　にほん　　す
います。

★約住了多久？很難正確估算，就用「ぐらい」來表示。

每天早上散步一個鐘頭左右。

「每天早上」　　　　　　　「散步」
毎朝　1時間くらい　散歩します。
まいあさ　いちじ かん　さんぽ

★約散步了多久？很難正確估算，就用「ぐらい」來表示。

我的國家差不多和日本的夏天一樣熱。

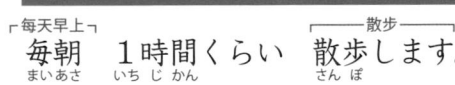

　　　　　「國家」　　　　「夏天」
私の　国は　日本の　夏と　同じく
わたし　くに　にほん　なつ　おな
らい　暑いです。
　　　あつ

★大概有多熱？很難說準確，就用「ぐらい」舉出差不多熱的國家。

{名詞（＋助詞＋）} ＋だけ；{名詞；形容動詞詞幹な} ＋だけ；{形容詞・動詞普通形} ＋だけ。【限定】表示只限於某範圍，除此以外沒有別的了。用在限定數量、程度，也用在人物、物品、事情等。中文是：「只、僅僅」。如例：

生活 對話   重點　限定

A 子どもがまだ小さいので、午前中だけ働きます。

我孩子還很小，所以只能在上午時段工作。

B それならこの会社はぴったりですよ。

這樣的話，這家公司再適合不過了。

不用工作一整天，只要「午前中だけ」。

 **文法應用實例**

我絕不會說出去的！請告訴我一個人就好。

　　　　　┌─不會說─┐　　　　　┌─告訴─┐
誰にも　言いません。　私にだけ　教えて　ください。
だれ　　い　　　　　　わたし　　　　おし

★不能四處張揚，請對方只告訴「私にだけ」。

盒子外觀漂亮而已，盒子裡面裝的只是便宜貨。

┌盒子┐　　　　　　　　　　　　　　　┌便宜┐
箱が　きれいなだけです。箱の　中は　安い　物です。
はこ　　　　　　　　　　　はこ　なか　やす　もの

★除了外觀其他都不好，所以用「箱がきれいなだけ」。

只能用眼睛看喔！請不要伸手觸摸。

┌看┐　　　　　　　┌─不要摸─┐
見るだけですよ。触らないで　ください。
み　　　　　　　　さわ

※ 只能用看的，所以用「見るだけ」。

track043 ♫

{名詞（＋助詞）} ＋しか～ない。【限定】「しか」下接否定，表示對「人、物、事」的限定。含有除此之外再也沒有別的了的意思。中文是：「只」。如對話和例句１、２；【程度】強調數量少、程度輕。常帶有因不足而感到可惜、後悔或困擾的心情。中文是：「僅僅」。如例句：

（生活）對話

重點　限定

A ラフマンさんは野菜しか食べません。

拉夫曼先生只吃蔬菜。

B 肉を食べないベジタリアンですね。

也就是不吃肉的素食者，對吧。

只吃蔬菜「野菜しか」，不吃別的。

文法應用實例

現在只剩麵包而已，要吃嗎？

┌麵包┐┌只┐
パンしか　ありませんが、食べますか。

★只剩麵包「パンしか」，沒有別的了。

這輛車只能容納４個人搭乘。

┌車┐　　　　　　┌乘坐┐
この　車は　４人しか　乗れません。
　　　くるま　よにん　　　の

※ 只來容納４個人「４人しか」，不能再多了。

考卷上的題目只答得出一半而已。

┌測驗┐　┌一半┐
テストは　半分しか　できませんでした。
　　　　　はんぶん

★只答得出一半「半分しか」，怎麼這麼少？

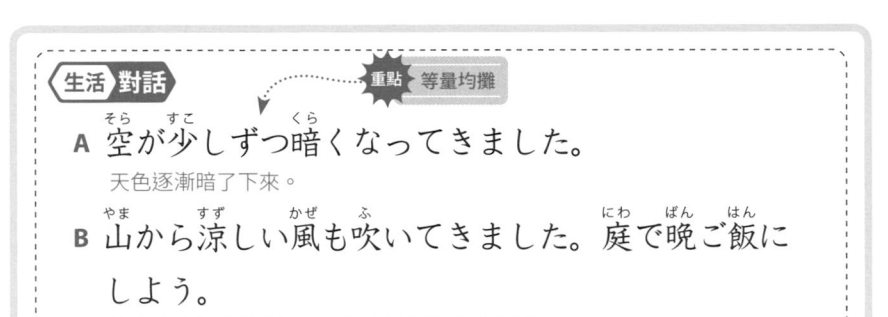

文法 14 ずつ

track 044

{數量詞} ＋ずつ。【等量均攤】接在數量詞後面，表示平均分配的數量。中文是：「每、各」。如例：

生活 對話　　　　重點 **等量均攤**

A 空が少しずつ暗くなってきました。

天色逐漸暗了下來。

B 山から涼しい風も吹いてきました。庭で晩ご飯にしよう。

涼爽的山風也陣陣吹來，就在院子裡吃晚飯吧。

「少しずつ」，表示一點一點的。

文法應用實例

甜點請每人各拿3個。

お菓子は 一人 3つずつ 取って ください。
かし　　 ひとり　 みっ　　　と

★「3つずつ」，表示每人各拿3個。

每天背誦10個生詞。

一日に 10個ずつ 新しい 言葉を 覚えます。
いちにち じゅっこ　　あたら　 ことば　 おぼ

★「10個ずつ」，表示每天各背10個。

那麼，請以每次一人的順序進入房間。

では、一人ずつ 部屋に 入って ください。
　　　ひとり　　 へや　 はい

★「一人ずつ」，表示一次進一個人。

日 語 小 秘 方

● 數字與量詞的唸法

〜番：…號（表示順序）

〜個：…個（表示小物品之數量）

〜回：…次（表示頻率）

〜枚：…張（表示薄、扁平的東西之數量）

〜台：…台（表示機器、車輛等之數量）

〜冊：…本（表示書、筆記本、雜誌之數量）

〜才：…歲（表示年齡）

〜本：…瓶（表示尖而細長的東西之數量）

〜匹：…隻（表示小動物、魚、昆蟲等之數量）

〜分：…分（表示時間）

〜杯：…杯（表示杯裝的飲料之數量）

	1	2	3	4	5	6
數字唸法	いち	に	さん	し／よん	ご	ろく
〜番／ばん	いち番	に番	さん番	よん番	ご番	ろく番
〜個／こ	いっ個	に個	さん個	よん個	ご個	ろっ個
〜回／かい	いっ回	に回	さん回	よん回	ご回	ろっ回
〜枚／まい	いち枚	に枚	さん枚	よん枚	ご枚	ろく枚
〜台／だい	いち台	に台	さん台	よん台	ご台	ろく台
〜冊／さつ	いっ冊	に冊	さん冊	よん冊	ご冊	ろく冊
〜歳／さい	いっ歳	に歳	さん歳	よん歳	ご歳	ろく歳
〜本／ほん、ぼん、ぽん	いっぽん	にほん	さんぼん	よんほん	ごほん	ろっぽん
〜匹／ひき	いっぴき	にひき	さんびき	よんひき	ごひき	ろっぴき
〜分／ふん、ぷん	いっぷん	にふん	さんぷん	よんぷん	ごふん	ろっぷん
〜杯／はい、ばい、ぱい	いっぱい	にはい	さんばい	よんはい	ごはい	ろっぱい
人數數法	ひとり	ふたり	さんにん	よにん	ごにん	ろくにん

	7	8	9	10
數字唸法	しち／なな	はち	く／きゅう	じゅう
～番／ばん	なな番	はち番	きゅう番	じゅう番
～個／こ	なな個	はち個／はっ個	きゅう個	じゅっ個／じっ個
～回／かい	なな回	はっ回	きゅう回	じゅっ回／じっ回
～枚／まい	なな枚	はち枚	きゅう枚	じゅう枚
～台／だい	なな台	はち台	きゅう台	じゅう台
～冊／さつ	なな冊	はっ冊	きゅう冊	じゅっ冊／じっ冊
～歳／さい	なな歳	はっ歳	きゅう歳	じゅっ歳／じっ歳
～本／ほん、ぼん、ぽん	ななほん	はっぽん	きゅうほん	じゅっぽん／じっぽん
～匹／ひき	ななひき／しちひき	はちひき／はっぴき	きゅうひき	じゅっぴき／じっぴき
～分／ふん、ぷん	ななふん／しちふん	はっぷん	きゅうふん	じゅっぷん／じっぷん
～杯／はい、ばい、ぱい	ななはい	はっぱい	きゅうはい	じゅっぱい／じっぱい
人數數法	ななにん／しちにん	はちにん	きゅうにん／くにん	じゅうにん

MEMO

小試身手 文法知多少？

請完成以下題目，從選項中，選出正確答案，並完成句子。

001 来週（　　）再来週、お金を　返すつもりです。
□　①か　　②も

002 この　スマホは　20万円（　　）します。
□　①ずつ　　②も

003 あれは　自転車の　かぎ（　　）ありません。
□　①です　　②では

004 平野さんとは　会いましたが、山下さん（　　）会って　い
□　ません。
　　①とは　　②とも

005 花子（　　）が　来ました。
□　①しか　　②だけ

006 明日、時間が　ある（　　）ない（　　）まだ　わかりません。
□　①か／か　　②と／と

錯 題糾錯 Note
錯題＆錯解

正解＆解析

參考資料

新日檢擬真模擬試題

もんだい1 （　　　）に 何を 入れますか。1・2・3・4から いちばん いい ものを 一つ えらんで ください。

001 行く（　　　）行かないか、まだ わかりません。
　□　①と　　②か　　③や　　④の

002 私（　　　）兄が 二人 います。
　□　①まで　　②では　　③から　　④には

003 この 肉は 高いので、少し（　　　）買いません。
　□　①は　　②の　　③しか　　④より

004 A「魚が たくさん およいで いますね。」
　□　B「そうですね。50ぴき（　　　）いるでしょう。」
　　　①ぐらい　　②までは　　③やく　　④などは

005 A「部屋には だれか いましたか。」
　□　B「いいえ、（　　　）いませんでした。」
　　　①だれが　　②だれに　　③だれも　　④どれも

006 A「きょう（　　　）あなたの たんじょうびですか。」
　□　B「そうです。8月13日です。」
　　　①も　　②まで　　③から　　④は

▼ 翻譯與詳解請見 P.226

模擬試題 **錯題糾錯＋解題攻略筆記！**

錯題＆錯解

正解＆解析

參考資料

5

その他の助詞と接尾語の使用

其他助詞及接尾語的使用

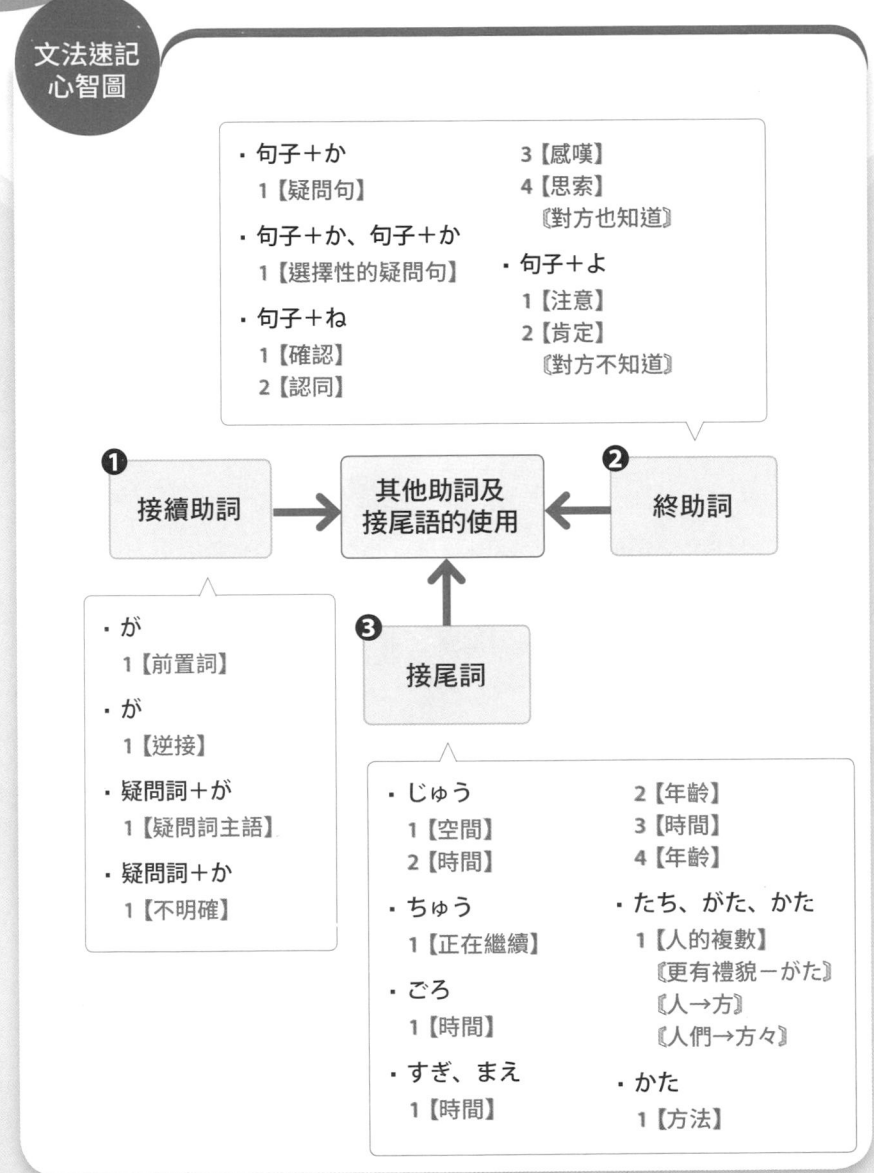

文法速記
心智圖

- 句子＋か
  1【疑問句】
- 句子＋か、句子＋か
  1【選擇性的疑問句】
- 句子＋ね
  1【確認】
  2【認同】

3【感嘆】
4【思索】
　〖對方也知道〗
- 句子＋よ
  1【注意】
  2【肯定】
　〖對方不知道〗

❶ 接續助詞 → 其他助詞及接尾語的使用 ← ❷ 終助詞

❸ 接尾詞

- が
  1【前置詞】
- が
  1【逆接】
- 疑問詞＋が
  1【疑問詞主語】
- 疑問詞＋か
  1【不明確】

- じゅう
  1【空間】
  2【時間】
- ちゅう
  1【正在繼續】
- ごろ
  1【時間】
- すぎ、まえ
  1【時間】

2【年齡】
3【時間】
4【年齡】
- たち、がた、かた
  1【人的複數】
　〖更有禮貌－がた〗
　〖人→方〗
　〖人們→方々〗
- かた
  1【方法】

が

track045 {句子} ＋が。【前置詞】在向對方詢問、請求、命令之前，作為一種開場白使用。如例：

生活 對話

重點 前置詞

A もしもし、高木ですが、陳さんはいますか。

喂，敝姓高木，請問陳先生在嗎？

B いますよ。少々お待ちください。

他在，請稍候。

向對方詢問某事時，用展開話題的緩衝語「が」。

文法應用實例

不好意思，請問您是山本夫人嗎？

失礼ですが、山本さんの 奥さんですか。

　失禮　　　　　　　　　　　　　　夫人

★向對方詢問某事時，用緩衝語「が」。

下個星期天，要不要一起打網球呢？

今度の 日曜日ですが、テニスを しませんか。

　下個　　　　　　　　　　網球

★開口邀約對方時，用展開話題的緩衝語「が」。

不好意思，請出示護照。

すみませんが、パスポートを 見せて ください。

　不好意思　　　　　護照

★請求對方時，用展開話題的緩衝語「が」。

文法 2 が

{名詞です（だ）；形容動詞詞幹だ；形容詞・動詞丁寧形（普通形）} ＋が。

【逆接】表示連接兩個對立的事物，前句跟後句內容是相對立的。中文是：「但是…」。如例：

（生活）對話

重點 逆接

A 外は寒いですが、家の中は暖かいです。
そと　さむ　　　　　　いえ　なか　　あたた

雖然外面很冷，但是家裡很溫暖。

B ええ。寒いのは嫌ですが、コタツに入ると気持ち
　　　　さむ　　　いや　　　　　　　　　はい　　き　も

いいです。

重點 逆接

是啊，雖然不喜歡寒冷，但是窩在暖爐桌裡很舒服。

外面很冷，但家裡溫暖；不喜歡寒冷，但暖桌很舒服，「が」表示前句跟後句是對立的。

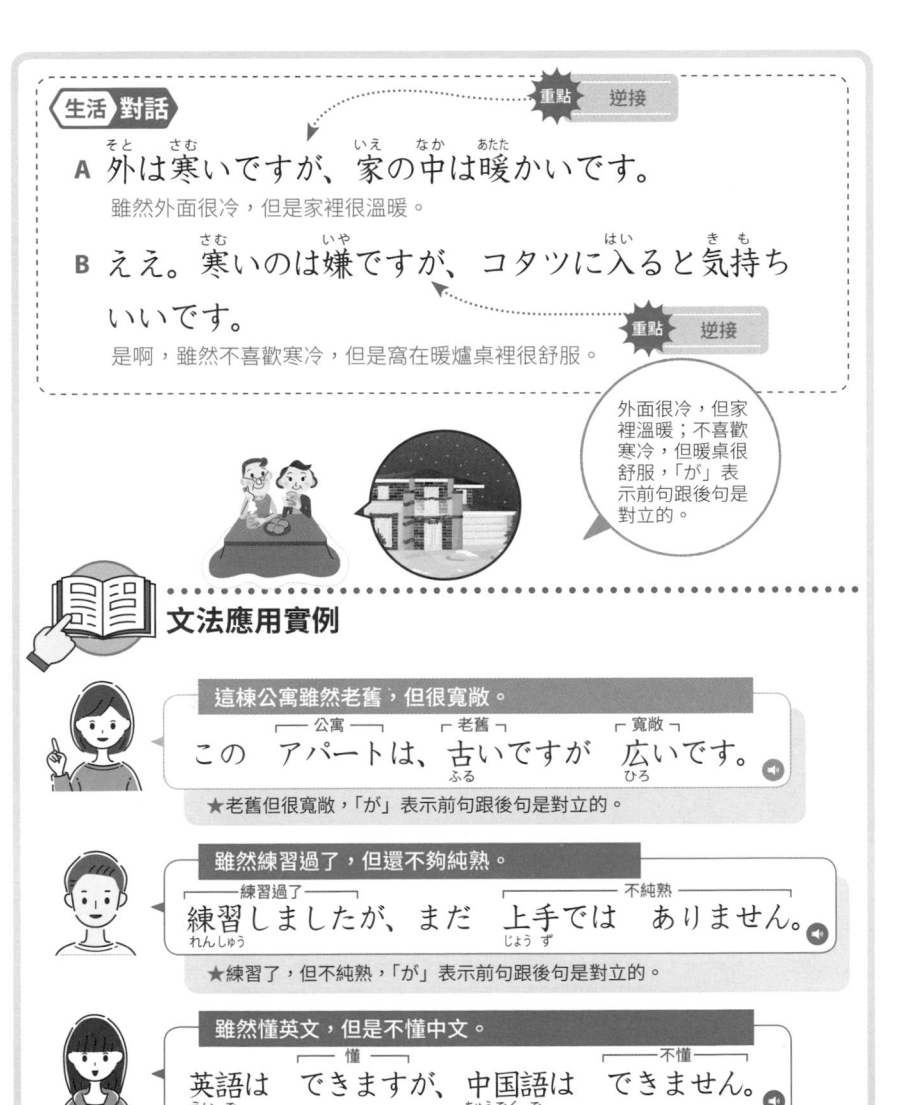

文法應用實例

這棟公寓雖然老舊，但很寬敞。

　　　　公寓　　　　老舊　　　寬敞
この　アパートは、古いですが　広いです。
　　　　　　　　ふる　　　　　ひろ

★老舊但很寬敞，「が」表示前句跟後句是對立的。

雖然練習過了，但還不夠純熟。

練習過了　　　　　　　　不純熟
練習しましたが、まだ　上手では　ありません。
れんしゅう　　　　　　　じょう ず

★練習了，但不純熟，「が」表示前句跟後句是對立的。

雖然懂英文，但是不懂中文。

　　　　　懂　　　　　　　　　　　不懂
英語は　できますが、中国語は　できません。
えい ご　　　　　　　　ちゅうごく ご

※ 懂英文，但不懂中文，「が」表示前句跟後句是對立的。

疑問詞＋が

{疑問詞} ＋が。【疑問詞主語】當問句使用「だれ、どの、どこ、なに、どれ、いつ」等疑問詞作為主語時，主語後面會接「が」。如例：

〈生活〉對話

重點　疑問詞主語

A 右の絵と左の絵は、どこが違いますか。

右邊的圖和左邊的圖有不一樣的地方嗎？

B あ、ここが違いますね。

啊，這裡不一樣喔。

不知道哪裡不一樣的情況下，用「が」表示疑問詞「どこ」的主語。

文法應用實例

「有人在教室裡嗎？」「沒人在。」

┌教室┐　　┌誰┐
「教室に　誰が　いますか。」
　きょうしつ　だれ

「誰も　いません。」
　だれ

★不知道有沒有人，用「が」表示疑問詞「誰」的主語。

哪種電影比較有趣呢？

┌哪種┐　　　　┌有趣┐
どの　映画が　面白いですか。
　　　えい が　　おもしろ

★不知道是哪一個，用「が」表示疑問詞「どの」的主語。

「你想吃什麼？」「我想吃壽司。」

┌什麼┐
「何が　食べたいですか。」
　なに　　た

┌壽司┐
「お寿司が　食べたいです。」
　す し　　　た

★不知道想吃什麼，用「が」表示疑問詞「何」的主語。

文法 4　疑問詞＋か

track048♪

【疑問詞】＋か。【不明確】「か」前接「なに、いくつ、どこ、いつ、だれ、いくら、どれ」等疑問詞後面，表示不明確、不肯定，或沒必要說明的事物。如例：

〈生活〉對話　　　　　　　　重點　不明確

A 何か食べませんか。
　要不要吃點什麼？

B そうですね。寒いですから、暖かいラーメンにしましょう。
　我想想……這麼冷的天，吃碗熱騰騰的拉麵吧。

「か」前接疑問詞「何」，表示要不要吃點「什麼東西」？

文法應用實例

接下來想請教幾個問題。

これから いくつか 質問を します。
　　　　　⎿幾個⏌　⎿問題⏌
　　　　　　　　　しつもん

★「か」前接疑問詞「いくつ」，表示不確定幾個問題。

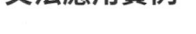

我們找個安靜的地方講話吧。

どこか 静かなところで 話しましょう。
　　　⎿安靜的⏌⎿地方⏌
　　　　しず　　　　　　はな

★「か」前接疑問詞「どこ」，表示不特定哪個安靜的地方。

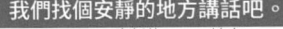

救命啊！

誰か 助けて ください。
⎿誰⏌⎿救命⏌
だれ　たす

※「か」前接疑問詞「誰」，表示不論是誰、任何人。

句子＋か

{句子}＋か。【疑問句】接於句末，表示問別人自己想知道的事。中文是：「嗎、呢」。如例：

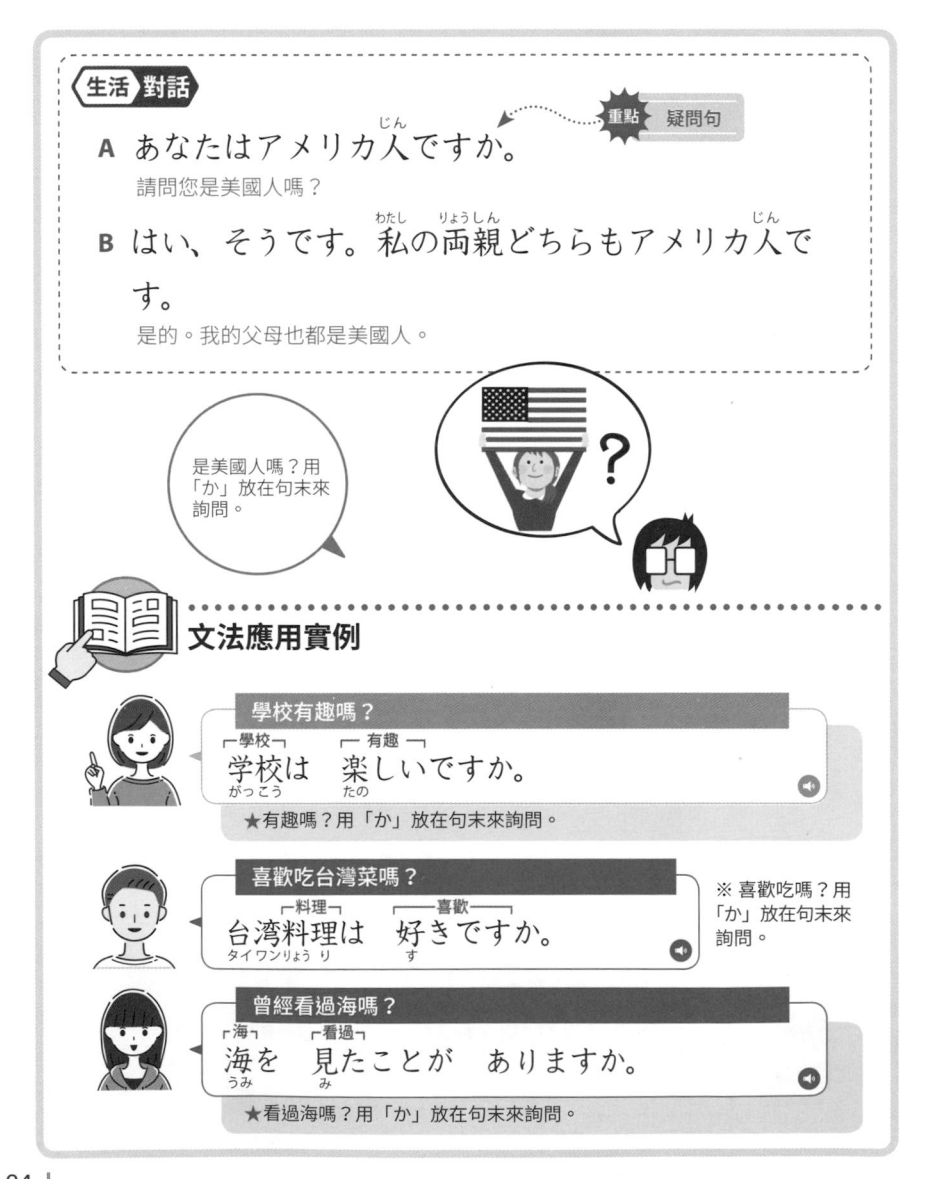

生活 對話

重點 疑問句

A あなたはアメリカ人ですか。

請問您是美國人嗎？

B はい、そうです。私の両親どちらもアメリカ人です。

是的。我的父母也都是美國人。

是美國人嗎？用「か」放在句末來詢問。

文法應用實例

學校有趣嗎？

┌學校┐　　┌有趣┐
学校は　楽しいですか。
がっこう　　たの

★有趣嗎？用「か」放在句末來詢問。

喜歡吃台灣菜嗎？

┌料理┐　　┌喜歡┐
台湾料理は　好きですか。
タイワンりょうり　　す

※喜歡吃嗎？用「か」放在句末來詢問。

曾經看過海嗎？

┌海┐　┌看過┐
海を　見たことが　ありますか。
うみ　み

★看過海嗎？用「か」放在句末來詢問。

文法 6 句子＋か、句子＋か

track050 ♫

{句子}＋か、{句子}＋か。【選擇性的疑問句】表示讓聽話人從不確定的兩個事物中，選出一樣來。中文是：「是…，還是…」。如例：

生活 對話　　　　　　　　　　　　　重點 選擇性的疑問句

A 明日は暑いですか、寒いですか。
　 あした　あつ　　　　さむ

　明天氣溫是熱還是冷呢？

B 明日は一日中雪になると言っていました。寒いで
　 あした　いちにちじゅうゆき　　　　　　　い　　　さむ
　すよ。

　說是明天的雪會下一整天，很冷唷。

「か」接在兩個情況「暑い」和「寒い」後面。詢問是其中的哪一個。

文法應用實例

傑先生是美國人呢？還是巴西人呢？

　　　　　　　┌人┐　　　　　　　┌巴西┐
ジャンさんは　アメリカ人ですか、ブラジル人ですか。
　　　　　　　　　じん　　　　　　　　　じん

★「か」兩個情況接在「アメリカ人」和「ブラジル人」後面。詢問是其中的哪一個。

這種甜點是台灣的呢？還是日本的呢？

　　┌甜點┐　　┌台灣┐
この　お菓子は　台湾のですか、日本のですか。
　　　　かし　　タイワン　　　　　にほん

★「か」接在「台湾の」和「日本の」後面。詢問是其中的哪一個。

今天的測驗簡單嗎？還是困難呢？

　　　　┌測驗┐　　┌簡單┐
今日の　テストは　簡単ですか、難しいですか。
きょう　　　　　　かんたん　　　むずか

★「か」接在「簡単」和「難しい」後面。詢問是其中的哪一個。

句子＋ね

{句子}＋ね。【確認】表示跟對方確認的語氣。中文是：「…吧」。如對話和例句1;【認同】徵求對方的認同。中文是：「…都、…喔、…呀、…呢」。【感嘆】表輕微的感嘆。中文是：「…啊」。如例句2;【思索】思考、盤算什麼的意思。中文是：「…啊」。如例句3;補充〖對方也知道〗基本上使用在說話人認為對方也知道的事物：

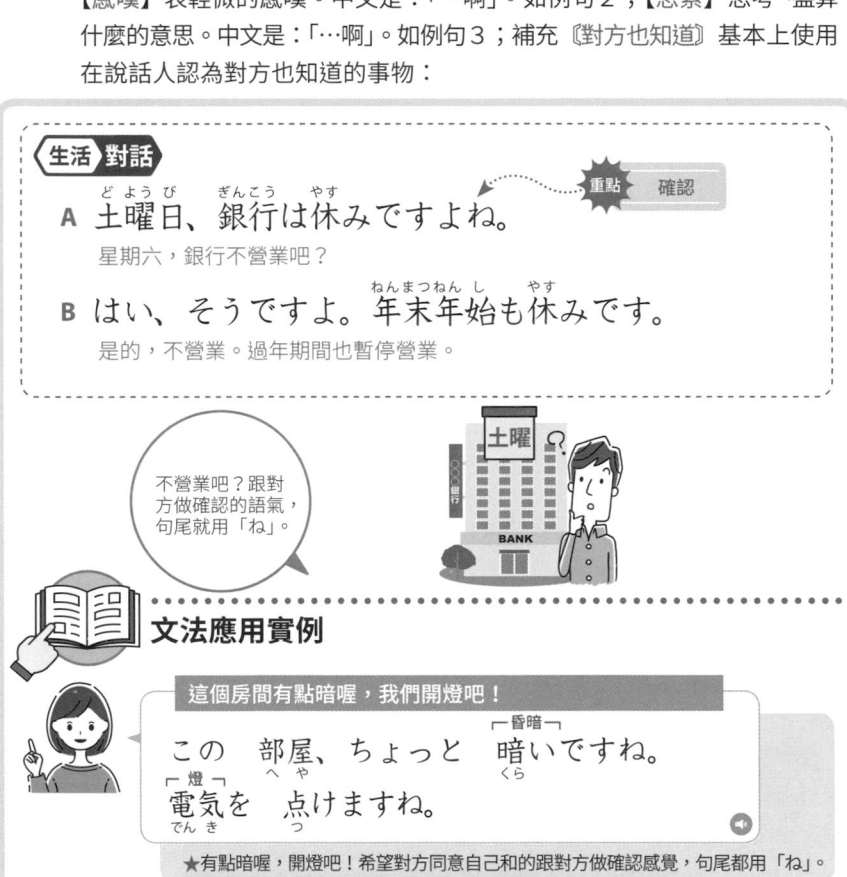

生活 對話

重點　確認

A 土曜日（どようび）、銀行（ぎんこう）は休み（やす）ですよね。

星期六，銀行不營業吧？

B はい、そうですよ。年末年始（ねんまつねんし）も休み（やす）です。

是的，不營業。過年期間也暫停營業。

不營業吧？跟對方做確認的語氣，句尾就用「ね」。

文法應用實例

這個房間有點暗喔，我們開燈吧！

この　部屋（へや）、ちょっと　暗い（くら）［昏暗］ですね。
電気（でんき）を　点けます（つ）ね。［燈］

★有點暗喔，開吧！希望對方同意自己的跟對方做確認感覺，句尾都用「ね」。

小健總是活力充沛呢。

健（けん）ちゃんは　いつも［總是］　元気（げんき）ですね。［活力充沛］

★他總是活力充沛呢！希望對方同意自己的感覺，句尾就用「ね」。

「這樣啊…」

「そうですね…。」［那樣］

★表示思考，句尾就用「ね」。

文法 8　句子＋よ

track 052

{句子} ＋よ。【注意】請對方注意。中文是：「…喲」。如對話；【肯定】向對方表肯定、提醒、說明、解釋、勸誘及懇求等，用來加強語氣。中文是：「…喔、…喲、…啊」。如例句1、2；補充〔對方不知道〕基本上使用在說話人認為對方不知道的事物，想引起對方注意。如例句3：

生活 對話

重點　注意

A 部屋の時計、7時半で止まっていますよ。
へや　とけい　しちじはん　と

房裡的時鐘停在7點半哦。

B もう8時ですよ。起きてください。
はちじ　お

已經8點囉，快起床！

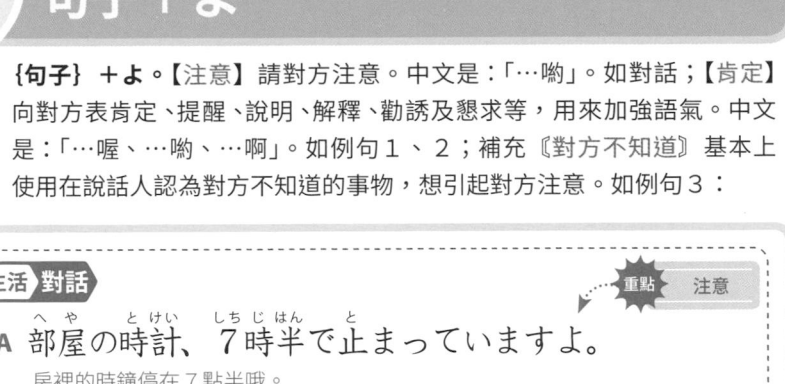

已經8點囉！
請對方注意，
句尾就用「よ」。

文法應用實例

「最近好嗎？」「嗯，我很好喔！」

「お元気ですか。」「ええ、私は 元気ですよ。」
げんき　　　　　　わたし　げんき
（嗯）　　　　　　　　　　（朝氣）

★我很好喔！加強肯定的語氣，句尾就用「よ」。

時間不早了，我們回家吧!

遅いから、もう 帰りましょうよ。
おそ（晚）　　　　かえ（回家）

★回家吧！希望對方接受自己的意見，句尾就用「よ」。

這家店的麵包很好吃喔！

この 店の パン、おいしいですよ。
みせ（店鋪）　　　（好吃）

★很好吃喔！引起對方注意，告訴對方新的事物，句尾就用「よ」。

じゅう

{名詞} ＋じゅう。【空間】可用「空間＋中（じゅう）」的形式，接場所、範圍等名詞後，表示整個範圍內出現了某事，或存在某現象。中文是：「…內、整整」。如對話和例句１；【時間】日語中不能單獨使用，只能跟別的詞接在一起的詞，接在詞前的叫接頭語，接在詞尾的叫接尾語。「中（じゅう）」是接尾詞。接時間名詞後，用「時間＋中（じゅう）」的形式表示在此時間的「全部、從頭到尾」。中文是：「全…、…期間」。如例句２、３：

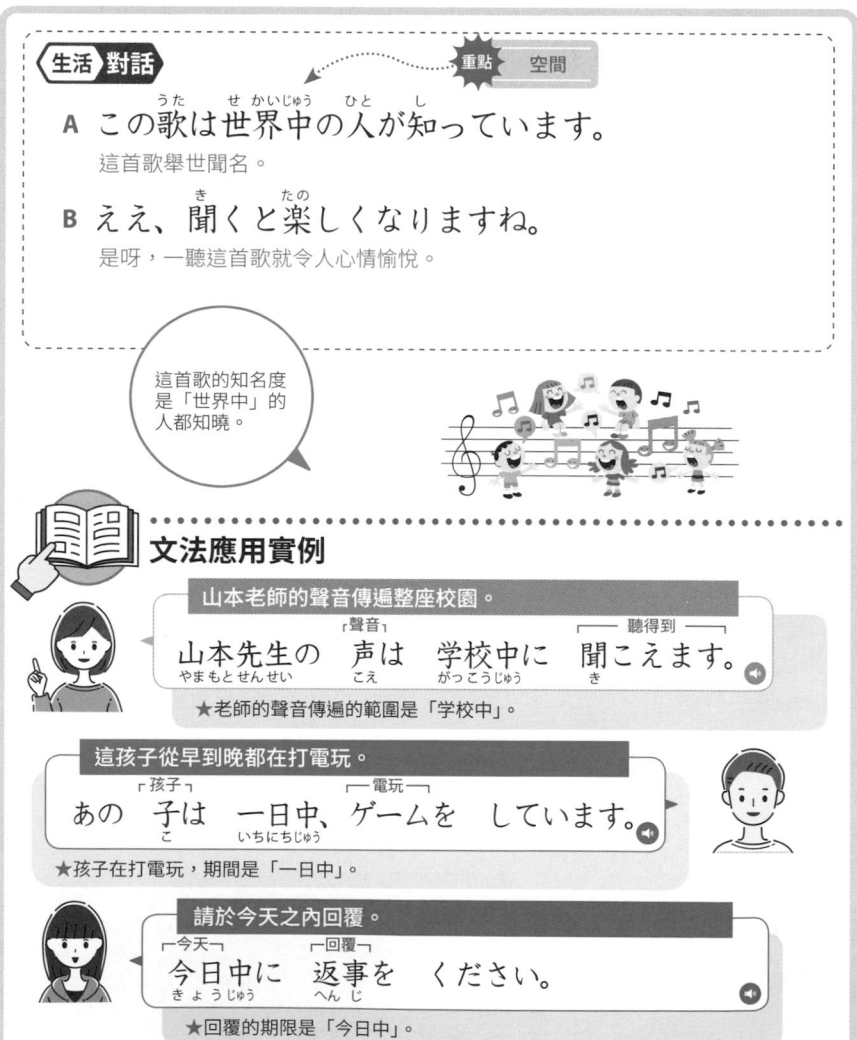

〈生活〉〔對話〕　　　重點　空間

A この歌は世界中の人が知っています。
うた　せかいじゅう　ひと　し

這首歌舉世聞名。

B ええ、聞くと楽しくなりますね。
き　　たの

是呀，一聽這首歌就令人心情愉悅。

這首歌的知名度是「世界中」的人都知曉。

文法應用實例

山本老師的聲音傳遍整座校園。

┌聲音┐　　　　　┌─聽得到─┐
山本先生の　声は　学校中に　聞こえます。
やまもとせんせい　こえ　がっこうじゅう　　き

★老師的聲音傳遍的範圍是「学校中」。

這孩子從早到晚都在打電玩。

┌孩子┐　　　　┌電玩┐
あの　子は　一日中、ゲームを　しています。
こ　いちにちじゅう

★孩子在打電玩，期間是「一日中」。

請於今天之內回覆。

┌今天┐　┌回覆┐
今日中に　返事を　ください。
きょうじゅう　へんじ

★回覆的期限是「今日中」。

track054 ♫

{動作性名詞}＋ちゅう。【正在繼續】「中（ちゅう）」接在動作性名詞後面，表示此時此刻正在做某件事情，或某狀態正在持續中。前接的名詞通常是與某活動有關的詞。中文是：「…中、正在…、…期間」。如例：

〈生活〉對話 ……………→ 重點 正在繼續

A 食事中に携帯電話を見ないでください。
しょくじちゅう　けいたいでんわ　み

吃飯時請不要滑手機。

B はい。すみません。

好，對不起。

A 楽しい話をしながら、食事をしましょう。
たの　はなし　しょくじ

讓我們邊吃飯邊開心聊天吧！

什麼時候不要滑手機？原來是「食事中」。

文法應用實例

科長目前正在通電話。

┌科長┐　┌目前┐
課長は　今、電話中です。
かちょう　いま　でんわちゅう

★科長正在持續做什麼？原來是「電話中」。

「正在讀書，請保持安靜！」

┌正在┐　┌安靜┐
「勉強中、静かに。」
べんきょうちゅう　しず

※ 什麼時候要保持安靜？原來是「勉強中」。

這是我在倫敦旅行時拍的照片。

　　　　　　┌倫敦┐　　┌拍攝┐
これは　旅行中に　ロンドンで　撮った　写真です。
りょこうちゅう　　　　　　と　　　しゃしん

★什麼時候拍的照片？原來是「旅行中」。

ごろ

track055 ♪ 　{名詞}＋ごろ。【時間】表示大概的時間點，一般只接在年、月、日，和鐘點的詞後面。中文是：「左右」。如例：

生活 對話　　　　　　　　　　重點　時間

A この山は毎年今ごろが一番きれいです。
やま　まいとしいま　　　いちばん

　　這座山每年這個時候是最美的季節。

B わあ、本当ですね。赤くてきれいな山ですね。
ほんとう　　　あか　　　　　　やま

　　哇，真的耶！好個滿山緋紅的美景。

> 「今」後接「ごろ」，表示最美的季節大概是這個時候。

文法應用實例

今天從中午開始下起雨來。

今日は　昼ごろから　雨に　なります。
きょう　ひる　　　　あめ

★「昼」後接「ごろ」，表示下雨的時間是中午左右。

金女士曾於 3 月份左右造訪過這座小鎮。

金さんは　3月ごろに　この　町に　来ました。
キム　　さんがつ　　　　　まち　き

★「3 月」後接「ごろ」，表示造訪小鎮的時間是 3 月份左右。

2018年前後，我去過加拿大。

2018年ごろ、私は　カナダに　いました。
にせんじゅうはちねん　わたし

★「2018 年」後接「ごろ」，表示去過加拿大的時間是 2018 年前後。

まえ、すぎ

{時間名詞} ＋まえ、すぎ。【時間】接尾詞「まえ」，接在時間名詞後面，表示那段時間之前。中文是：「差…、…前」。如對話；【年齡】接尾詞「まえ」，也可用在年齡，表示還未到那年齡。中文是：「…前、未滿…」。如例句1；【時間】接尾詞「すぎ」，接在時間名詞後面，表示比那時間稍後。中文是：「過…」。如例句2；【年齡】接尾詞「すぎ」，也可用在年齡，表示比那年齡稍長。中文是：「…多」。如例句3：

生活 對話　　重點　時間

A 2年前に結婚しました。ハワイで。
に ねんまえ けっこん

我兩年前結婚了。在夏威夷。

B 素晴らしいですね。
す ば

真令人羨慕呀！

2年前

「2年」後接「前」，表示「兩年前」結婚了。

文法應用實例

我有兩個還沒滿20歲的小孩。

まだ 二十歳まえの 子どもが 二人います。
たち　二十歳　　小孩　　　両人 ふたり

★「二十歳」後接「前」，表示小孩「還沒滿20歲」。

每天早上8點過後出門。

毎朝 8時過ぎに 家を 出ます。
まいあさ はちじ す　家 いえ で

★「8時」後接「すぎ」，表示早上「8點過後」出門。

你有沒有看到一個30多歲、身穿黑衣服的男人?

30過ぎの 黒い 服の 男を 見ましたか。
さんじゅう す　黒色 くろ ふく　男人 おとこ み

※「30」後接「すぎ」，表示男人「30多歲」。

track 057

【名詞】＋たち、がた、かた。【人的複數】接尾詞「たち」接在「私」、「あなた」等人稱代名詞的後面，表示人的複數。但注意有「私たち」、「あなたたち」、「彼女たち」但無「彼たち」。中文是：「…們」。如對話；補充〔更有禮貌－がた〕接尾詞「方」也是表示人的複數的敬稱，說法更有禮貌。如例句１；補充〔人→方〕「方」是對「人」表示敬意的說法。如例句２；補充〔人們→方々〕「方々」是對「人たち」（人們）表示敬意的說法。如例句３：

生活 對話 ┄┄┄→ 重點 人的複數

A 私たちは日本語学校の生徒です。
我們是這所日語學校的學生。

B この学校の授業は分かりやすくて楽しいです。
這所學校的課程內容深入淺出，上起課來很愉快。

我們用「私たち」表示複數。

こんにちは

文法應用實例

請問您們是台灣人嗎？
┌ 您 ┐ ┌ 台灣人 ┐
あなた方は 台湾人ですか。
　　　がた 　　タイワンじん
★您們用「あなた方」禮貌的表示複數。

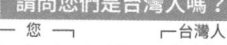
那一位是大學教授。
　　　┌大學┐ ┌教授┐
あの 方は 大学の 先生です。
　　 かた だいがく せんせい

※ 那一位用「あの方」表示敬意。

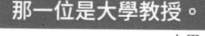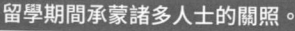
留學期間承蒙諸多人士的關照。
┌留學┐ 　　　　　　　　　　　　┌關照┐
留学中は、たくさんの 方々に お世話に
りゅうがくちゅう 　　　　　かたがた 　　せわ
なりました。
★諸多人士用「方々」尊敬的表示複數。

track058 ♫　{動詞ます形}＋かた。【方法】表示方法、手段、程度跟情況。中文是：「…法、…樣子」。如例：

生活 對話　　　　　　　　　　重點　方法

A それは、あなたの言い方が悪いですよ。
錯就錯在你的措辭失當。

B すみません。私が悪かったです。これから気をつけます。
對不起，是我不好。下次會多注意。

措辭用「言い
方」來表示。

文法應用實例

請告訴我這個漢字的讀音。

この　漢字の　読み方を　教えて　ください。

★讀音用「読み方」來表示。

向媽媽請教如何做料理。

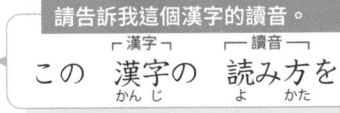

料理の　作り方を　母に　聞きます。

★作法用「作り方」來表示。

在地圖上畫了前往車站的路線給他。

駅までの　行き方を　地図に　書いて　あげました。

★路線用「行き方」來表示。

接續詞介於前後句子或詞語之間，起承先啟後的作用。接續詞按功能可分類如下：

● 把兩件事物用邏輯關係連接起來的接續詞

一、表示順態發展

根據對方説的話，再説出自己的想法或心情。或用在某事物的開始或結束，以及與人分別的時候。如：

それでは（那麼）

例：

「この　くつ、ちょっと　大（おお）きいですね。」

（「這雙鞋子，有點大耶！」）

「それでは　こちらは　いかがでしょうか。」

（「那麼，這雙您覺得如何？」）

それでは、さようなら。

（那麼，再見！）

二、表示轉折關係

後面的事態跟前面的事態是相反的，或提出與對方相反的意見。如：

しかし（但是）

例：

時間（じかん）は　あります。しかし　お金（かね）が　ありません。

（我有時間，但是沒有錢。）

三、表示讓步條件

用在句首，表示跟前面的敘述內容，相反的事情持續著。比較口語化，比「しかし」説法更隨便。如：

でも（不過）

例：

たくさん　食（た）べました。でも　すぐ　お腹（なか）が　すきました。

（吃了很多，不過肚子馬上又餓了。）

● 分別敘述兩件以上事物時使用的接續詞

一、表示動作順序。

連接前後兩件事情，表示事情按照時間順序發生。如：
そして（接著）、それから（然後）

例：

昨日は　映画を　見ました。そして　食事を　しました。

（昨天看了電影，然後吃了飯。）

食事を　して、それから　歯を　磨きます。

（用了餐，接著刷牙。）

二、表示並列

用在列舉事物，再加上某事物。如：
そして（還有）、それから（還有）

例：

うちには　犬と　猫が　います。それから（／そして）　亀も　います。

（我家有狗和貓，還有烏龜。）

MEMO

小試身手 文 法 知 多 少 ？

請完成以下題目，從選項中，選出正確答案，並完成句子。

001 授業（　）は、携帯の　電源を　切って　ください。

□　①ちゅう　　②して　います

002 野菜は　嫌いです（　）、肉は　好きです。

□　①が　　②で

003 この　車は、すてきです（　）、あまり　高く　ありません。

□　①が　　②から

004 忙しい　毎日でしょう（　）、どうぞ　お体を　大切に　して

□　ください。（致老師）

①が　　②けど

005 今日は　水曜日じゃ　ありませんよ、木曜日です（　）。

□　①よ　　②か

006 私は、2時間（　）銀行を　出ました。

□　①あと　　②で

錯 題糾錯 Note	正解＆解析
錯題＆錯解	
	參考資料

新日檢擬真模擬試題

もんだい1 （　　　）に 何を 入れますか。1・2・3・4から いちばん いい ものを 一つ えらんで ください。

001 A「パンの （　　　）方を おしえて くださいませんか。」
□　B「いいですよ。」
　　①作ら　　②作って　　③作る　　④作り

002 山田「田上さん、きょうだいは。」
□　田上「兄は います（　　　）、弟は いません。」
　　①から　　②ので　　③で　　④が

003 （電話で）
□　山田「山田と もうしますが、そちらに 田上さん （　　　）。」
　　田上「はい、わたしが 田上です。」
　　①では ないですか　　　　②いましたか
　　③いますか　　　　　　　　④ですか

004 A「だれ （　　　）私の お弁当を 食べましたか。」
□　B「妹が 食べました。」
　　①に　　②と　　③が　　④は

005 A「おきなわでも 雪が ふりますか。」
□　B「ふった ことは ありますが、あまり （　　　）。」
　　①ふります　　　　　　②ふりません
　　③ふって いました　　④よく ふります

もんだい2 ＿＿＿★＿＿に 入る ものは どれですか。1・2・3・4から いちばん いい ものを 一つ えらんで ください。

006 A「うちの ＿＿＿ ＿＿＿ ＿★＿ ＿＿＿ よ。」
□　B「あら、うちの ねこも そうですよ。」
　　①ねて　　②一日中　　③います　　④ねこは

▼ 翻譯與詳解請見 P.228

模擬試題 **錯題糾錯＋解題攻略筆記！**

錯題＆錯解

正解＆解析

參考資料

疑問詞の使用

疑問詞的使用

- なに、なん
  1【問事物】
    〖唸作なん〗
    〖唸作なに〗

- だれ、どなた
  1【問人】
    〖客氣－どなた〗

- いつ
  1【問時間】

- いくつ
  1【問個數】
  2【問年齡】
    〖お＋いくつ〗

- いくら
  1【問價格】
  2【問數量】

- どう、いかが
  1【勧誘】
  2【問狀況等】

❶ 問人事時 → **疑問詞的使用** ← **❷ 問想法、狀態跟原因**

❸ 疑問詞＋疑問詞＋か／も

- なにも、だれも、どこへも
  1【全面否定】

- なにか、だれか、どこか
  1【不確定】
  2【不確定是何處】
  3【不確定是誰】

- 疑問詞＋も＋肯定／否定
  1【全面肯定】
  2【全面否定】

- どんな
  1【問事物內容】

- どのぐらい、どれぐらい
  1【問多久】

- なぜ、どうして
  1【問理由】
    〖口語－なんで〗
  2【問理由】
    〖後接のです〗

1 なに、なん

track059

なに、なん＋{助詞}。【問事物】「何（なに、なん）」代替名稱或情況不瞭解的事物，或用在詢問數字時。一般，表示「どんな（もの）」（什麼東西）時，讀作「なに」。中文是：「什麼」。如對話和例句１；補充〔唸作なん〕表示「いくつ／多少」時讀作「なん」。但「何だ」、「何の」一般要讀作「なん」。詢問理由時「何で」也讀作「なん」。如例句２；補充〔唸作なに〕詢問道具時的「何で」跟「何に」、「何と」、「何か」兩種讀法都可以，但是「なに」語感較為鄭重，「なん」則較為粗魯。如例句３：

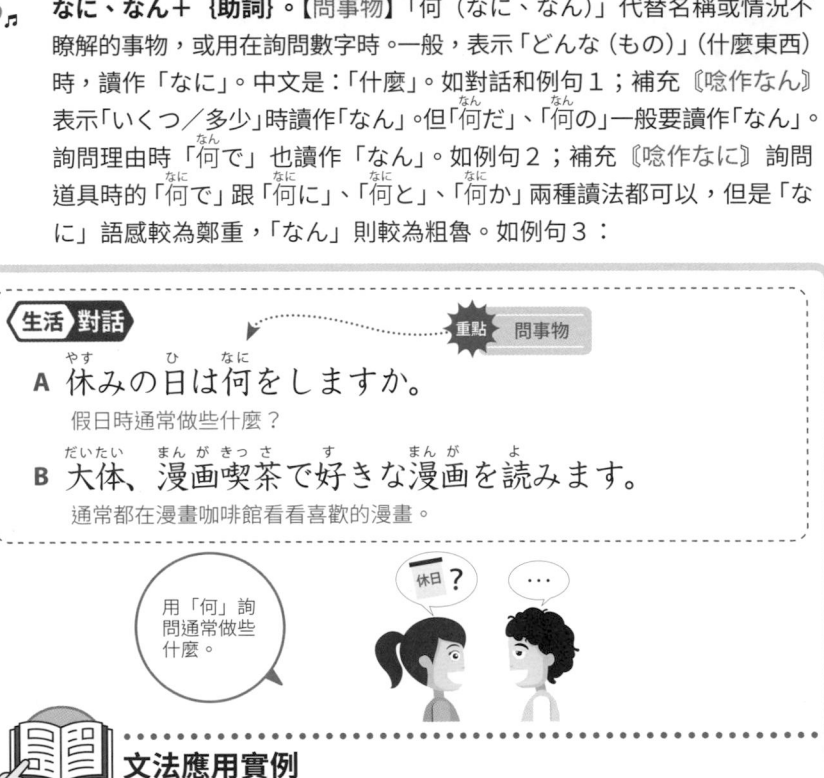

生活 對話　　　　　　　　　　**重點** 問事物

A 休みの日は何をしますか。
　假日時通常做些什麼？

B 大体、漫画喫茶で好きな漫画を読みます。
　通常都在漫畫咖啡館看看喜歡的漫畫。

用「何」詢問通常做些什麼。

休日？　…

文法應用實例

早餐吃了什麼呢？

┌─早餐─┐　┌─什麼─┐
朝ご飯は　何を　食べましたか。

★用「何」詢問吃了什麼。

現在幾點呢？

┌─現在─┐┌─幾點─┐
今、何時ですか。

★用「何」詢問是幾點。

「要用什麼方式前往？」「搭計程車去吧！」

　┌─前往─┐　　┌─計程車─┐
「何で　行きますか。」「タクシーで　行きましょう。」

★用「何」詢問用什麼方式前往。

だれ、どなた＋ {助詞}。【問人】「だれ」不定稱是詢問人的詞。它相對於第一人稱，第二人稱和第三人稱。中文是：「誰」。如例句１、２；補充〔客氣－どなた〕「どなた」和「だれ」一樣是不定稱，但是比「だれ」說法還要客氣。中文是：「哪位…」。如對話和例句３：

生活 對話   重點 問人

A あの方はどなたですか。
　　かた

請問那一位該怎麼稱呼呢？

B いつも面白い話をする田中さんですよ。
　　　　おもしろ　はなし　　　　た なか

那位是向來談吐風趣的田中先生唷。

客氣的詢問人
就用「どなた」。

文法應用實例

那個人是誰？

　　　　「人」
あの　人は　誰ですか。
　　　ひと　だれ

★要詢問人就用「誰」。

這封信是誰寫的？

　　「信」　　　　「書寫」
この　手紙は　誰が　書きましたか。
　　　てがみ　だれ　か

※ 詢問人
　用「誰」。

請問這是哪一位的隨身物品呢？

　　　「哪一位」　「隨身物品」
これは　どなたの　お荷物ですか。
　　　　　　　　　に もつ

★客氣的詢問人用「どなた」。

track061♫

いつ＋{疑問的表達方式}。【問時間】表示不肯定的時間或疑問。中文是：「何時、幾時」。如例：

生活 對話

重點 問時間

A あなたの誕生日はいつですか。
たんじょう び

你生日是哪一天呢？

B 2週間後の6月8日ですよ。
に しゅうかん ご ろくがつよう か

兩個星期後的6月8號。

「いつ」詢問生日是哪一天。

文法應用實例

什麼時候要去日本呢？

いつ 日本へ 行きますか。
┌什麼時候┐ ┌日本┐ にほん い

★「いつ」詢問什麼時候去日本。

什麼時候見過老師的呢？

いつ 先生に 会いましたか。
┌老師┐ ┌────見過────┐ せんせい あ

★「いつ」詢問什麼時候見過老師。

學校放假到什麼時候呢？

学校は いつまで 休みですか。
がっこう ┌到┐ ┌放假┐ やす

★「いつ」詢問放假到什麼時候。

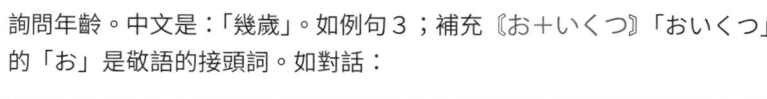

【名詞（＋助詞）】＋いくつ。【問個數】表示不確定的個數，只用在問小東西的時候。中文是：「幾個、多少」。如例句１、２；【問年齡】也可以詢問年齡。中文是：「幾歲」。如例句３；補充〖お＋いくつ〗「おいくつ」的「お」是敬語的接頭詞。如對話：

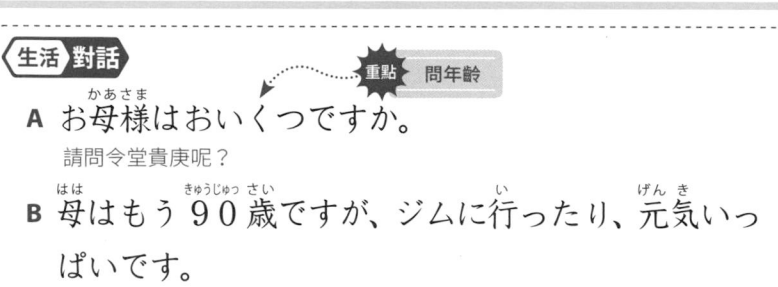

生活 對話

重點　問年齡

A お母様はおいくつですか。
　　かあさま

請問令堂貴庚呢？

B 母はもう９０歳ですが、ジムに行ったり、元気いっ
　　はは　　　きゅうじゅっ さい　　　　い　　　　　　げん き
ぱいです。

家母已經高齡90了。她有時上上健身房，總是神采奕奕。

90才　　おいくつ

尊敬的問歲數用「おいくつ」（幾歲）。

文法應用實例

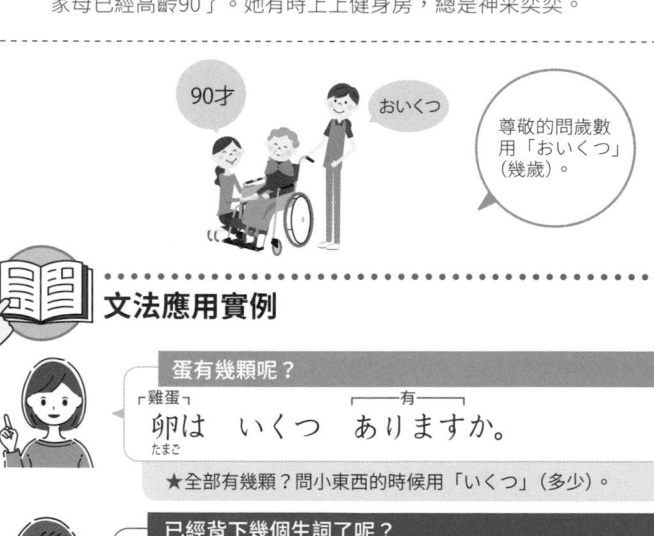

蛋有幾顆呢？

┌雞蛋┐　　　　┌─有─┐
卵は　いくつ　ありますか。
たまご

★全部有幾顆？問小東西的時候用「いくつ」（多少）。

┌─新的─┐　　　　　　┌─背下─┐
新しい　言葉を　いくつ　覚えましたか。
あたら　　こと ば　　　　　　おぼ

★背下幾個生詞了呢？問小東西的時候用「いくつ」（多少）。

「美穂小妹妹，妳幾歲？」「3歲！」

　　　　　┌─幾歲─┐┌3歲┐
「美穂ちゃん、いくつ。」「三つ。」
　み ほ　　　　　　　　　みっ

※ 問歲數的時候用「いくつ」（幾歲）。

いくら

{名詞（＋助詞)}＋いくら。【問價格】表示不明確的數量，一般較常用在價格上。中文是：「多少」。如對話和例句１；【問數量】表示不明確的數量、程度、工資、時間、距離等。中文是：「多少」。如例句２、３：

生活 對話

重點 問價格

A 空港までタクシーでいくらかかりますか。
くうこう

請問搭計程車到機場的車資是多少呢？

B 6300円ぐらいです。夜中はもっとかかります。
ろくせんさんびゃく えん　　　　　　よ なか

大約6300日圓左右，夜間行車還會加價。

到機場的車資，
用「いくら」詢問。

文法應用實例

請問這個包包多少錢呢？

┌這個┐　　　┌多少錢┐
この　鞄は　いくらですか。
　　　かばん

★包包的價格，用「いくら」詢問。

從東京到大阪要花多久時間呢？

　　　　　　　　　　┌時間┐　　　　┌──花費──┐
東京から　大阪まで　時間は　いくら　かかりますか。
とうきょう　おおさか　じかん

★要花多久時間呢？用「いくら」詢問。

行李的重量是多少呢？

┌行李┐　┌重量┐
荷物の　重さは　いくら　ありますか。
にもつ　おも

※ 重量是多少呢？
用「いくら」詢問。

文法 6　どう、いかが

track064

{名詞} ＋はどう（いかが）ですか。【勧誘】也表示勸誘。中文是：「如何」。如對話；【問狀況等】「どう」詢問對方的想法及對方的健康狀況，還有不知道情況是如何或該怎麼做等，「いかが」跟「どう」一樣，只是說法更有禮貌。中文是：「怎樣」。如例句：

生活 對話

重點　勧誘

A コーヒーはいかがですか。
喝杯咖啡好嗎？

B いただきます。
麻煩您了。

> 這裡的「いかが」（如何），是指「コーヒー」如何呢？需要嗎？

文法應用實例

「旅行玩得愉快嗎？」「非常愉快！」

「旅行は　どうでしたか。」「楽しかったです。」
りょこう　　　　　　　　　　たの

★這裡的「どう」（怎樣），是指「旅行」如何呢？愉快嗎？

「餐點合您的口味嗎？」「非常好吃。」

「お食事は　いかがでしたか。」「おいしかったです。」
しょくじ

★這裡的「いかが」（如何），是指「お食事」如何呢？好吃嗎？

「這東西該怎麼打開呢？」「把這裡按下去。」

「これは　どうやって　開けますか。」「ここを　押します。」
　　　　　　　　　　　あ　　　　　　　　　　　　　　お

★這裡的「どうやって」（怎麼做），是詢問「これ」打開的方法。

Chapter6 疑問詞的使用

どんな

track065♫ **どんな＋ {名詞}**。【問事物內容】「どんな」後接名詞，用在詢問事物的種類、內容。中文是：「什麼樣的」。如例：

（生活）對話 ········▶ **重點** 問事物內容

A どんな仕事がしたいですか。
しごと

您希望從事什麼樣的工作呢？

B いつでも働けるユーチューバーの仕事がしたいです。
はたら しごと

我想當個工作時間自由的YouTuber。

「どんな」後接「仕事」表示「什麼樣的工作」。

 **文法應用實例**

您喜歡什麼類型的音樂呢？

どんな 音楽が 好きですか。
┌音樂┐ ┌喜歡┐
おんがく す

★「どんな」後接「音楽」表示「什麼類型的音樂」。

女孩那時穿著什麼樣的衣服呢？

女の子は どんな 服を 着て いましたか。
おんな こ ┌衣服┐ ┌穿┐
ふく き

★「どんな」後接「服」表示「什麼樣的衣服」。

請問令堂是什麼樣的人呢？

あなたの お母さんは どんな 人ですか。
┌令堂┐ ┌人┐
かあ ひと

※「どんな」後接「人」表示「什麼樣的人」。

文法 8　どのぐらい、どれぐらい

track066♪

どのぐらい、どれぐらい＋｛詢問的內容｝。【問多久】表示「多久」之意。但是也可以視句子的內容，翻譯成「多少、多少錢、多長、多遠」等。「ぐらい」也可換成「くらい」。中文是：「多（久）…」。如例：

生活 對話

重點　問多久

A 仕事はあとどれぐらいかかりますか。
　　しごと
　工作還要多久才能完成呢？

B そうですね、だいたい２時間ぐらいかかります。
　　　　　　　　　　　　　に じ かん
　我看看……大概還要兩個小時左右。

？

「どのぐらい」
表示「還要多
久」。

文法應用實例

「請問到車站要多久呢？」「走過去５分鐘吧。」

「駅まで　どのぐらい　ありますか。」
　えき　　　　走路　　　　　５分鐘
「歩いて　５分ですよ。」
　ある　　　ご ふん

★「どのぐらい」
表示「要多久」。

「請問要吃多少份量呢？」「請給我多一些。」

　　　　　　　吃　　　　　　　　　　多
「どのぐらい　食べますか。」「たくさん　ください。」
　　　　　　　た

★「どのぐらい」表示「多少份量」。

「請問您的日語大約是什麼程度呢？」「日常會話還可以。」

　　　　　　　　　　　　　　會
「日本語は　どれぐらい　できますか。」
　に ほん ご
　　日常會話
「日常会話くらいです。」
　にちじょうかい わ

※「どのぐらい」表示「大約是什麼程度」。

Chapter6　疑問詞的使用

なぜ、どうして

なぜ、どうして＋{詢問的內容}。【問理由】「なぜ」跟「どうして」一樣，都是詢問理由的疑問詞。中文是：「原因是…」。如例句1；補充〔口語－なんで〕口語常用「なんで」。如對話；【問理由】「どうして」是詢問理由的疑問詞。中文是：「為什麼」。如例句2；補充〔後接のです〕由於是詢問理由的副詞，因此常跟請求說明的「のだ、のです」一起使用。如例句3：

〈生活〉對話　　　重點　問理由

A なんで泣いているの。
　他為什麼在哭呢？

B 眠いのかな。歌を歌ってあげましょう。
　是不是睏了？唱首歌給他聽吧！

口語問理由就用「なんで」（為什麼）。

文法應用實例

昨天為什麼沒來？

昨日は　なぜ　来なかったんですか。

★問理由就用「なぜ」（為什麼）。

為什麼不吃不喝呢？

どうして　何も　食べないんですか。

★問理由也用「どうして」（為什麼）。

這扇窗為什麼是開著的呢？

どうして　この　窓が　開いて　いるのですか。

★問理由也常用「どうして～のですか」（為什麼）。

track068 ♫ **なにも、だれも、どこへも＋｛否定表達方式｝**。【全面否定】「も」上接「な
に、だれ、どこへ」等疑問詞，下接否定語，表示全面的否定。中文是：
「也（不）…、都（不）…」。如例：

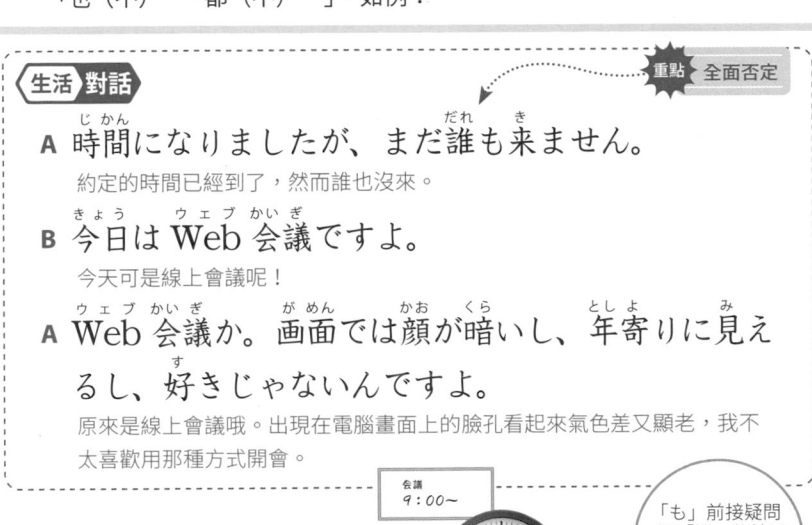

重點 全面否定

生活 對話

A 時間になりましたが、まだ誰も来ません。

約定的時間已經到了，然而誰也沒來。

B 今日はWeb会議ですよ。

今天可是線上會議呢！

A Web会議か。画面では顔が暗いし、年寄りに見え
るし、好きじゃないんですよ。

原來是線上會議哦。出現在電腦畫面上的臉孔看起來氣色差又顯老，我不
太喜歡用那種方式開會。

会議
9:00～

「も」前接疑問
詞「誰」後接否
定「来ません」，
表示誰也沒來。

文法應用實例

關於那個男人的事我一概不知！

┌男人┐　　　　　　　　┌─不知道─┐
この　男の　ことは　何も　知りません。
　　　おとこ　　　　　なに　　し

★「も」前接疑問詞「何」後接否定「知りません」，表示一概不知。

雖然去了一趟百貨公司，但是什麼也沒買。

┌─百貨公司─┐
デパートへ　行きましたが、何も　買い
　　　　　　　い　　　　　　　なに　　か
┌─沒買─┐
ませんでした。

※「も」前接疑
問詞「何」後接
否定「買いませ
んでした」，表
示什麼也沒買。

昨天哪裡也沒去。

┌昨天┐　┌哪裡┐
昨日は　どこへも　行きませんでした。
きのう　　　　　　い

★「も」前接疑問詞「どこへ」後接否定「行きませんでした」，表示哪裡也沒去。

なにか、だれか、どこか

track069

なにか、だれか、どこか＋{不確定事物}。【不確定】具有不確定，沒辦法具體說清楚之意的「か」，接在疑問詞「なに」的後面，表示不確定。中文是：「某些、什麼」。如例句1、2；【不確定是何處】接在「どこ」的後面表示不肯定的某處。中文是：「去某地方」。如對話；【不確定是誰】接在「だれ」的後面表示不確定是誰。中文是：「某人」。如例句3：

生活 對話

重點 不確定是何處

A 携帯電話をどこかに置いてきてしまいました。

不曉得把手機忘在哪裡了。

B いつも２〜３台持っているじゃないですか。

你不是隨身帶著兩三支手機嗎？

A 全部置いてきてしまいました。

統統不見了。

「どこか」表示不確定放到哪裡去了。

文法應用實例

「要不要吃點什麼？」「不了，現在不餓。」

「何か 食べますか。」
「いいえ、今は けっこうです。」

★「何か」表示不確定要吃什麼食物。

樹後面躲著什麼東西。

木の 後ろに 何か います。

★「何か」表示不確定樹後面躲著什麼東西。

快救救我啊！

誰か 助けて ください。

★「誰か」表示不論是誰。

track070♪ 　{疑問詞}＋も＋肯定／～ません。【全面肯定】若想表示全面肯定，則以「疑問詞＋も＋肯定」形式。中文是：「無論…都…」。如對話和例句１；【全面否定】「も」上接疑問詞，下接否定語，表示全面的否定。中文是：「也（不）…」。如例句２、３：

生活 對話　　　　　　　重點 全面肯定

A この店の料理はどれもおいしいです。
　みせ　りょう り
　這家餐廳的菜每一道都很好吃。

B う～ん、このワインもあまくておいしいですね。
　唔嗯——，這支葡萄酒也很香甜順口哖！

「も」前加「どれ」，後接肯定「おいしいです」表示全都好吃。

文法應用實例

木村小姐總是忙得團團轉。
　　　　　　　　┌忙碌┐
木村さんは　いつも　忙しいです。
き むら　　　　　　　いそが

★「も」前加「いつ」，後接肯定「忙しいです」表示總是很忙。

這個房間裡沒有人。
┌這個┐┌房間┐
この　部屋には　誰も　いません。
　　　へ や　　　だれ

★「も」前加「誰」，後接否定「いません」表示沒有人。

從早上到現在什麼也沒吃。
┌早上┐　　　　┌沒吃┐
朝から　何も　食べて　いません。
あさ　　なに　 た

※「も」前加「何」，後接否定「食べていません」表示什麼也沒吃。

小試身手 文法知多少？

請完成以下題目，從選項中，選出正確答案，並完成句子。

001 明日は（　　）曜日ですか。
　□　①何　　②何か

002 クラスの 中で（　　）が 一番 歌が うまいですか。
　□　①誰か　　②誰

003 （　　）から 日本語を 勉強して いますか。
　□　①いつ　　②いつか

004 あそこで（　　）光って います。
　□　①何が　　②何か

005 この 絵は（　　）描きましたか。
　□　①誰か　　②誰が

006 （　　）花が 好きですか。
　□　①どんな　　②どれ

錯題糾錯 Note

錯題＆錯解

正解＆解析

參考資料

新日檢擬真模擬試題

もんだい1 （　　　）に 何を 入れますか。1・2・3・4か
ら いちばん いい ものを 一つ えらんで ください。

001 A「あなたは、その 人の（　　　）ところが 好きですか。」
☐ B「とても つよい ところです。」
　　①どこの　　②どんな　　③どれが　　④どこな

002 A「（　　　）飲み物は ありませんか。」
☐ B「コーヒーが ありますよ。」
　　①何か　　②何でも　　③何が　　④どれか

003 机の 上には（　　　）ありません。
☐ ①何でも　　②だれも　　③何が　　④何も

004 A「その シャツは（　　　）でしたか。」
☐ B「2千円です。」
　　①どう　　②いくら　　③何　　④どこ

Chapter6 疑問詞的使用

もんだい2 ＿＿★＿に 入る ものは どれですか。1・2・3・
4から いちばん いい ものを 一つ えらんで ください。

005 A「昨日は 何時 ＿＿＿ ＿＿＿ ＿★＿ ＿＿＿ か。」
☐ B「9時半です。」
　　①家　　②出ました　　③を　　④に

006 （デパートで）
☐ 客「ハンカチの ＿＿＿ ＿＿＿ ＿★＿ ＿＿＿ か。」
　　店の人「2かいです。」
　　①は　　②みせ　　③です　　④なんがい

▼ 翻譯與詳解請見 P.230

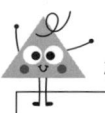

模擬試題 **錯題糾錯＋解題攻略筆記！**

錯題＆錯解

正解＆解析

參考資料

指示詞の使用

指示詞的使用

- これ、それ、あれ、どれ
  1【事物－近稱】
  2【事物－中稱】
  3【事物－遠稱】
  4【事物－不定稱】

- この、その、あの、どの
  1【連體詞－近稱】
  2【連體詞－中稱】
  3【連體詞－遠稱】
  4【連體詞－不定稱】

❶ 事物指示

❷ 連體指示

指示詞的使用

❸ 場所指示

❹ 方向指示

- ここ、そこ、あそこ、どこ
  1【場所－近稱】
  2【場所－中稱】
  3【場所－遠稱】
  4【場所－不定稱】

- こちら、そちら、あちら、どちら
  1【方向－近稱】
  2【方向－中稱】
  3【方向－遠稱】
  4【方向－不定稱】

1 これ、それ、あれ、どれ

track 071♪

【事物－近稱】這一組是事物指示代名詞。「これ」指離說話者近的事物。中文是：「這個」。如對話；【事物－中稱】「それ」指離聽話者近的事物。中文是：「那個」。如例句１；【事物－遠稱】「あれ」指說話者、聽話者範圍以外的事物。中文是：「那個」。如例句２；【事物－不定稱】「どれ」表示事物的不確定和疑問。中文是：「哪個」。如例句３：

〈生活〉對話　　　　　　　　　　　　**重點**　事物－近稱

A これはあなたの本ですか。
ほん
這是你的書嗎？

B そうです。この《世界一勉強したくなる本》はすご
せ かいいちべんきょう　　　　　　ほん
く面白いですよ。
おもしろ
是的。這本《世界上最想讀的書》十分有趣喔！

「これ」（這個）
指離說話者近的
「本」。

文法應用實例

那是平野先生的書。
┌那┐　　　　　　　┌書┐
それは　平野さんの　本です。
　　　　ひら の　　　ほん
★「それ」（那個）指離聽話者近的「本」。

「那是什麼地方呢？」「那是大使館。」
　　┌什麼┐　　　　　　　┌大使館┐
「あれは　何ですか。」「あれは　大使館です。」
　　　　なん　　　　　　　　たい し かん
★「あれ」（那個）指離說話者、聽話者都遠的「大使館」。

「您的公事包是哪一個？」「黑色的那個。」
　　　　┌包包┐　　　　　　　　┌黑色┐
「あなたの　鞄は　どれですか。」「その　黒いのです。」
　　　　　かばん　　　　　　　　　　くろ
★「どれ」（哪個）指不確定是哪一個「鞄」。

文法 2 この、その、あの、どの

track 072

この、その、あの、どの＋ {名詞}。【連體詞－近稱】這一組是指示連體詞。連體詞跟事物指示代名詞的不同在，後面必須接名詞。「この」指離說話者近的事物。中文是：「這…」。如對話；【連體詞－中稱】「その」指離聽話者近的事物。中文是：「那…」。如例句 1；【連體詞－遠稱】「あの」指說話者及聽話者範圍以外的事物。中文是：「那…」。如例句 2；【連體詞－不定稱】「どの」表示事物的疑問和不確定。中文是：「哪…」。如例句 3：

生活 對話　　　　　**重點** 連體詞－近稱

A この お菓子は おいしいですね。
か し
這種糕餅真好吃。

B あっ、そうそう。食べると幸せな気持ちになりますよね。
た　　　しあわ　　き も
啊，對耶！一入口就讓人有滿滿的幸福感唷！

> 「お菓子」位置靠近說話人，所以說話人說明時用「この」。

文法應用實例

請讓我看那本書。

その 本を 見せて ください。
「書」　「讓我看」
ほん　　み

★「本」位置靠近聽話人，所以說話人說明時用「その」。

那棟建築物是什麼？

あの 建物は 何ですか。
「那」「建築物」　　たてもの　なん

★「建物」位置離說話人和聽話人都遠，所以說話人說明時用「あの」。

該坐在哪裡才好呢？

どの 席が いいですか。
「哪」「座位」
せき

★表示不知道要坐哪一個「席」，所以說話人詢問時用「どの」。

ここ、そこ、あそこ、どこ

【場所－近稱】這一組是場所指示代名詞。「ここ」指離說話者近的場所。中文是：「這裡」。如例句1；【場所－中稱】「そこ」指離聽話者近的場所。中文是：「那裡」。如例句2；【場所－遠稱】「あそこ」指離說話者和聽話者都遠的場所。中文是：「那裡」。如例句3；【場所－不定稱】「どこ」表示場所的疑問和不確定。中文是：「哪裡」。如對話：

生活 對話

 重點 場所－不定稱

A エレベーターはどこですか。

請問電梯在哪裡？

B 次の角を右に曲がったところにありますよ。
つぎ　かど　みぎ　ま

下一個轉角往右轉，就在那裡邊喔。

詢問「エレベーター」在哪裡，所以說話人詢問時用「どこ」。

文法應用實例

請坐在這裡。

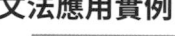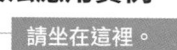
どうぞ、ここに　座って　ください。
　　　　　　　　すわ

★ 坐的位置靠近說話人，所以說話人說明時用「ここ」。

盤子請擺在那邊。

お皿は　そこに　置いて　ください。
さら　　　　　　お

★ 擺放的位置靠近聽話人，所以說話人說明時用「そこ」。

出口在那邊。

出口は　あそこです。
でぐち

★「出口」位置離說話者和聽話者都遠，所以說話人說明時用「あそこ」。

文法 4　こちら、そちら、あちら、どちら

track 074

【方向－近稱】這一組是方向指示代名詞。「こちら」指離說話者近的方向、人物。是「こっち」較禮貌的說法。中文是:「這邊、這位」。如例句1;【方向－中稱】「そちら」指離聽話者近的方向、人物。是「そっち」較禮貌的說法。中文是:「那邊、那位」。如例句2;【方向－遠稱】「あちら」指離說話者和聽話者都遠的方向、人物。是「あっち」較禮貌的說法。中文是:「那邊、那位」。如對話;【方向－不定稱】「どちら」表示方向、人物的不確定和疑問。是「どっち」較禮貌的說法。中文是:「哪邊、哪位」。如例句3:

生活 對話　　　**重點 方向－遠稱**

A あちらをご覧ください。ピサの斜塔です。
　　らん　　　　　　　　　　しゃとう

　請看一下那邊,那是比薩斜塔。

B 上に登って写真を撮るのも楽しいでしょう。
　うえ のぼ　　しゃしん と　　　たの

　登上斜塔拍照留念,一定很有紀念價值。

> 要看的方向離說話者和聽話者都遠,所以說話人說明時用「あちら」。

文法應用實例

這一位是田中老師。

こちらは　田中先生です。
　　　　　た なかせんせい
　　　　　┌老師┐

★「こちら」方向靠近說話人,所以說話人說明時用「こちら」。

請坐這張椅子。

そちらの　椅子に　お座りください。
　　　　　い す　　すわ
　　　　　┌椅子┐　┌請坐─────┐

★「椅子」方向靠近聽話人,所以說話人說明時用「そちら」。

請問您來自哪個國家呢?

お国は　どちらですか。
くに
┌國家┐　┌哪個┐

※ 不知道來自哪裡,所以說話人詢問時用「どちら」。

● 指示代名詞「こそあど系列」

	事物	連體	場所	方向	程度	方法	範圍
こ	これ 這個	この 這個	ここ 這裡	こちら 這邊	こんな 這樣	こう 這麼	說話者一方
そ	それ 那個	その 那個	そこ 那裡	そちら 那邊	そんな 那樣	そう 這麼	聽話者一方
あ	あれ 那個	あの 那個	あそこ 那裡	あちら 那邊	あんな 那樣	ああ 那麼	說話者、聽話 者以外
ど	どれ 哪個	どの 哪個	どこ 哪裡	どちら 哪邊	どんな 哪樣	どう 怎麼	是哪個不確定

　　指示代名詞就是指示位置在哪裡囉！有了指示詞，我們就知道說話現場的事物，和說話內容中的事物在什麼位置了。日語的指示詞有下面 4 個系列：

こ系列─指示離說話者近的事物。

そ系列─指示離聽話者近的事物。

あ系列─指示說話者、聽話者範圍以外的事物。

ど系列─指示範圍不確定的事物。

　　指說話現場的事物時，如果這一事物離說話者近的就用「こ系列」，離聽話者近的用「そ系列」，在兩者範圍外的用「あ系列」。指示範圍不確定的用「ど系列」。

小試身手 文 法 知 多 少 ？

請完成以下題目，從選項中，選出正確答案，並完成句子。

001 私が　買ったのは（　　）です。
- □　①これ　　②この

002 （　　）へどうぞ。
- □　①ここ　　②こちら

003 （　　）いすは、あなたのですか。
- □　①この　　②どこ

004 受付は（　　）ですか。
- □　①どちら　　②どの

005 （　　）を　ください。
- □　①あれ　　②この

006 すみませんが、（　　）を　とって　ください。
- □　①その　　②それ

錯 題糾錯 Note
錯題＆錯解

正解＆解析

參考資料

解答：①②①①①②

新日檢擬真模擬試題

もんだい1 ☐1☐ から ☐5☐ に 何を 入れますか。文章の 意味を 考えて、1・2・3・4から いちばん いい ものを 一つ えらんで ください。

日本で べんきょうして いる 学生が、「わたしと パソコン」の ぶんしょうを 書いて、クラスの みんなの 前で 読みました。

わたしは、まいにち 家で パソコンを つかって います。パソコンは、何かを しらべる ときに とても ☐1☐ です。

出かける とき、☐2☐ 駅で 電車や 地下鉄に 乗るのかを しらべたり、店の ばしょを ☐3☐ します。

わたしたち 留学生は、日本の まちを あまり ☐4☐ ので、パソコンが ないと とても ☐5☐ 。

---

001 ① べんり ② 高い
☐ ③ 安い ④ ぬるい

002 ① どこ ② どの
☐ ③ そこ ④ あの

003 ① しらべる ② しらべよう
☐ ③ しらべて ④ しらべたり

004 ① しって いる ② おしえない
☐ ③ しらない ④ あるいて いる

005 ① むずかしいです ② しずかです
☐ ③ いいです ④ こまります

▼ 翻譯與詳解請見 P.231

形容詞と形容動詞の表現

形容詞及形容動詞的表現

文法速記
心智圖

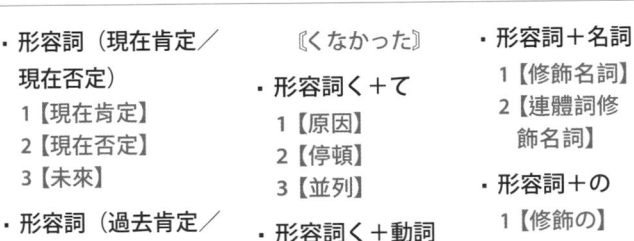

- 形容詞（現在肯定／
  現在否定）
  1【現在肯定】
  2【現在否定】
  3【未來】
- 形容詞（過去肯定／
  過去否定）
  1【過去肯定】
  2【過去否定】

〖くなかった〗

- 形容詞く＋て
  1【原因】
  2【停頓】
  3【並列】
- 形容詞く＋動詞
  1【修飾動詞】

- 形容詞＋名詞
  1【修飾名詞】
  2【連體詞修
  飾名詞】
- 形容詞＋の
  1【修飾の】

❶ 形容詞

❷ 形容動詞

**形容詞及形容
動詞的表現**

- 形容動詞（現在肯定／
  現在否定）
  1【現在肯定】
  2【現在否定】
  3【疑問】
  4【未來】
- 形容動詞（過去肯定／
  過去否定）
  1【過去肯定】

2【過去否定】
〖詞幹ではなかった〗

- 形容動詞で
  1【原因】
  2【停頓】
  3【並列】
- 形容動詞に＋動詞
  1【修飾動詞】

- 形容動詞な＋
  名詞
  1【修飾名詞】
- 形容動詞な＋
  の
  1【修飾の】

形容詞（現在肯定／現在否定）

【現在肯定】{形容詞詞幹}＋い。形容詞是說明客觀事物的性質、狀態或主觀感情、感覺的詞。形容詞的詞尾是「い」，「い」的前面是語幹，因此又稱作「い形容詞」。形容詞現在肯定形，表示事物目前性質、狀態等。如對話和例句１；【現在否定】{形容詞詞幹}＋く＋ない（ありません）。形容詞的否定形，是將詞尾「い」轉變成「く」，然後再加上「ない（です）」或「ありません」。如例句２；【未來】現在形也含有未來的意思。如例句３：

生活 對話

重點 現在肯定

A 今年の夏は暑いです。
今年夏天很熱。

B ええ、今年の夏はいつもより気温が高いですね。
是呀，今年夏天比往年的氣溫還要高。

用形容詞「暑い」，來客觀說明「今年の夏」很熱。

文法應用實例

這瓶牛奶已經過期了。

この 牛乳は 古いです。
★用形容詞「古い」，來客觀說明「牛乳」過期了。

河水並不冰涼。

川の 水は 冷たくないです。
★用形容詞否定「冷たくない」，來客觀說明「川の水」不冰涼。

明天有可能會變熱。

明日は 暑く なるでしょう。
★用形容詞「暑く＋なる」，來客觀說明「明日」可能會變熱。

文法 2 形容詞（過去肯定／過去否定）

track 076

【過去肯定】{形容詞詞幹}＋かっ＋た。形容詞的過去形，表示說明過去的客觀事物的性質、狀態，和感覺、感情。形容詞的過去肯定，是將詞尾「い」改成「かっ」再加上「た」，用敬體時後面要再接「です」。如例句1、2；【過去否定】{形容詞詞幹}＋く＋ありませんでした。形容詞的過去否定，是將詞尾「い」改成「く」，再加上「ありませんでした」。如例句3；補充〖くなかった〗{形容詞詞幹}＋く＋なかっ＋た。也可以將現在否定式的「ない」改成「なかっ」，然後加上「た」。如對話：

生活 對話

重點 過去否定

A このコーヒー甘（あま）くなかったです。

這杯咖啡並不甜。

B 今年（ことし）は甘（あま）くないコーヒーが人気（にんき）だと、Tik Tok（ティック トック）で見（み）ました。

我在抖音上看過，今年流行不甜的咖啡。

甘い

表示否定過去的事物，可以用形容詞過去否定形「甘くなかったです」。

文法應用實例

謝謝招待，非常好吃！

｜謝謝招待｜　　｜好吃｜
ごちそうさまでした。おいしかったです。

★吃完了表示過去，用形容詞過去形「おいしかったです」。

當時車站裡滿滿的人潮。

｜車站｜　｜　　｜多的｜
駅（えき）は　人（ひと）が　多（おお）かったです。

★表示過去的情形，用形容詞過去形「多かったです」。

那場派對不怎麼有意思。

｜派對｜　　　　　　　　｜不有趣｜
パーティーは　あまり　楽（たの）しく　ありませんでした。

★表示否定過去的情形，用形容詞過去否定形「楽しくありませんでした」。

形容詞く＋て

track 077

{形容詞詞幹} ＋く＋て。【原因】表示理由、原因之意，但其因果關係比「から」、「ので」還弱。中文是：「因為…」。如對話和例句1；【停頓】形容詞詞尾「い」改成「く」，再接上「て」，表示句子還沒說完到此暫時停頓。中文是：「…然後」。如例句2；【並列】表示兩種屬性的並列（連接形容詞或形容動詞時）。中文是：「又…又…」。如例句3：

生活 對話　　　　　　　　　　**重點　原因**

A 暑くて、気分が悪いです。
　太熱了，身體不舒服。

B あら、いけませんね。涼しいところへ行きましょう。
　哎呀，真糟糕！我們去比較涼快的地方吧。

「暑くて」用「て」表示身體不舒服的原因。

文法應用實例

這碗拉麵太辣了，我沒辦法吃。

この ラーメンは 辛くて、食べられません。

★「辛くて」用「て」表示沒辦法吃的原因。

她很美，然後頭髮是長的。

彼女は 美しくて 髪が 長いです。

★「美しくて」用「て」表示句子暫時停頓。

這個房間既寬敞又明亮。

この 部屋は 広くて 明るいです。

★「広くて」用「て」連接兩個形容詞，表示又寬大又明亮。

4 形容詞く＋動詞

track078

{形容詞詞幹}＋く＋{動詞}。【修飾動詞】形容詞詞尾「い」改成「く」，可以修飾句子裡的動詞，表示狀態。中文是：「…地」。如例：

生活 對話

A そろそろご飯を作りましょうか。
差不多該做飯囉。

B 何からしましょうか。
要先做什麼呢？

重點 修飾動詞

A じゃあ、先に野菜を小さく切りますね。
那麼，先把蔬菜切段吧。

動詞「切ります」，用形容詞「小さく」來修飾，表示切成細丁。

文法應用實例

明天要起。

明日は 早く 起きます。
あした はや お

★動詞「起きます」，用形容詞「早く」來修飾，表示要早起。

請用力按下這裡。

ここを 強く 押します。
つよ お

★動詞「押します」，用形容詞「強く」來修飾，表示用力按下。

請稍微寫大一點。

もう 少し 大きく 書いて ください。
すこ おお か

※ 動詞「書きます」，用形容詞「大きく」來修飾，表示寫大一點。

形容詞＋名詞

{形容詞基本形} ＋ {名詞}。【修飾名詞】形容詞修飾名詞，把名詞直接放在形容詞後面。注意喔！日語形容詞本身就有「…的」之意，所以不要再加「の」了喔。中文是：「…的…」。如例句；【連體詞修飾名詞】還有一個修飾名詞的連體詞，可以一起記住，連體詞沒有活用，數量不多。N5 程度只要記住「この、その、あの、どの、大きな、小さな」這幾個字就可以了。中文是：「這…」等。如對話：

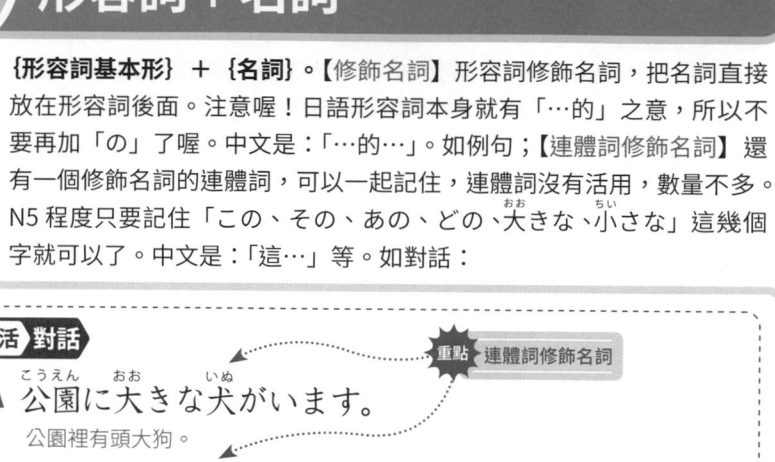

生活 對話

重點 連體詞修飾名詞

A 公園に大きな犬がいます。
こうえん　おお　いぬ
公園裡有頭大狗。

B あら、可愛い犬ね。じっとご主人を待っていて、え
かわい　いぬ　しゅじん　ま
らいですね。
哇，好可愛的狗喔！一直乖乖等著主人，真聰明。

名詞「犬」，在「大きな、可愛い」的修飾下，知道是可愛的大狗。

文法應用實例

買了紅色包包。

┌ 紅色 ┐　　　┌── 買了 ──┐
赤い　鞄を　買いました。
あか　かばん　か

★名詞「鞄」，在「赤い」的形容下，知道是紅色包包。

泡熱水澡。

┌ 熱 ┐　┌─洗澡水─┐
熱い　お風呂に　入ります。
あつ　ふろ　はい

※ 名詞「お風呂」，在「熱い」的形容下，知道是熱水澡。

交到了新朋友。

┌─ 新 ─┐　　　┌──交到了──┐
新しい　友達が　できました。
あたら　ともだち

★名詞「友達」，在「新しい」的形容下，知道是新朋友。

track080 ♫ 　**{形容詞基本形}＋の**。【修飾の】形容詞後面接的「の」是一個代替名詞，代替句中前面已出現過，或是無須解釋就明白的名詞。中文是：「…的」。如例：

〈**生活**〉**對話**　　　　　　　　　　重點　修飾の

A 私は冷たいのがいいです。
　わたし　つめ

　　我想喝冰的。

B 私は冷たいものは飲みません。体を暖かくしたほ
　わたし　つめ　　　　　　　の　　　　　からだ　あたた
　うが体にいいですよ。
　　　　からだ

　　我不喝冷飲。讓身體保暖比較健康喔。

> 形容詞「冷たい」後接「の」，這個「の」是指前面提過事物。

📖 **文法應用實例**

　　　茶請給我熱的。

　┌ 茶 ┐　　┌ 熱的 ┐
　お茶は　温かいのを　ください。
　　ちゃ　　あたた

★形容詞「温かい」後接「の」，「の」是指前面提過的「お茶」。

　　請問有稍微大一點的嗎？

　　┌稍微┐　┌─大─┐
　もう　少し　大きいのは　ありますか。
　　　　すこ　　おお

★形容詞「大きい」後接「の」，「の」是指前面提過事物。

　　「這白白的是什麼？」「砂糖。」

　　　　┌白色的┐　　　　　┌砂糖┐
　「この　白いのは　何ですか。」「砂糖です。」
　　　　　しろ　　　なん　　　　さとう

★形容詞「白いの」後接「の」，「の」是代替「もの」的代名詞用法。

形容動詞（現在肯定／現在否定）

【現在肯定】{形容動詞詞幹}＋だ；{形容動詞詞幹}＋な＋{名詞}。用以說明事物性質與狀態等。詞尾是「だ」，「だ」前面是語幹。後接名詞時，詞尾會變成「な」，所以又稱作「な形容詞」。形容動詞當述語（表示主語狀態等語詞）時，詞尾「だ」改「です」是敬體說法。如例句1；【現在否定】{形容動詞詞幹}＋で＋は＋ない（ありません）。否定形，是把詞尾「だ」變成「で」，然後中間插入「は」，最後加上「ない」或「ありません」。如對話；【疑問】{形容動詞詞幹}＋です＋か。詞尾「です」加上「か」就是疑問詞。如例句2；【未來】現在形也含有未來的意思。如例句3：

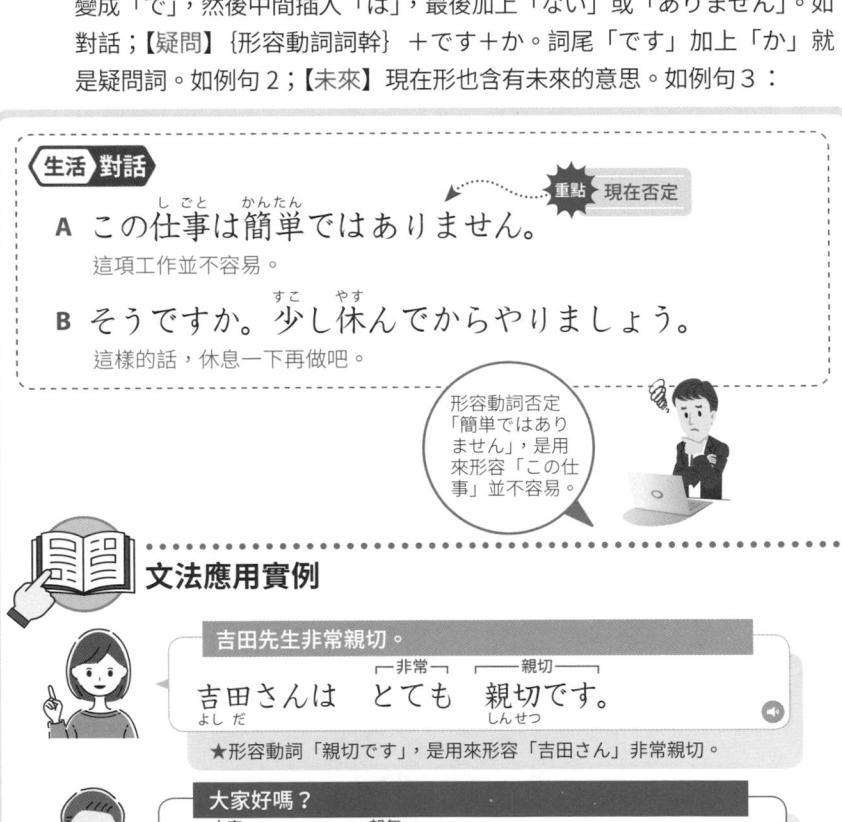

生活 對話

重點 現在否定

A この仕事は簡単ではありません。
　　しごと　　かんたん
這項工作並不容易。

B そうですか。少し休んでからやりましょう。
　　　　　　　すこ　やす
這樣的話，休息一下再做吧。

形容動詞否定「簡単ではありません」，是用來形容「この仕事」並不容易。

文法應用實例

吉田先生非常親切。

　　　　　　　　　─非常─　　─親切─
吉田さんは　とても　親切です。
よし だ　　　　　　　　　　しんせつ

★形容動詞「親切です」，是用來形容「吉田さん」非常親切。

大家好嗎？

　　　　─大家─　　─朝氣─
皆さん、お元気ですか。
みな　　　　　げん き

★形容動詞「元気です」＋か，是用來詢問「皆さん」狀態好不好。

鎌倉一到夏天就很熱鬧。

─鎌倉─　　─夏─　　　　　　　─熱鬧─
鎌倉は　夏に　なると、にぎやかだ。
かまくら　なつ

※「夏になると」可知未來夏天時，鎌倉會很「にぎやかだ」。

文法 8 形容動詞（過去肯定／過去否定）

track 082

【過去肯定】{形容動詞詞幹}＋だっ＋た。形容動詞的過去形，說明過去的客觀事物的性質、狀態，以及過去的感覺、感情。過去形是將現在肯定詞尾「だ」變成「だっ」再加上「た」，敬體是將詞尾「だ」改成「でし」再加上「た」。如例句1、2；【過去否定】{形容動詞詞幹}＋ではありません＋でした。過去否定形，是將現在否定的「ではありません」後接「でした」。如對話；補充〔詞幹ではなかった〕{形容動詞詞幹}＋では＋なかっ＋た。也可以將現在否定的「ない」改成「なかっ」，再加上「た」。如例句3：

生活 對話

重點 過去否定

A 妹は小さいころ、体が丈夫ではありませんでした。
いもうと　ちい　　　　　からだ　じょうぶ
妹妹小時候身體不太好。

B そうだったんですか。今は大丈夫ですか。
いま　だいじょうぶ
原來如此，現在沒事了嗎？

A ええ。もう結構良くなりました。
けっこう　よ
對，已經好多了。

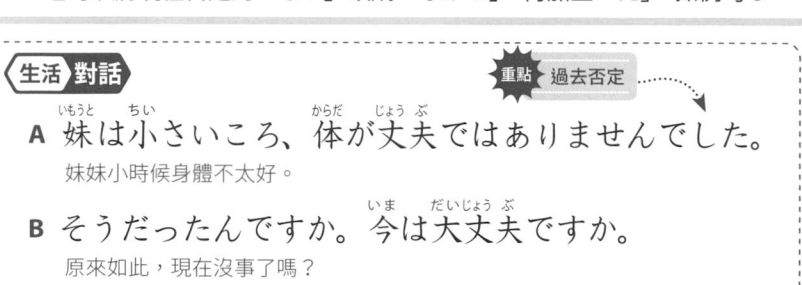

> 「小さいころ」是以前的事，這裡形容動詞過去式否定「丈夫ではありませんでした」。

文法應用實例

我小時候非常喜歡電車。

┌時候┐　　　　　　┌非常喜歡┐
子どもの　ころ、電車が　大好きでした。
こ　　　　　　　　でんしゃ　だい す

★「子どものころ」是以前的事，這裡用形容動詞過去式「大好きでした」。

今天早上電車停駛，糟糕透了。

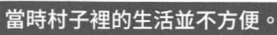

┌今天早上┐　　　　　　　┌糟糕透了┐
今朝は　電車が　止まって、大変でした。
けさ　　でんしゃ　と　　　たいへん

★從「今朝」可知是以前的事，這裡用形容動詞過去式「大変でした」。

當時村子裡的生活並不方便。

┌村子┐　┌生活┐
村の　生活は、便利では　なかったです。
むら　せいかつ　べん り

★敘述以前的村子，這裡用形容動詞過去式否定「便利ではなかったです」。

形容動詞で

{形容動詞詞幹}＋で。【原因】表示理由、原因之意，但其因果關係比「から」、「ので」還弱。中文是：「因為…」。如對話和例句1；【停頓】形容動詞詞尾「だ」改成「で」，表示句子還沒說完到此暫時停頓。中文是：「…然後」。如例句2；【並列】表示兩種屬性的並列（連接形容詞或形容動詞時）之意。中文是：「又…又…」。如例句3：

生活 對話

重點 原因

A あなたの家は孫が多くて、にぎやかでいいですね。

你家孫子多，熱熱鬧鬧的，好羨慕喔！

B 孫が来るのは嬉しいけど、疲れます。

孫子們來玩雖然高興，但實在累人。

形容詞「にぎやか（だ→で）」，是後面形容詞「いい」的原因。

文法應用實例

┌ 閒 ┐　┌── 無聊 ──┐
這工作讓人閒得發慌，好無聊。

この 仕事は 暇で、つまらないです。

★形容動詞「暇（だ→で）」，是後面形容詞「つまらない」的原因。

┌ 安靜 ┐　　　┌ 很遠 ┐
這裡很安靜，然後離車站很遠。

ここは 静かで 駅まで 遠いです。

★形容動詞「静か（だ→で）」表示句子暫時停頓。

┌ 簡單 ┐　┌── 方便 ──┐
這款相機操作起來簡單又方便。

この カメラは 簡単で 便利です。

★形容動詞「簡単（だ→で）」，後接形容詞「便利です」，知道是既簡單又方便。

文法 10 形容動詞に＋動詞

track 084

{形容動詞詞幹}＋に＋{動詞}。【修飾動詞】形容動詞詞尾「だ」改成「に」，可以修飾句子裡的動詞。中文是：「…得」。如例：

生活 對話

A 桜がきれいに咲きました。
櫻花開得好美！

重點　修飾動詞

B じゃ、お弁当を作って、お花見に行きましょう。
那麼準備便當，去賞櫻吧。

形容動詞「きれい（だ→に）」，修飾動詞「咲きます」，表示開得很漂亮。

文法應用實例

彈奏了美妙的鋼琴。

┌ 鋼琴 ┐　　┌ 彈奏了 ┐
ピアノが　上手に　弾けました。

★形容動詞「上手（だ→に）」，修飾動詞「弾きます」，表示美妙地彈奏。

一直很珍惜哥哥給的辭典。

　　　　　　┌ 辭典 ┐　┌ 珍惜 ┐
兄に　もらった　辞書を　大切に
使います。

※ 形容動詞「大切（だ→に）」，修飾動詞「使います」，表示珍惜著使用。

學生們正在安靜地讀書。

┌ 學生 ┐┌ 們 ┐
生徒たちは　静かに　勉強しています。

★形容動詞「静か（だ→に）」，修飾動詞「勉強します」，表示安靜地讀書。

形容動詞な＋名詞

{形容動詞詞幹}＋な＋{名詞}。【修飾名詞】形容動詞要後接名詞，得把詞尾「だ」改成「な」，才可以修飾後面的名詞。中文是：「…的…」。如例：

〈生活〉對話　　　　　　　　**重點** 修飾名詞

A いろいろな国へ行きたいです。
　　くに　い

　我的願望是周遊列國。

B いいですね。どの国に行くんですか。
　　　　　　　　くに　い

　不錯耶。想去哪個國家呢？

A 学校の授業で習った歴史のある国へ行きたいですね。
　　がっこう　じゅぎょう　なら　れきし　くに　い

　想去上課時學過的歷史悠久的國家。

形容動詞「いろいろ（だ→な）」，修飾名詞「国」，表示各國。

文法應用實例

這裡是知名的餐廳。

　　　　　┌知名的┐　　　┌── 餐廳 ──┐
ここは　有名な　レストランです。
　　　　ゆうめい

★形容動詞「有名（だ→な）」，修飾名詞「レストラン」，表示知名的餐廳。

田中小姐待人十分親切。

　　　　　　　┌十分┐　┌親切的┐
田中さんは　とても　親切な　方です。
たなか　　　　　　　しんせつ　　かた

★形容動詞「親切（だ→な）」，修飾名詞「方」，表示親切的人。

兒子長大後成了一個優秀的人。

┌兒子┐　┌優秀的┐
息子は　立派な　大人に　なりました。
むすこ　りっぱ　おとな

★形容動詞「立派（だ→な）」，修飾名詞「大人」，表示優秀的大人。

track086♫ {形容動詞詞幹}＋な＋の。【修飾の】形容動詞後面接代替句子的某個名詞「の」時，要將詞尾「だ」變成「な」。中文是：「…的」。如例：

生活 對話

重點 修飾の

A いちばん丈夫なのをください。
じょうぶ

請給我最耐用的。

B じゃ、これはいかがですか。

那麼，這款您喜歡嗎？

A そうですね。では、それをください。

我看看。那麼，請給我這個。

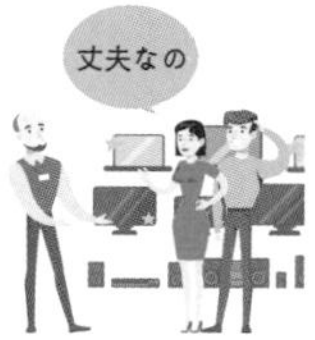

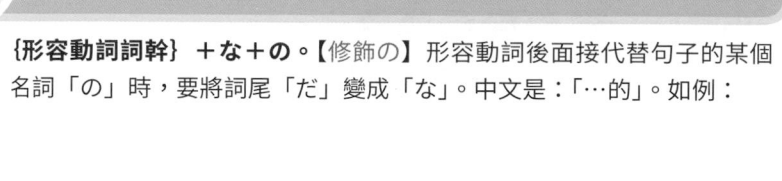

丈夫なの

形容動詞「丈夫（だ→な）」，後接「の」，表示「耐用的某物」。

📖 **文法應用實例**

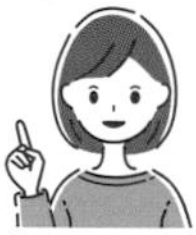

歡迎取用您喜愛的品項。

┌喜愛的┐　　┌ 取用 ┐
どうぞ、あなたの　好きなのを　取ってください。
　　　　　　　　　　す　　　　　　　と

★形容動詞「好き（だ→な）」，後接「の」，表示「喜愛的品項」。

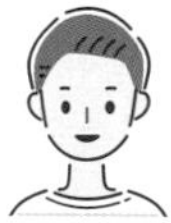

請問有更好看的嗎？

┌更加┐　┌好看的┐
もっと　きれいなのは　ありますか。

★形容動詞「きれい（だ→な）」，後接「の」，表示「好看的某物」。

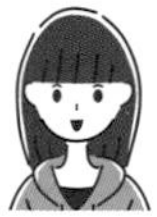

這裡面有名氣的是哪個？

　　　┌裡面┐　┌名氣的┐
この　中で、有名なのは　どれですか。
　　　なか　　ゆうめい

※ 形容動詞「有名（だ→な）」，後接「の」，表示「有名氣的某物」。

小試身手 文 法 知 多 少 ？

請完成以下題目，從選項中，選出正確答案，並完成句子。

001 この りんごは （　　）です。

□　①すっぱいな　②すっぱい

002 今日は 宿題が 多くて （　　）。

□　①大変かったです　②大変でした

003 山田さんの 指は、（　　）長いです。

□　①細くて　②細いで

004 （　　）宿題を 出して ください。

□　①早く　②早いに

005 あの （　　）建物は 美術館です。

□　①古い　②古いな

006 花子の 財布は あの （　　）のです。

□　①まるいな　②まるい

錯 題糾錯 Note

錯題＆錯解

正解＆解析

參考資料

新日檢擬真模擬試題

もんだい1 （　　　）に 何を 入れますか。1・2・3・4から
いちばん いい ものを 一つ えらんで ください。

001 この 店の ラーメンは、（　　　）おいしいです。
□ ①やすくて　　　　②やすい
　　③やすいので　　　④やすければ

002 妹は（　　　）うたを うたいます。
□ ①じょうずに　　　②じょうずだ
　　③じょうずなら　　④じょうずの

003 A「とても（　　　）夜ですね。」
□ B「そうですね。庭で 虫が ないて います。」
　　①しずかなら　②しずかに　③しずかだ　④しずかな

もんだい2 ＿＿＿＿★＿＿＿に 入る ものは どれですか。1・2・
3・4から いちばん いい ものを 一つ えらんで ください。

004 A「あなたは、日本の たべもので どんな ものが すきです
□ 　　か。」
　　B「日本の たべもので ＿＿＿＿ ＿＿＿＿ ＿★＿＿ ＿＿＿＿ てん
　　ぷらです。」
　　①は　②すきな　③わたしが　④の

005 この へやは とても ＿＿＿＿ ＿★＿＿ ＿＿＿＿ ＿＿＿＿ ね。
□ ①です　②て　③ひろく　④しずか

006 A「山田さんは どんな 人ですか。」
□ B「とても ＿＿＿＿ ＿★＿＿ ＿＿＿＿ ＿＿＿＿ よ。」
　　①人　②です　③きれいで　④たのしい

▼ 翻譯與詳解請見 P.233

模擬試題 **錯題糾錯＋解題攻略筆記！**

錯題＆錯解

正解＆解析

參考資料

動詞の表現

動詞的表現

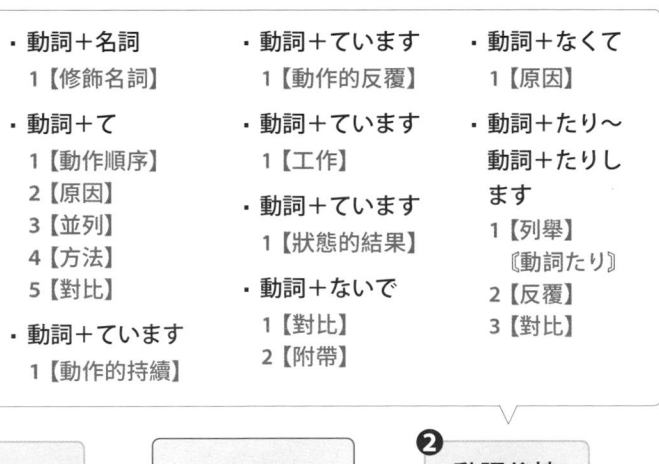

- 動詞＋名詞
  1【修飾名詞】

- 動詞＋て
  1【動作順序】
  2【原因】
  3【並列】
  4【方法】
  5【對比】

- 動詞＋ています
  1【動作的持續】

- 動詞＋ています
  1【動作的反覆】

- 動詞＋ています
  1【工作】

- 動詞＋ています
  1【狀態的結果】

- 動詞＋ないで
  1【對比】
  2【附帶】

- 動詞＋なくて
  1【原因】

- 動詞＋たり～
  動詞＋たりし
  ます
  1【列舉】
  〖動詞たり〗
  2【反覆】
  3【對比】

❶ 動詞時態 → 動詞的表現 ← ❷ 動詞後接其他詞

❸ 自他動詞

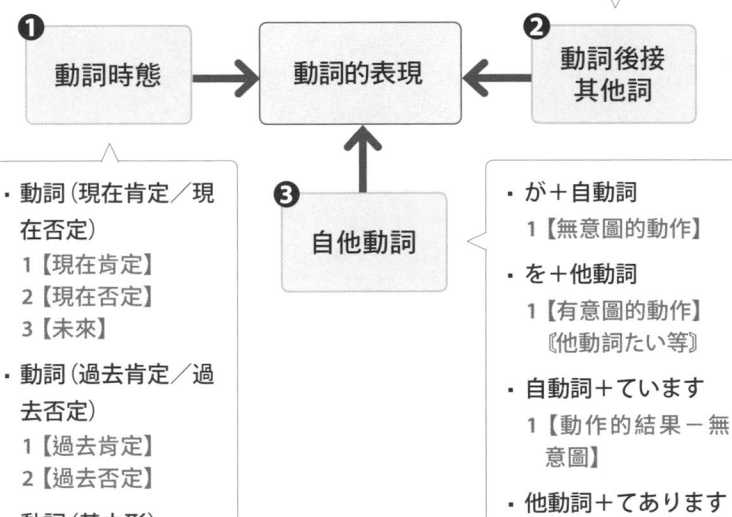

- 動詞（現在肯定／現在否定）
  1【現在肯定】
  2【現在否定】
  3【未來】

- 動詞（過去肯定／過去否定）
  1【過去肯定】
  2【過去否定】

- 動詞（基本形）
  1【辭書形】

- が＋自動詞
  1【無意圖的動作】

- を＋他動詞
  1【有意圖的動作】
  〖他動詞たい等〗

- 自動詞＋ています
  1【動作的結果－無意圖】

- 他動詞＋てあります
  1【動作的結果－有意圖】

動詞（現在肯定／現在否定）

【現在肯定】{動詞ます形}＋ます。表示人或事物的存在、動作、行為和作用的詞叫動詞。動詞現在肯定形敬體用「ます」。如對話和例句1；【現在否定】{動詞ます形}＋ません。動詞現在否定形敬體用「ません」。中文是：「沒…、不…」。如例句2；【未來】現在形也含有未來的意思。如例句3：

生活 對話

A どうやって旅行しますか。

你要怎麼去旅行呢？

> 重點 現在肯定

B そうですね。電車に乗ります。日本の美しい風景を見ながら、乗るのは楽しいです。駅弁も食べたいですね。

嗯……搭電車。我喜歡在電車上欣賞沿途的日本美景。也想嚐嚐鐵路便當。

> 對「電車」施加「乗ります」的這個動作，表示搭乘電車。

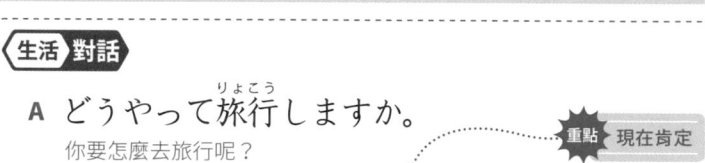

文法應用實例

開窗。

┌ 窗 ┐ ┌── 打開 ──┐
窓を　開けます。

★ 對「窗」施加「開けます」的這個動作，表示開窗。

因為今天有下雨，就不出門散步。

┌今天┐ ┌雨┐
今日は　雨なので　散歩しません。

★「今日」表示現在，用動詞現在否定形「散歩しません」。

下週去日本。

┌下週┐ ┌前往┐
来週　日本に　行く。

★「来週」是未來，用動詞現在形「行く」表示下週會去。

文法 2 動詞（過去肯定／過去否定）

track 088 ♫

【過去肯定】{動詞ます形}＋ました。動詞過去形表示人或事物過去的存在、動作、行為和作用。動詞過去肯定形敬體用「ました」。中文是：「…了」。如對話和例句１；【過去否定】{動詞ます形}＋ませんでした。動詞過去否定形敬體用「ませんでした」。中文是：「（過去）不…」。如例句２、３：

生活 對話

重點 ▶ 過去肯定

A 子どもの写真を撮りました。

我拍了孩子的照片。

B あ、子どもの目の高さで撮ったのね。いいわね。

喔，配合小朋友的視線高度拍的，很不錯耶。

做過的事，動詞用「撮ります」的過去形「撮りました」。

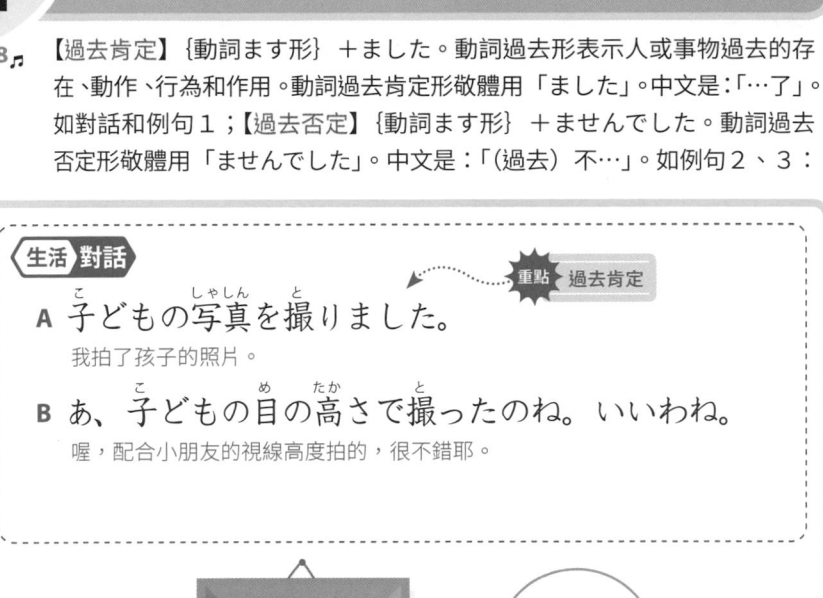

文法應用實例

今天早上７點起床。

┌今天早上┐　　　┌─起床了─┐
今朝　　７時に　起きました。
けさ　　しちじ　　お

★看到「今朝」，所以動詞用「起きます」的過去形「起きました」。

今天早上沒沖澡。

　　　　┌─淋浴─┐　　　┌─沒沖澡─┐
今朝は　シャワーを　浴びませんでした。
けさ　　　　　　　　　あ

※看到「今朝」，所以動詞用「浴びます」的過去否定形「浴びませんでした」。

昨天沒寫功課。

┌昨天┐　┌功課┐
昨日は　宿題を　しませんでした。
きのう　しゅくだい

★看到「昨日」，所以動詞用「します」的過去否定形「しませんでした」。

動詞（基本形）

track089

{動詞詞幹}＋動詞詞尾（如：る、く、む、す）。【辭書形】相對於「動詞ます形」，動詞基本形說法比較隨便，一般用在關係跟自己比較親近的人之間。因為辭典上的單字用都是基本形，所以又叫「辭書形」（又稱為「字典形」）。如例：

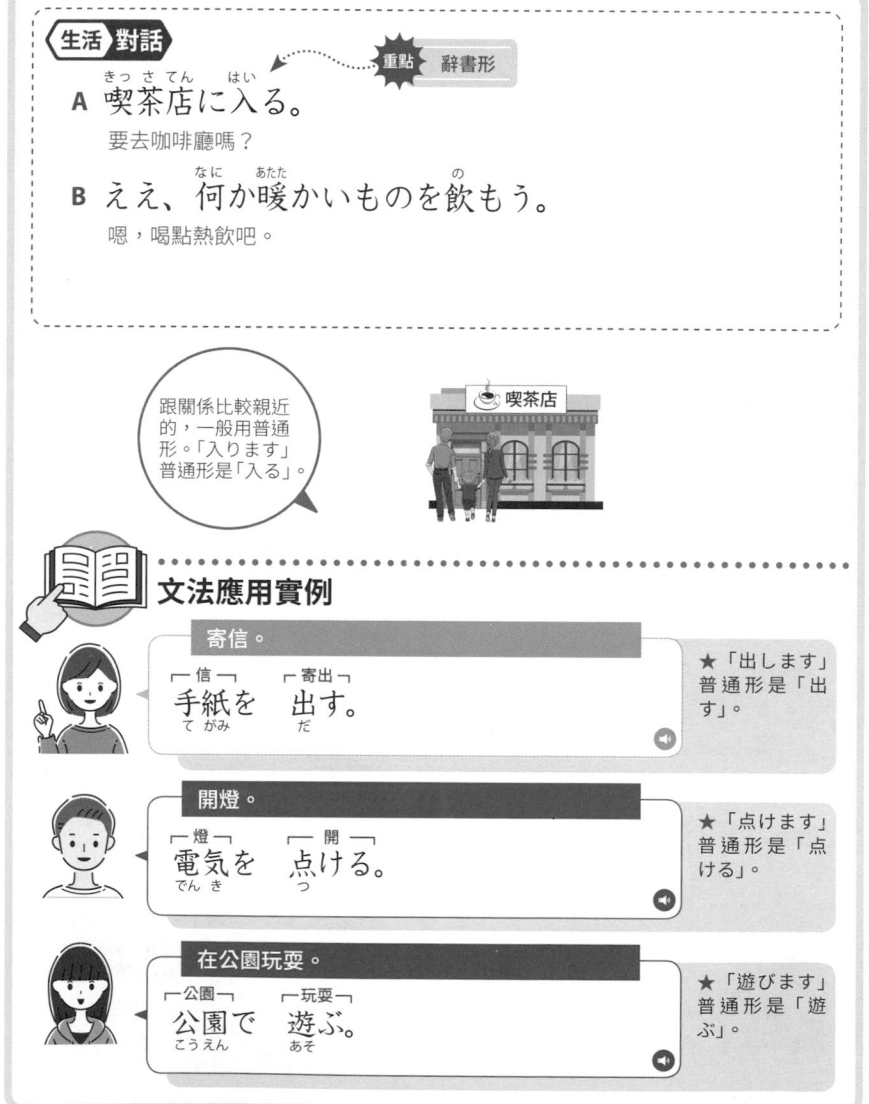

生活 對話

重點 辭書形

A 喫茶店に入る。
きっさてん はい

要去咖啡廳嗎？

B ええ、何か暖かいものを飲もう。
なに あたた の

嗯，喝點熱飲吧。

跟關係比較親近的，一般用普通形。「入ります」普通形是「入る」。

喫茶店

文法應用實例

寄信。

手紙を 出す。
て がみ だ
┌信┐ ┌寄出┐

★「出します」普通形是「出す」。

開燈。

電気を 点ける。
でん き つ
┌燈┐ ┌開┐

★「点けます」普通形是「点ける」。

在公園玩耍。

公園で 遊ぶ。
こうえん あそ
┌公園┐ ┌玩耍┐

★「遊びます」普通形是「遊ぶ」。

文法 4 動詞＋名詞

track 090

{動詞普通形} ＋ {名詞}。【修飾名詞】動詞的普通形，可以直接修飾名詞。
中文是：「…的…」。如例：

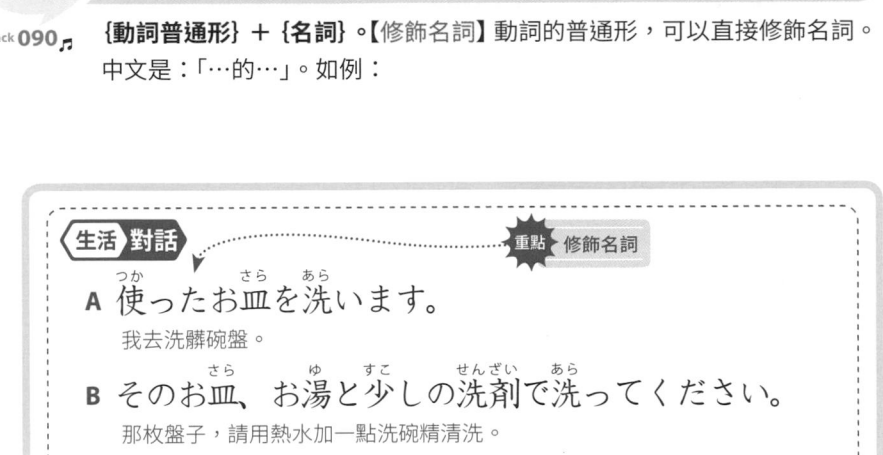

生活 對話　　　　　　　　　重點 修飾名詞

A 使ったお皿を洗います。
我去洗髒碗盤。

B そのお皿、お湯と少しの洗剤で洗ってください。
那枚盤子，請用熱水加一點洗碗精清洗。

動詞普通形「使った」，修飾名詞「お皿」。

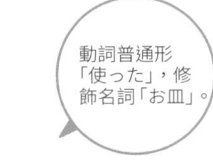

文法應用實例

歸還借閱的書。

借りた　本を　返します。
（か）（ほん）（かえ）
┌借閱┐　　　┌歸還┐

★動詞普通形「借りた」，修飾名詞「本」。

忘了上週學過的漢字。

先週　習った　漢字を　忘れました。
（せんしゅう）（なら）（かんじ）（わす）
┌上週┐┌學習┐　　　┌──忘了──┐

★動詞普通形「習った」，修飾名詞「漢字」。

有不懂的地方請發問。

分からない　ことは　聞いて　ください。
（わ）（き）
┌不懂┐　　　　　┌問┐

※ 動詞普通形「分からない」，修飾名詞「こと」。

動詞＋て

{動詞て形} ＋て。【動作順序】用於連接行為動作的短句時，表示這些行為動作一個接著一個，按照時間順序進行。中文是：「…然後」。如對話；【原因】「動詞＋て」可表示原因，但其因果關係比「から」、「ので」還弱。中文是：「因為」。如例句１；【並列】單純連接前後短句成一個句子，表示並舉了幾個動作或狀態。中文是：「又…又…」。如例句２；【方法】表示行為的方法或手段。中文是：「用…」。如例句３；【對比】表示對比。中文是：「…而…」。

生活 對話

重點 動作順序

A テレビを見て寝ますか。
　　看看電視再睡吧？

B ハクション、ハクション。いいえ、薬を飲んで寝ます。
　　哈啾！哈啾！不了，我吃完藥就要睡了。

用「見＋て」、「飲ん＋で」，表示時間順序「先看電視後睡覺」、「先吃藥後睡覺」。

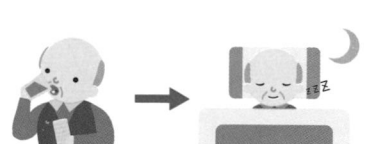

文法應用實例

走了很多路，累了。

たくさん 歩いて、疲れました。
　　あるいて（走了）　つか（累了）

※ 用「歩い＋て」，表示好累的原因是「走了很多路」。

假日會聽聽音樂、看看書。

休日は 音楽を 聞いて、本を 読みます。
きゅうじつ（假日）　おんがく（音樂）　き　ほん　よ

★用「動詞＋て」，表示並舉了幾個動作「聽音樂、看書」。

透過抄寫的方式來背誦生詞。

新しい 言葉は、書いて 覚えます。
あたら　ことば（詞彙）　か　おぼ（背誦）

★用「書い＋て」，表示方法是「抄寫」。

6 動詞＋ています

{動詞て形} ＋います。【動作的持續】表示動作或事情的持續，也就是動作或事情正在進行中。中文是：「正在…」。如例：

生活 對話

重點 動作的持續

A 今朝は雪が降っています。
けさ　ゆき　ふ

今天早晨下雪了。

B こんな冬の日はコーヒーをゆっくり飲みたいですね。
ふゆ　ひ　　　　　　　　　　　　　の

像這樣的冬日，讓人想悠哉悠哉地享受咖啡呢。

用「降っ＋ています」，表示動作進行中「正在下雪」。

文法應用實例

瑪麗小姐正在看電視節目。

┌電視┐　　┌看┐
マリさんは　テレビを　見て　います。
　　　　　　　　　　　　み

★用「見＋ています」，表示「正在看電視節目」。

小孩子正在外面哭。

┌外面┐　　　　　┌哭泣┐
外で　子どもが　泣いて　います。
そと　こ　　　　な

★用「泣い＋ています」，表示「正在哭」。

你現在在做什麼呢？

┌現在┐　　　┌做┐
今、何を　して　いますか。
いま　なに

★用「し＋ています」，詢問進行中的動作「正在做…」。

動詞＋ています

track **093**

{動詞て形} ＋います。【動作的反覆】跟表示頻率的「每日（まいにち）、いつも、よく、時々（ときどき）」等單詞使用，就有習慣做同一動作的意思。中文是：「都…」。如例：

生活 對話

 重點 動作的反覆

A 村上（むらかみ）くんは授業中（じゅぎょうちゅう）、いつも寝（ね）ていますね。

村上同學總是在課堂上睡覺。

B そうですね。授業中（じゅぎょうちゅう）はたくさん寝（ね）て、休（やす）み時間（じかん）はたくさん遊（あそ）んでいますよ。

就是說嘛。他老是上課呼呼大睡，下課玩得不亦樂乎呢。

用「いつも」搭配「寝＋ています」，表示頻率「總是睡覺」。

文法應用實例

每天早上都一路散步到公園。

毎朝（まいあさ）、公園（こうえん）まで 散歩（さんぽ）して います。

★用「毎朝」搭配「散歩し＋ています」，表示頻率「每天早上散步」。

李同學常常在圖書館裡用功讀書。

李（リー）さんは よく 図書館（としょかん）で 勉強（べんきょう）して います。

★用「よく」搭配「勉強し＋ています」，表示頻率「經常用功讀書」。

林小姐有時候會躲在房裡哭泣。

林（リン）さんは ときどき 部屋（へや）で 泣（な）いて います。

※ 用「ときどき」搭配「泣い＋ています」，表示頻率「有時哭泣」。

文法

8 動詞＋ています

track094 ♫

{動詞て形}＋います。【工作】接在職業名詞後面，表示現在在做什麼職業。也表示某一動作持續到現在，也就是說話的當時。中文是：「做⋯、是⋯」。如例：

生活 對話

重點 工作

A 父は銀行で働いています。

我爸爸在銀行工作。

B じゃ、マイホームを建てたい時、お父さんにお願いしてもいいですか。

那我要蓋自己的房子時，可以請你爸爸幫忙嗎？

○○銀行

用「働い＋ています」，表示現在從事什麼工作。

文法應用實例

哥哥現在在美國工作。

┌工作┐ ┌從事┐
兄は　アメリカで　仕事を　して　います。

★用「仕事をし＋ています」，表示現在從事什麼工作。

媽媽在大學教日文。

┌大學┐ ┌教┐
母は　大学で　日本語を　教えて　います。

★用「教え＋ています」，表示現在從事的工作是教書。

我在餐廳打工。

┌餐廳┐ ┌打工┐
私は　レストランで　アルバイトを　して　います。

★用「アルバイトをし＋ています」，表示現在從事什麼打工。

Chapter9 動詞的表現

動詞＋ています

{動詞て形} ＋います。【狀態的結果】表示某一動作後狀態的結果還持續到現在，也就是說話的當時。中文是：「已…了」。如例：

生活 對話

重點 狀態的結果

A 教室の壁にカレンダーが掛かっています。
きょうしつ　かべ　　　　　　　　　　　　　か

教室的牆上掛著月曆。

B 前は海の絵がかかっていましたよ。
まえ　うみ　え

之前掛的是一幅大海的畫哦。

A 海の絵のほうがよかったなあ。
うみ　え

我比較喜歡大海的畫耶。

用「掛かっ＋ています」，表示牆壁上掛著畫這一狀態的持續。

文法應用實例

窗戶是開著的。

┌窗戶┐　　┌開著┐
窓が　開いて　います。
まど　　あ

★用「開い＋ています」，表示窗戶開著這一狀態的持續。

燈是亮著的。

┌燈┐　　┌點亮┐
電気が　点いて　います。
でん　き　　つ

★用「点い＋ています」，表示燈亮著這一狀態的持續。

高橋先生身上穿著紅色的大衣。

　　　　　　　　┌紅色的┐　┌大衣┐
高橋さんは　赤い　コートを　着て　います。
たかはし　　　あか　　　　　　　　　き

★用「着＋ています」，表示穿著這一狀態的持續。

track 096 ♪

{動詞否定形} ＋ないで。【對比】用於對比述說兩個事情，表示不是做前項的事，卻是做後項的事，或是發生了後項的事。中文是：「沒…反而…、不做…，而做…」。如對話；【附帶】表示附帶的狀況，也就是同一個動作主體的行為「在不做…的狀態下，做…」的意思。中文是：「沒…就…」。如例句：

生活 對話　　　　　　　　　　　　　　　　　　重點 **對比**

A この文を覚えましたか。では本を見ないで言って
みましょう。

這段句子背下來了嗎？那麼試著不看書默唸。

B 先生、それは難しいですよ。

老師，那樣太難了啦！

Times flies like an arrow.

> A的第二句話是「默誦」的狀態，附帶了「本を見ない」這一狀態。

文法應用實例

我不穿外套，就這樣出門。

┌外套┐　　　　　┌──出門──┐
上着を　着ないで　出掛けます。
うわぎ　　き　　　　で　か

★這句是「出門」的狀態，附帶了「上着を着ない」這一狀態。

不吃晚餐，就去睡了。

┌晚餐┐　　　　　　┌睡覺┐
晩ご飯を　食べないで　寝ます。
ばん　はん　　た　　　　ね

※ 這句是「去睡了」的狀態，附帶了「晚ご飯を食べない」這一狀態。

什麼都沒買就走出了店門。

　　　　　　　　┌店┐　┌走出了┐
何も　買わないで　お店を　出ました。
なに　か　　　　　みせ　　で

★這句是「走出了店門」的狀態，附帶了「何も買わない」這一狀態。

動詞＋なくて

{動詞否定形}＋なくて。【原因】表示因果關係。由於無法達成、實現前項的動作，導致後項的發生。中文是：「因為沒有…、不…所以…」。如例：

生活 對話

重點　原因

A　田中さんは仕事をしなくて困ります。
た なか　　　　しごと　　　　　　こま

田中先生不願意做事，真傷腦筋。

B　田中さんは「仕事がないと、困ります」とも言って
た なか　　　　しごと　　　　　こま　　　　　い

ましたよ。

問題是田中先生之前說過，「沒工作的話就傷腦筋囉」。

因為山田先生
「仕事をしない」，
所以傷腦筋。

文法應用實例

工作還沒做完，沒辦法回家。

仕事が　　終わらなくて　　帰れません。
しごと　　お　　　　　　　　かえ

└── 沒做完 ──┘　　└ 沒辦法回家 ┘

★因為「仕事が
終わらない」，
所以沒辦法回
家。

朋友遲遲沒來，害我足足等了兩個鐘頭。

友達が　　来なくて、2時間　　待ちました。
ともだち　　こ　　　　　にじかん　　ま

└─ 鐘頭 ─┘　└── 等待了 ──┘

★因為「友達が
来ない」，所以
害我等了兩個
鐘頭。

高燒遲遲沒退，所以去了醫院。

熱が　　下がらなくて、病院に　　行きました。
ねつ　　さ　　　　　　　びょういん　　い

└── 沒退（燒）──┘　└ 醫院 ┘

★因為「熱が下
がらない」，所
以去了醫院。

動詞＋たり～動詞＋たりします

{動詞た形}＋り＋{動詞た形}＋り＋する。【列舉】可表示動作並列，意指從幾個動作之中，例舉出２、３個有代表性的，並暗示還有其他的。中文是：「又是…，又是…」。如例句１；補充〖動詞たり〗表並列用法時，「動詞たり」有時只會出現一次。如對話；【反覆】表示動作的反覆實行。中文是：「一會兒…，一會兒…」。如例句２；【對比】用於說明兩種對比的情況。中文是：「有時…，有時…」。如例句３：

生活 對話　　　　　　　　　　　　　　　　　　　　**重點** 表並列

A 京都ではお寺を見たりしたいです。名前を忘れました
きょう と　　　　 てら　み　　　　　　　　　　　 なまえ　わす
が、金色のお寺です。
きんいろ　　　 てら

到京都時想去參觀參觀寺院。忘了那裡的名稱，只記得是一座金色的寺院。

B ああ、それは金閣寺ですね。立派なお寺ですね。
きんかくじ　　　　　　 りっぱ　　　てら

喔，那是金閣寺。是一座莊嚴典雅的寺院。

表示除了「お寺を見る」外，也會做別的事。

文法應用實例

假日時會翻一翻書、看一看電影。

┌假日┐　　　　 ┌讀書┐
休みの 日は、本を 読んだり 映画を 見たり します。
やす　　 ひ　　 ほん　　 よ　　　　 えいが　　 み

★表示「本を読む」跟「映画を見る」這兩件事之外，也會做其他事情。

那個人從剛才就一直在校門口前走來走去的。

　　　　　　 ┌剛才┐　　　 ┌學校┐
あの 人は さっきから 学校の 前を
　　 ひと　　　　　　　　 がっこう　まえ
行ったり 来たり して いる。
い　　　　 き

★表示反覆進行「行く」跟「来る」這兩個動作。

佐藤先生身體不好，有時來上個幾天課又請假沒來了。

　　　　　　 ┌身體┐ ┌虛弱┐
佐藤さんは 体が 弱くて、学校に
さ とう　　　 からだ　 よわ　　　　 がっこう
来たり 来なかったりです。
き　　　 こ

※ 表示「来る」跟「来ない」這兩個對比的狀態交替。

track 099 ♪

{名詞} ＋が＋ {自動詞}。【無意圖的動作】「自動詞」是因為自然等等的力量，沒有人為的意圖而發生的動作。「自動詞」不需要有目的語，就可以表達一個完整的意思。相較於「他動詞」，「自動詞」無動作的涉及對象。相當於英語的「不及物動詞」。如例：

生活 對話　　　　　　　**重點** 無意圖的動作

A 家の前に車が止まりました。
　　家門前停了一輛車。

B 車の故障でしょう。ちょっと、見てあげましょう。
　　大概車子拋錨了，幫忙看看吧。

由於「停著一輛車」是客觀的狀態，所以用自動詞「止まりました」。

文法應用實例

蘋果掉下來了。

┌蘋果┐　┌掉下來┐
りんごが　落ちる。
　　　　　　お

★由於「蘋果掉下來」是自然因素，所以用自動詞「落ちる」。

門開了。

┌門┐　┌打開┐
ドアが　開いた。
　　　　　あ

※ 由於「門開了」是客觀的狀態，所以用自動詞「開いた」。

電腦壞了。

┌電腦┐　┌損壞┐
パソコンが　壊れる。
　　　　　　こわ

★由於「電腦壞了」非人為因素，所以用自動詞「壊れる」。

文法 14 を＋他動詞

track 100 ♪

{名詞} ＋を＋ {他動詞}。【有意圖的動作】名詞後面接「を」來表示動作的目的語，這樣的動詞叫「他動詞」，相當於英語的「及物動詞」。「他動詞」主要是人為的，表示影響、作用直接涉及其他事物的動作。如例句１、２；補充〖他動詞たい等〗「たい」、「てください」、「てあります」等句型一起使用。如對話和例句３：

生活 對話

A 今日は学校を休みたいです。
きょう　がっこう　やす
今天想向學校請假。

B どうして。
為什麼？

重點 有意圖的動作

A う～ん。学校のことを考えると嫌になるからです。
がっこう　かんが　いや
呃……因為一想到要上學就討厭。

> 由於「想請假」和「想到」都是人為因素，用他動詞配合「たい」句型「休みたいです、考える」。

文法應用實例

那麼，我們開始上課。

それでは、授業を　始めます。
じゅぎょう　はじ

★由於「開始上課」是人為因素，所以用他動詞「始めます」。

鑰匙遺失了。

鍵を　なくしました。
かぎ

★由於「鑰匙遺失了」是人為因素，所以用他動詞「なくしました」。

請幫我開門。

ドアを　開けて　ください。
あ

★由於「幫我開門」是人為因素，用他動詞配合「てください」句型「開けてください」。

自動詞＋ています

{自動詞て形}＋います。【動作的結果－無意圖】表示跟目的、意圖無關的某個動作結果或狀態，還持續到現在。相較於「他動詞＋てあります」強調人為有意圖做某動作，其結果或狀態持續著，「自動詞＋ています」強調自然、非人為的動作，所產生的結果或狀態持續著。中文是：「…著、已…了」。如例：

生活 對話

A スマホで冷蔵庫の中に何があるか見よう。

透過智慧型手機連線確認冰箱裡有些什麼吧。

重點 動作的結果
－無意圖

B いいね、見よう見よう。ビールが入っていますね。

好啊，連線到鏡頭看看。冰箱裡有啤酒呢。

> 冰箱裡有啤酒，是一種持續的狀態，所以用自動詞「入っ＋ています」。

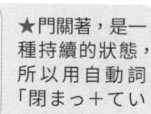

文法應用實例

門是關著的。

ドアが 閉まって います。
　　　 し

★門關著，是一種持續的狀態，所以用自動詞「閉まっ＋ています」。

窗戶是上鎖的。

窓に 鍵が 掛かって います。
まど かぎ 　か

★窗戶鎖著，是一種持續的狀態，所以用自動詞「掛かっ＋ています」。

有個錢包掉在椅子底下。

椅子の 下に 財布が 落ちて います。
い す　 した　さい ふ　 お

★錢包掉在椅子下，是一種持續的狀態，所以用自動詞「落ち＋ています」。

16 他動詞＋てあります

track 102♪

{他動詞て形}＋あります。【動作的結果－有意圖】表示抱著某個目的、有意圖地去執行，當動作結束之後，那一動作的結果還存在的狀態。相較於「ておきます」（事先…）強調為了某目的，先做某動作，「てあります」強調已完成動作的狀態持續到現在。中文是：「…著、已…了」。如例：

生活 對話

重點 動作的結果－有意圖

A パーティーの飲み物は買ってあります。
要在派對上喝的飲料已經買了。

B まあ、お花も入っていて、おしゃれな飲み物ですね。いいわね。
哇，這種飲品裡頭還有花，好漂亮呀，真好。

因「飲料已經買了」的結果還存在，而用他動詞「買っ＋てあります」。

文法應用實例

肉已經放在冰箱裡了。
「肉」 「冰箱」
肉は 冷蔵庫に 入れて あります。
にく　れいぞうこ　い
★因「肉放在冰箱裡」的結果還存在，而用他動詞「入れ＋てあります」。

「杯子擺好了嗎？」「好了，已經擺好了。」
「杯子」 「擺放」
「コップは 並べましたか。」
なら
「はい、もう 並べて あります。」
なら

※ 因「杯子擺好了」的結果還存在，而用他動詞「並べ＋てあります」。

「玄關是乾淨的嗎？」「對，已經打掃好了。」
「玄關」 「打掃」
「玄関は きれいですか。」「はい、掃除して
げんかん　　　　　　　　　　　　そうじ
あります。」
★因「打掃好了」的結果還存在，而用他動詞「掃除し＋てあります」。

● 日語動詞可以分為三大類

表示人或事物的存在、動作、行為和作用的詞叫動詞。日語動詞可以分為 3 大類,有:

分類		ます形	辭書形	中文
一段動詞	上一段動詞	おきます すぎます おちます います	おきる すぎる おちる いる	起來 超過 掉下 在
	下一段動詞	たべます うけます おしえます ねます	たべる うける おしえる ねる	吃 受到 教授 睡覺
五段動詞		かいます かきます はなします およぎます よみます あそびます まちます	かう かく はなす およぐ よむ あそぶ まつ	購買 書寫 說 游泳 閱讀 玩耍 等待
不規則動詞	サ行變格	します	する	做
	カ行變格	きます	くる	來

● 動詞按形態和變化規律,可以分為 5 種:

一、上一段動詞

動詞的活用詞尾,在 50 音圖的「い段」上變化的叫上一段動詞。一般由有動作意義的漢字,後面加兩個平假名構成。最後一個假名為「る」。「る」前面的假名一定在「い段」上。例如:

起<ruby>き<rt>お</rt></ruby>る

過<ruby>ぎ<rt>す</rt></ruby>る

落<ruby>ち<rt>お</rt></ruby>る

二、下一段動詞

動詞的活用詞尾在 50 音圖的「え段」上變化的叫下一段動詞。一般由一個有動作意義的漢字，後面加兩個平假名構成。最後一個假名為「る」。「る」前面的假名一定在「え段」上。例如：

食^たべる
受^うける
教^{おし}える

只是，也有「る」前面不夾進其他假名的。但這個漢字讀音一般也在「い段」或「え段」上。如：

居^いる
寝^ねる
見^みる

三、五段動詞

動詞的活用詞尾在 50 音圖的「あ、い、う、え、お」五段上變化的叫五段動詞。一般由一個或兩個有動作意義的漢字，後面加一個（兩個）平假名構成。

1. 五段動詞的詞尾都是由「う段」假名構成。

其中除去「る」以外，凡是「う、く、す、つ、ぬ、ふ、む」結尾的動詞，都是五段動詞。例如：

買^かう
書^かく
話^{はな}す

2.「漢字＋る」的動詞一般為五段動詞。

也就是漢字後面只加一個「る」，「る」跟漢字之間不夾有任何假名的，95 % 以上的動詞為五段動詞。例如：

売^うる
知^しる
帰^{かえ}る

3. 個別的五段動詞在漢字與「る」之間又加進一個假名。

但這個假名不在「い段」和「え段」上，所以，不是一段動詞，而是五段動詞。例如：

始_{はじ}まる

終_おわる

四、サ行變格

サ行變格只有一個詞「する」。活用時詞尾變化都在「サ行」上，稱為サ行變格。另有一些動作性質的名詞或其他品詞＋する構成的複合詞，也稱サ行變格。例如：

結婚_{けっこん}する

勉強_{べんきょう}する

五、力行變格

只有一個動詞「来_くる」。因為詞尾變化在力行，所以叫做力行變格，由「く＋る」構成。它的詞幹和詞尾不能分開，也就是「く」既是詞幹，又是詞尾。

MEMO

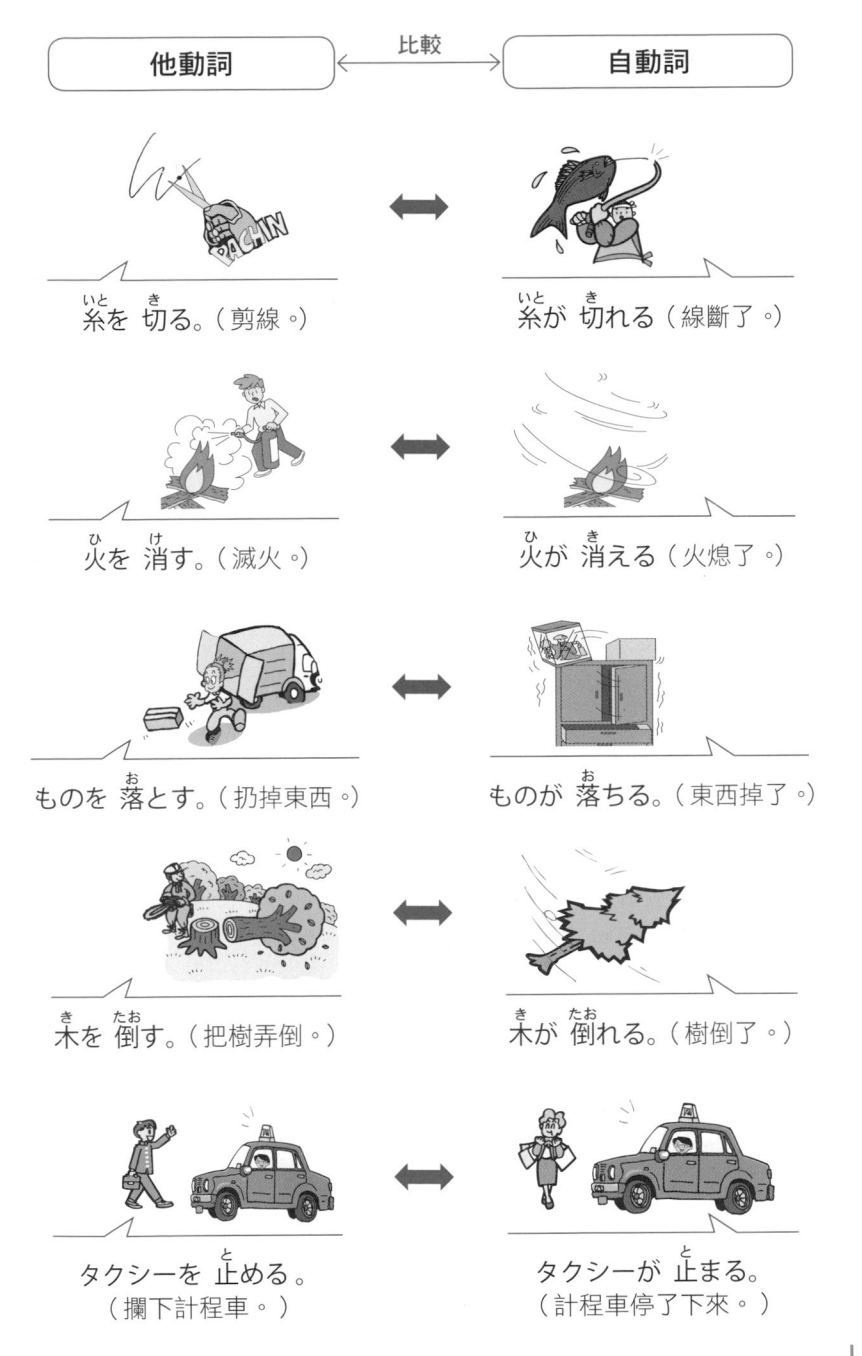

他動詞	⟷ 比較 ⟷	自動詞

糸を 切る。（剪線。）　⟺　糸が 切れる（線斷了。）

火を 消す。（滅火。）　⟺　火が 消える（火熄了。）

ものを 落とす。（扔掉東西。）　⟺　ものが 落ちる。（東西掉了。）

木を 倒す。（把樹弄倒。）　⟺　木が 倒れる。（樹倒了。）

タクシーを 止める。
（攔下計程車。）
⟺
タクシーが 止まる。
（計程車停了下來。）

● 動詞「て」形的變化如下

	辞書形	て形	辞書形	て形
一段動詞	みる おきる きる	みて おきて きて	たべる あげる ねる	たべて あげて ねて
五段動詞	いう あう かう	いって あって かって	あそぶ よぶ とぶ	あそんで よんで とんで
	まつ たつ もつ	まって たって もって	のむ よむ すむ	のんで よんで すんで
	とる うる つくる	とって うって つくって	しぬ	しんで
	*いく	いって	かく きく はたらく	かいて きいて はたらいて
	はなす かす だす	はなして かして だして	およぐ ぬぐ	およいで ぬいで
不規則動詞	する 勉強します	して 勉強して	くる	きて

＊：例外

說明：

1. 一段動詞很簡單只要把結尾的「る」改成「て」就好了。

2. 五段動詞以「う、つ、る」結尾的會發生「っ」促音便。以「む、ぶ、ぬ」結尾的會發生「ん」撥音便。以「く、ぐ」結尾的會發生「い」音便。以「す」結尾的會發生「し」音便。

小試身手 文 法 知 多 少 ？

請完成以下題目，從選項中，選出正確答案，並完成句子。

001 私は 毎朝、新聞を（　　）。
☐ ① 読みます　　② 読みました

002 かばんに 教科書を（　　）。（用常體）
☐ ① 入れる　　② 入れます

003 （　　）相手は きれいです。
☐ ① 結婚する　　② 結婚するの

004 あそこで 犬が（　　）。
☐ ① 死にます　　② 死んで います

005 彼女は 今年から、よく 大阪へ（　　）。
☐ ① 行きます　　② 行って います

006 かぎを かけ（　　）出かけました。
☐ ① ないで　　② なくて

錯 題糾錯 Note

錯題＆錯解

正解＆解析
參考資料

解答：①②②①①②

新日檢擬真模擬試題

もんだい1 （　　　）に 何^{なに}を 入^いれますか。1・2・3・4から いちばん いい ものを 一^{ひと}つ えらんで ください。

001 中山^{なかやま}「大田^{おおた}さん、その バッグは きれいですね。まえから もっ
□　　　　て いましたか。」
　　大田^{おおた}「いえ、先週^{せんしゅう}（　　　　）。」
　　①かいます　　②もって いました
　　③ありました　　④かいました

002 はがきは かって（　　　　）ので、どうぞ つかって ください。
□　①やります　　②ください　　③あります　　④おかない

003 夜^{よる}の そらに 丸^{まる}い 月^{つき}が でて（　　　　）。
□　①いきます　　②あります　　③みます　　④います

004 たんじょうびに、おいしい ものを たべ（　　　　）のんだり し
□　ました。
　　①たり　　②て　　③たら　　④だり

005 A「赤^{あか}い 目^めを して いますね。ゆうべは 何時^{なんじ}に 寝^ねましたか。」
□　B「ゆうべは（　　　　）勉強^{べんきょう}しました。」
　　①寝^ねなくて　　②寝^ねたくて　　③寝^ねてより　　④寝^ねないで

もんだい2 　★　に 入^{はい}る ものは どれですか。1・2・3・4から いちばん いい ものを 一^{ひと}つ えらんで ください。

006 中山^{なかやま}「リンさんは 休^{やす}みの 日^ひには 何^{なに}を して いますか。」
□　リン「そうですね、たいてい ＿＿＿ ＿★＿ ＿＿＿ ＿＿＿。」
　　①います　　②して　　③を　　④ゴルフ

▼ 翻譯與詳解請見 P.234

要求、授受、助言と勧誘の表現

要求、授受、提議及勧誘的表現

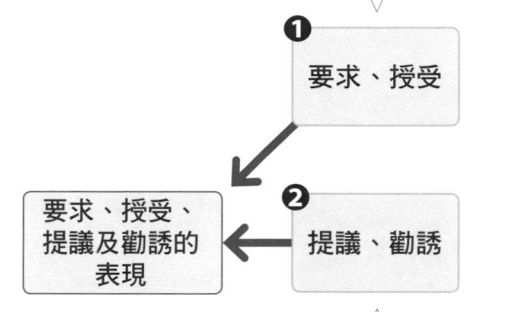

- 名詞＋をください
  1【請求－物品】
  〖を數量ください〗
- 動詞＋てください
  1【請求－動作】
- 動詞＋ないでください
  1【請求不要】
  2【婉轉請求】

- 動詞＋てくださいませんか
  1【客氣請求】
- をもらいます
  1【授受】

❶ 要求、授受

❷ 提議、勧誘

要求、授受、提議及勧誘的表現

- ほうがいい
  1【提議】
  〖否定形－ないほうがいい〗
  2【提出】
- 動詞＋ましょうか
  1【提議】
  2【邀約】

- 動詞＋ましょう
  1【倡導】
  2【勧誘】
  3【主張】
- 動詞＋ませんか
  1【勧誘】

名詞＋をください

{名詞} ＋をください。【請求－物品】表示想要什麼的時候，跟某人要求某事物。中文是：「我要…、給我…」。如例句２、３；補充〖を數量ください〗要加上數量用「名詞＋を＋數量＋ください」的形式，外國人在語順上經常會說成「數量＋の＋名詞＋をください」，雖然不能說是錯的，但日本人一般不這麼說。中文是：「給我（數量）…」。如對話和例句１：

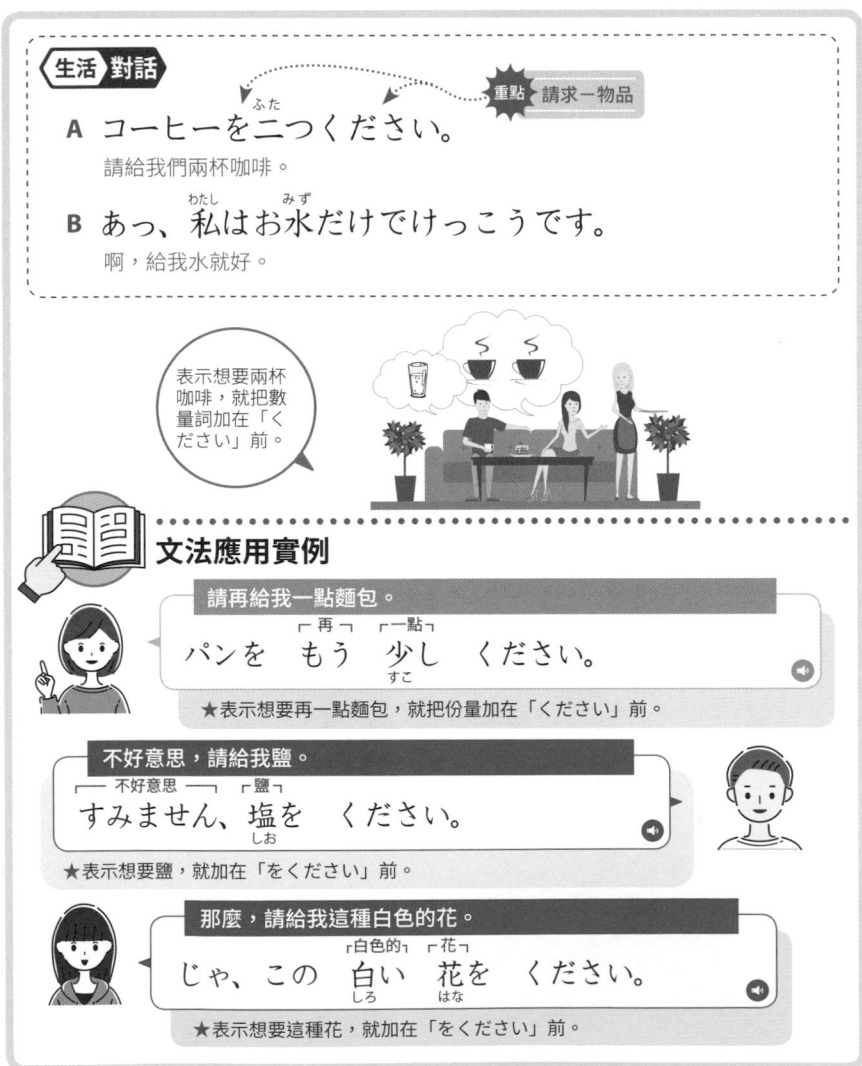

〈生活〉對話

重點 請求－物品

A コーヒーを二つください。
ふた
請給我們兩杯咖啡。

B あっ、私はお水だけでけっこうです。
わたし　　みず
啊，給我水就好。

表示想要兩杯咖啡，就把數量詞加在「ください」前。

文法應用實例

請再給我一點麵包。
┌再┐ ┌一點┐
パンを　もう　少し　ください。
すこ

★表示想要再一點麵包，就把份量加在「ください」前。

不好意思，請給我鹽。
┌─不好意思─┐ ┌鹽┐
すみません、塩を　ください。
しお

★表示想要鹽，就加在「をください」前。

那麼，請給我這種白色的花。
┌白色的┐ ┌花┐
じゃ、この　白い　花を　ください。
しろ　　はな

★表示想要這種花，就加在「をください」前。

2 動詞＋てください

【動詞て形】＋ください。【請求－動作】表示請求、指示或命令某人做某事。一般常用在老師對學生、上司對部屬、醫生對病人等指示、命令的時候。中文是：「請…」。如例：

生活 對話

　　　　　　　　　　　　　　重點 請求－動作

A 起きてください。

快醒醒！

B ここは学校じゃないんですよ。最近の新入社員、困ったわね。

這裡可不是學校唷。這年頭的新進員工，真令人傷腦筋呀。

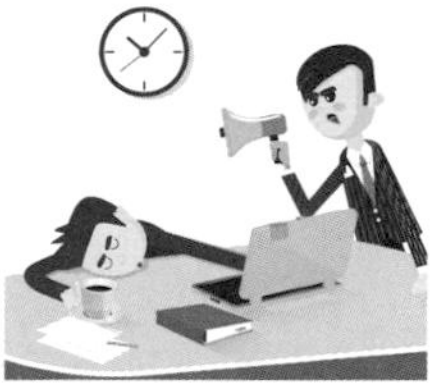

命令某人起床，就用「起き＋てください」。

文法應用實例

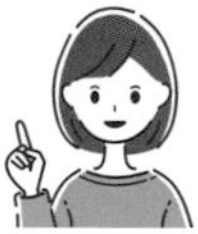

請稍微講慢一點。

　　　　　　　　　　┌─慢慢地─┐　┌─講話─┐
もう　少し　ゆっくり　話して　ください。

★命令某人講慢一點，就用「ゆっくり話し＋てください」。

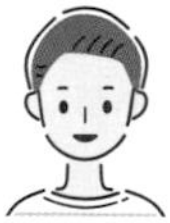

請關上窗戶。

┌窗戶┐　┌─關上─┐
窓を　閉めて　ください。

※命令某人關窗，就用「閉め＋てください」。

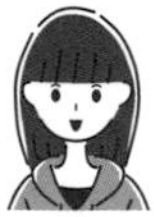

請過來這邊一下。

┌─一下─┐　┌─這邊─┐
ちょっと　こっちへ　来て　ください。

★命令某人過來，就用「来＋てください」。

3 動詞＋ないでください

track 105

【請求不要】{動詞否定形}＋ないでください。表示否定的請求命令，
請求對方不要做某事。中文是：「請不要…」。如對話和例句1；【婉轉請
求】{動詞否定形}＋ないでくださいませんか。為更委婉的說法，表示
婉轉請求對方不要做某事。中文是：「可否請您不要…？」。如例句2、3：

生活 對話

A あ、この花瓶、綺麗。いいわね。写真を撮ろう。
　　か びん　き れい　　　　　　　　しゃしん　と

哇，這只花瓶真美！好耶，拍張照吧。

重點 請求不要

B 写真を撮らないでください。
　　しゃしん　と

請勿拍照。

請求對方不要拍
照，就用「撮
らないでくださ
い」。

文法應用實例

請不要關燈。

┌燈┐　┌不要關┐
電気を　消さないで　ください。
でん き　　け

★請求對方不
要關燈，就用
「消さないでく
ださい」。

可否請您不要將個人物品放置此處？

　　　　┌個人物品┐　┌不要放置┐
ここに　荷物を　置かないで　くだ
　　　　に もつ　　お
さいませんか。

★請求對方不要
放置物品，就用
「置かないでくだ
さい」。

可以請您不要站在那邊嗎？

┌那邊┐　┌──不要站──┐
そこに　立たないで　くださいませんか。
　　　　た

★請求對方不要
站在那邊，就用
「立たないでくだ
さい」。

文法 4 動詞＋てくださいませんか

track 106 ♫

【動詞て形】＋くださいませんか。【客氣請求】跟「てください」一樣表示請求，但說法更有禮貌。由於請求的內容給對方負擔較大，因此有婉轉地詢問對方是否願意的語氣。也使用於向長輩等上位者請託的時候。中文是：「能不能請您…」。如例：

生活 對話

重點 客氣請求

A 電話番号を教えてくださいませんか。
でん わ ばんごう　おし

方便請教您的電話號碼嗎？

B 山下君。これ、私の新しい電話番号です。どうぞ。
やましたくん　　　　わたし　あたら　　　でん わ ばんごう

山下先生，這是我新的電話號碼，請收下。

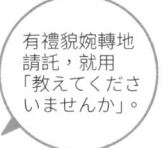
有禮貌婉轉地請託，就用「教えてくださいませんか」。

文法應用實例

那支鋼筆可以借我用嗎？

その　ペンを　貸して　くださいませんか。
　　　｜筆｜　｜借我｜
　　　　　　　か

★有禮貌婉轉地詢問對方，就用「貸してくださいませんか」。

筆記可以借我看嗎？

ノートを　見せて　くださいませんか。
｜筆記｜　｜讓我看｜
　　　　　み

★婉轉地詢問對方，就用「見せてくださいませんか」。

您明天能不能再來呢？

また　明日　来て　くださいませんか。
｜再｜　　　｜來｜
　　　あした　き

※有禮貌婉轉地請託，就用「来てくださいませんか」。

Chapter10 要求、授受、提議及勸誘的表現

track 107 ♫　**{名詞}＋をもらいます。**【授受】表示從某人那裡得到某物。「を」前面是得到的東西。給的人一般用「から」或「に」表示。中文是：「取得、要、得到」。如例：

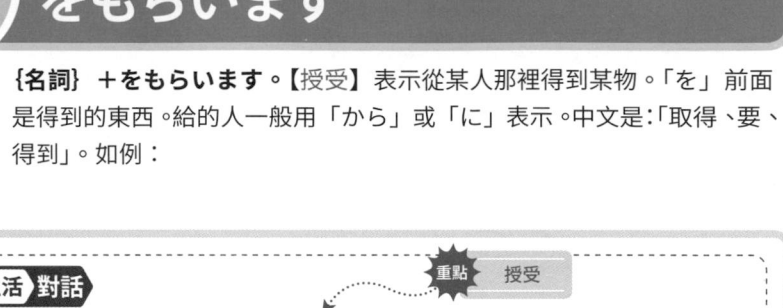

> **生活　對話**　　　　　　　　　　　　　　　　重點　授受
>
> **A** 悟くんに手紙をもらいました。誕生日プレゼントと一緒に。
>
> 收到了小悟寄來的信，還有生日禮物。
>
> **B** いいですね。
>
> 很開心吧。

「を」前面是收到的東西「手紙」，「に」表示送的人是「悟くん」。

文法應用實例

爸爸送了錶給我。

┌爸爸┐　　┌錶┐
父から　時計を　もらいました。
ちち　　　とけい

★「を」前面是收到的東西「時計」，「から」表示送的人是「父」。

從鈴木小姐那裡接收了舊電視機。

　　　　　┌舊┐
鈴木さんから　古い　テレビを
すずき　　　　ふる
┌接收了─┐
もらいました。

※「を」前面是收到的東西「テレビ」，「から」表示送的人是「鈴木さん」。

媽媽給了件溫暖的毛衣。

┌溫暖的┐　┌毛衣┐
母に　暖かい　セーターを　もらいました。
はは　あたた

★「を」前面是收到的東西「セーター」，「に」表示送的人是「母」。

ほうがいい

{名詞の；形容詞辭書形；形容動詞詞幹な；動詞た形} ＋ほうがいい。【提議】用在向對方提出建議、忠告。有時候前接的動詞雖然是「た形」，但指的卻是以後要做的事。中文是：「我建議最好…、我建議還是…為好」。如例句1、2；補充〖否定形－ないほうがいい〗否定形為「ないほうがいい」。中文是：「最好不要…」。如例句3；【提出】也用在陳述自己的意見、喜好的時候。中文是：「…比較好」。如對話：

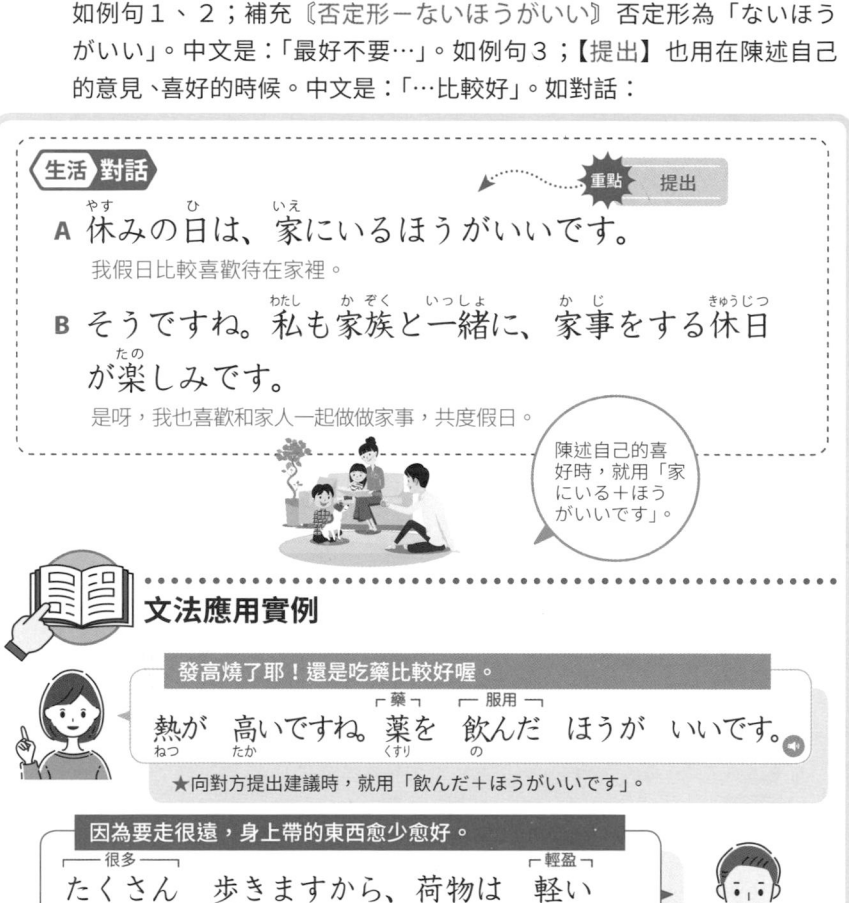

〈生活〉**對話**

重點　提出

A 休みの日は、家にいるほうがいいです。

我假日比較喜歡待在家裡。

B そうですね。私も家族と一緒に、家事をする休日が楽しみです。

是呀，我也喜歡和家人一起做做家事，共度假日。

陳述自己的喜好時，就用「家にいる＋ほうがいいです」。

📖 **文法應用實例**

發高燒了耶！還是吃藥比較好喔。

熱が 高いですね。薬を 飲んだ ほうが いいです。
ねつ　たか　　　　くすり　の

★向對方提出建議時，就用「飲んだ＋ほうがいいです」。

因為要走很遠，身上帶的東西愈少愈好。

たくさん 歩きますから、荷物は 軽い ほうが いいです。
　　　　　ある　　　　　にもつ　かる

★提出建議時，就用「軽い＋ほうがいいです」。

還是盡量不要喝酒比較好喔！

あまり お酒を 飲まない ほうが いいですよ。
　　　さけ　　の

★提出反對的建議時，就用「飲まない＋ほうがいいです」。

動詞＋ましょうか

track 109 ♫

【動詞ます形】＋ましょうか。【提議】這個句型有兩個意思，一個是表示提議，想為對方做某件事情並徵求對方同意。中文是：「我來（為你）…吧」。如對話和例句1；【邀約】另一個是表示邀請對方一起做某事，相當於「ましょう」，但是站在對方的立場著想才進行邀約。中文是：「我們（一起）…吧」。如例句2、3：

生活 對話

重點　提議

A アプリを使ってタクシーを呼びましょうか。

我們用app叫計程車吧。

B はい、分かりました。

好的，我現在就叫車。

提議對方一起攔計程車，就用「呼び＋ましょう」。

CALL TAXI

文法應用實例

好冷喔，我們關窗吧！

寒いですね。窓を 閉めましょうか。
さむ　　　　まど　　　し

★ 提議對方關窗，就用「閉め＋ましょう」。

已經一點了耶，我們來吃點什麼吧！

もう 1時 ですね。何か 食べましょうか。
　　　いちじ　　　　なに　　た

★ 邀約對方跟自己一起吃點東西，就用「食べ＋ましょう」。

我們一起回家吧！

一緒に 帰りましょうか。
いっしょ　かえ

※ 邀約對方跟自己一起回家，就用「帰り＋ましょう」。

文法

8 動詞＋ましょう

track 110

{動詞ます形} ＋ましょう。【倡導】請注意對話，實質上是在下命令，但以勸誘的方式，讓語感較為婉轉。不用在說話人身上。中文是：「…吧」。如對話；【勸誘】表示勸誘對方跟自己一起做某事。一般用在做那一行為、動作，事先已經規定好，或已經成為習慣的情況。中文是：「做…吧」。如例句１、２；【主張】也用在回答時，表示贊同對方的提議。中文是：「就那麼辦吧」。如例句３：

生活對話

重點　倡導

A　お年寄(としよ)りには親切(しんせつ)にしましょう。
對待長者要親切喔！

B　おばあちゃんはいつも「わし、まだ元気(げんき)だから。大丈夫(だいじょうぶ)、大丈夫(だいじょうぶ)。」と言(い)っています。
奶奶總是把「老太婆我還硬朗得很，別擔心、別擔心」這句話掛在嘴邊。

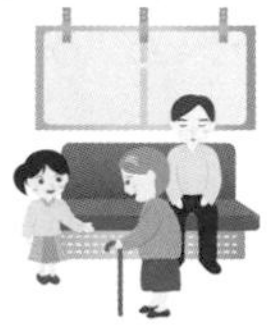

勸誘對方親切待長者，就用「し＋ましょう」。

文法應用實例

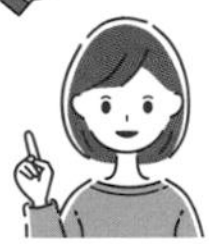

稍微坐一下吧！

ちょっと（稍微）　座(すわ)りましょう。（坐吧）

★勸誘對方跟自己一起坐一下，就用「座り＋ましょう」。

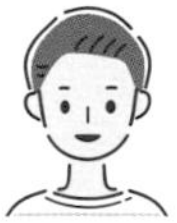

下次再見個面吧！

また（再）　会(あ)いましょう。（見面吧）

★勸誘對方下次再見，就用「会い＋ましょう」。

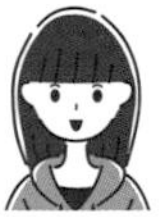

好呀，再見面吧！

ええ、（好呀）そう（那樣）　しましょう。

★表示贊同對方的提議，就用「そうし＋ましょう」。

動詞＋ませんか

track 111 ♫

【動詞ます形】＋ませんか。【勧誘】表示行為、動作是否要做，在尊敬對方抉擇的情況下，有禮貌地勸誘對方，跟自己一起做某事。中文是：「要不要…吧」。如例：

生活 對話

重點 　勧誘

A 公園でテニスをしませんか。ボールを打つのは楽しいですよ。

要不要到公園打網球呢？擊球很有意思喔。

B いいですよ。やりましょう。

好啊，來打吧。

禮貌地邀約對方跟自己一起打（網球），就用「し＋ませんか」。

文法應用實例

要不要搭巴士去呢？

┌巴士┐　┌─去嗎─┐
バスで　行きませんか。

★禮貌地邀對方一起搭（巴士），就用「行き＋ませんか」。

要不要喝點茶呢？

┌─一點─┐　┌茶┐
ちょっと　お茶を　飲みませんか。

★禮貌地邀對方一起喝（茶），就用「飲み＋ませんか」。

要不要一起去京都呢？

┌一起┐　┌京都┐
一緒に　京都へ　行きませんか。

★禮貌邀對方一起去（京都），就用「行き＋ませんか」。

小試身手 文法知多少？

請完成以下題目，從選項中，選出正確答案，並完成句子。

001 この 問題を 教え（　　）か。
□ ① てください　② てくださいません

002 ここで たばこを 吸わ（　　）。
□ ① てください　② ないで ください

003 熱が あるから、寝て いた（　　）ですよ。
□ ① ほうがいい　② てもいい

004 日曜日、うちに 来（　　）。
□ ① ください　② ませんか

005 2時ごろ 駅で 会い（　　）。
□ ① ましょう　② でしょう

006 笑美ちゃんは ゆう太くんから 花を（　　）。
□ ① もらいました　② あげました

錯 題糾錯 Note

錯題＆錯解

正解＆解析

參考資料

解答：①①②①②②

新日檢擬真模擬試題

もんだい1　（　　　）に 何を 入れますか。1・2・3・4から いちばん いい ものを 一つ えらんで ください。

001　A「こんど いっしょに 山に のぼりませんか。」
□　B「いいですね。いっしょに（　　　）。」
　　①のぼるでしょう　　　　　②のぼりましょう
　　③のぼりません　　　　　　④のぼって います

002　A「昨日は 誕生日だったので 友達に 花を（　　　）。これです。」
□　B「きれいな 花ですね。」
　　①あげました　　②もらいました　　③ください　　④ほしいです

003　A「暑いですね。何か 飲みませんか。」
□　B「そうですね。私は 冷たい ジュースが（　　　）。」
　　①飲みましょう　　　　　②ください
　　③飲んで ください　　　④飲みたいです

もんだい2　＿★＿に 入る ものは どれですか。1・2・3・4から いちばん いい ものを 一つ えらんで ください。

004　(八百屋で)
□　大島「その ＿＿＿ ＿★＿ ＿＿＿ ＿＿＿ ください。」
　　店の人「はい、どうぞ。」
　　①を　　②赤い　　③5こ　　④りんご

005　A「駅は どこですか。」
□　B「しらないので、交番で ＿＿＿ ＿＿＿ ＿★＿＿＿ ませんか。」
　　①に　　②おまわりさん　　③ください　　④聞いて

006　田中「私は これを 買います。高橋さんは どれが いいですか。」
□　高橋「私は もっと ちいさくて ＿＿＿ ＿＿＿ ＿★＿ ＿＿＿ です。」
　　①ほしい　　②の　　③かるい　　④が

▼ 翻譯與詳解請見 P.236

希望、意志、原因、比較と程度の表現

希望、意志、原因、比較及程度的表現

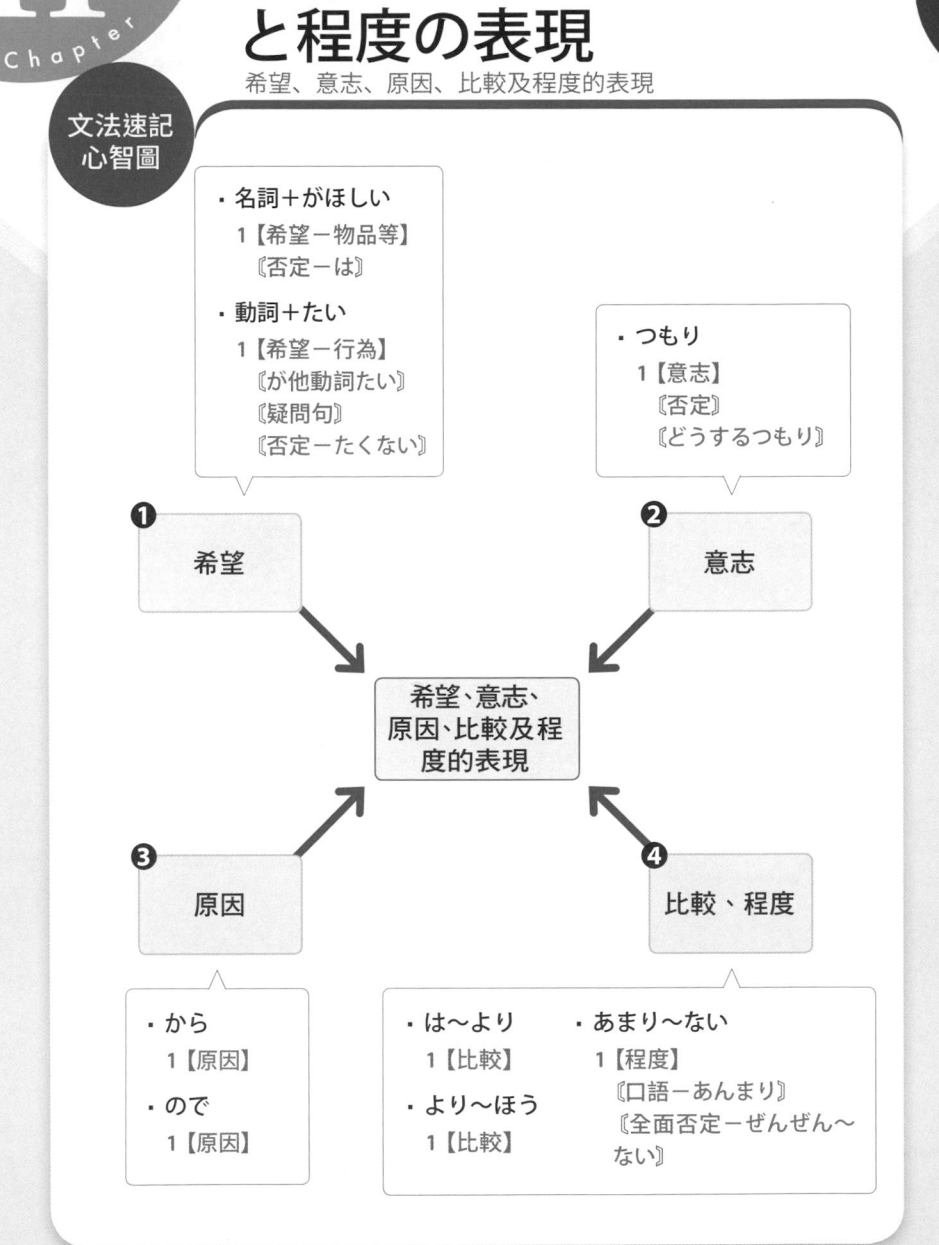

- 名詞＋がほしい
  1【希望－物品等】
  〖否定－は〗
- 動詞＋たい
  1【希望－行為】
  〖が他動詞たい〗
  〖疑問句〗
  〖否定－たくない〗

- つもり
  1【意志】
  〖否定〗
  〖どうするつもり〗

❶ 希望

❷ 意志

希望、意志、原因、比較及程度的表現

❸ 原因

❹ 比較、程度

- から
  1【原因】
- ので
  1【原因】

- は～より
  1【比較】
- より～ほう
  1【比較】

- あまり～ない
  1【程度】
  〖口語－あんまり〗
  〖全面否定－ぜんぜん～ない〗

名詞＋がほしい

track112♪

{名詞} ＋が＋ほしい。【希望－物品等】表示說話人（第一人稱）想要把什麼有形或無形的東西弄到手，想要把什麼有形或無形的東西變成自己的，希望得到某物的句型。「ほしい」是表示感情的形容詞。希望得到的東西，用「が」來表示。疑問句時表示聽話者的希望。中文是：「…想要…」。如對話和例句１；補充〖否定－は〗否定的時候較常使用「は」。中文是：「不想要…」。如例句２、３：

〈生活〉對話

A 鈴木さん、疲れていますね。
すず き　　　　　つか

鈴木先生，您看起來很累呢。

B ええ、最近仕事が多くて、ああ、もっと休みがほしい
さいきん し ごと　おお　　　　　　　　　　　　　　やす
です。

是啊，最近工作太忙了……唉，真希望能好好休息。

重點 希望－物品等

「ほしい」表示
說話人希望得到
「が」前的「休み」。

文法應用實例

想要一輛車。

車が　ほしいです。
くるま

★「ほしい」表示說話人希望得到「が」前的「車」。

現在不想喝酒。

今、お酒は　ほしく　ないです。
いま　さけ

★「ほしくないです」表示說話人不想要「は」前的「お酒」。

我並不要錢。

お金は　ほしく　ありません。
かね

★「ほしくありません」表示說話人不想要「は」前的「お金」。

動詞＋たい

{動詞ます形}＋たい。【希望－行為】表示說話人（第一人稱）內心希望某一行為能實現，或是強烈的願望。中文是：「想要…」。如對話；補充〖が他動詞たい〗使用他動詞時，常將原本搭配的助詞「を」，改成助詞「が」。如例句１；補充〖疑問句〗用於疑問句時，表示聽話者的願望。中文是：「想要…呢？」。如例句２；補充〖否定－たくない〗否定時用「たくない」、「たくありません」。中文是：「不想…」。如例句３：

生活 對話

重點 ▸ 希望－行為

A 私は日本語の先生になりたいです。木下さんは。

我想成為日文教師。木下先生呢？

B 私は何をしたいか、まだ分かりません。

我還不知道自己想做什麼。

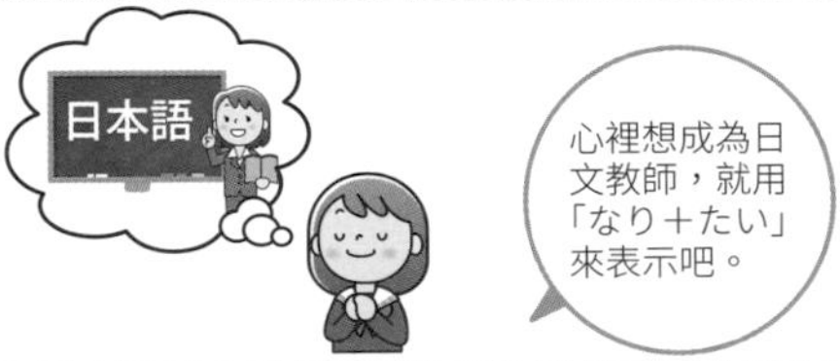

日本語

心裡想成為日文教師，就用「なり＋たい」來表示吧。

文法應用實例

我想看這部電影。

私は　この　映画が　見たいです。
　わたし　　　　えいが　　　み

★心裡想看這部電影，就用「見＋たい」來表示吧。

「想吃什麼嗎？」「想吃咖哩。」

「何が　食べたいですか。」
　なに　　た

「カレーが　食べたいです。」
　　　　　　　た

※問對方想吃什麼，就用「食べ＋たい」吧。

還不想回家。

まだ　帰りたく　ないです。
　　　かえ

★心裡不想回家，就用「帰り＋たいくないです」來表示吧。

つもり

【意志】{動詞辭書形} ＋つもり。表示打算作某行為的意志。這是事前決定的，不是臨時決定的，而且想做的意志相當堅定。中文是：「打算、準備」。如對話和例句１；補充〖否定〗{動詞否定形} ＋つもり。相反地，表示不打算作某行為的意志。中文是：「不打算」。如例句２；補充〖どうするつもり〗どうする＋つもり。詢問對方有何打算的時候。中文是：「有什麼打算呢」。如例句３：

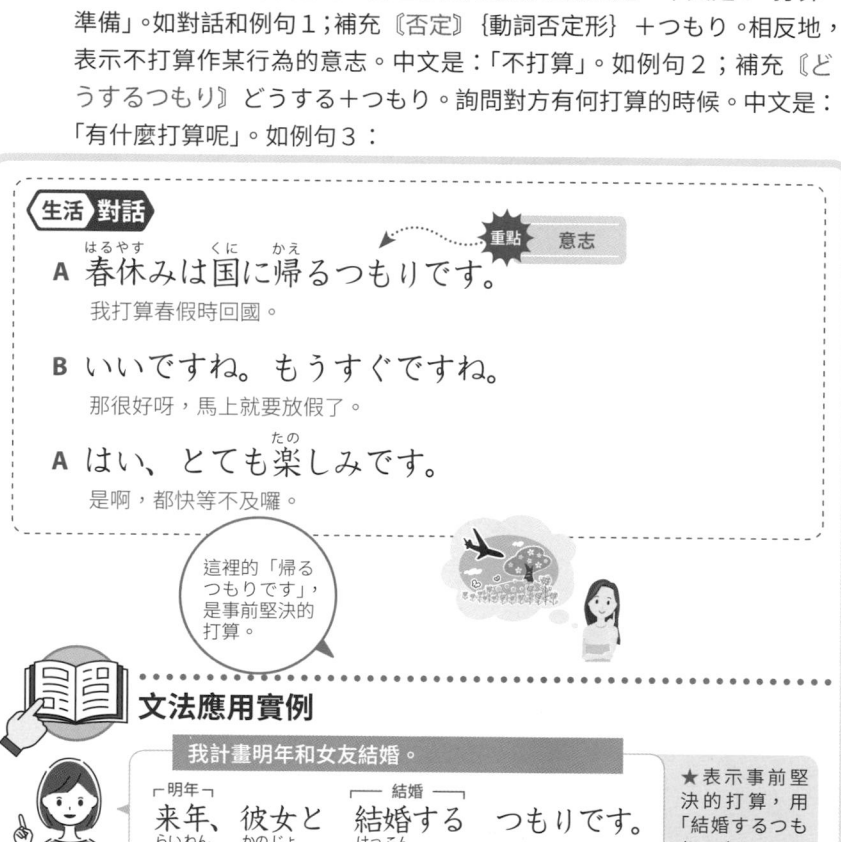

生活對話

重點　意志

A 春休みは国に帰るつもりです。
はるやす　　くに　かえ

我打算春假時回國。

B いいですね。もうすぐですね。

那很好呀，馬上就要放假了。

A はい、とても楽しみです。
たの

是啊，都快等不及囉。

這裡的「帰るつもりです」，是事前堅決的打算。

文法應用實例

我計畫明年和女友結婚。

┌明年┐　　　　┌結婚┐
来年、彼女と　結婚する　つもりです。
らいねん　かのじょ　けっこん

★ 表示事前堅決的打算，用「結婚するつもりです」。

我不想再和男友見面了。

　┌男友┐　　　　　┌打算┐
もう　彼には　会わない　つもりです。
　　　かれ　あ

★ 堅決不打算作某行為，用「会わないつもりです」。

你等一下打算做什麼呢？

　　　　┌等一下┐　┌怎麼┐
あなたは、この　後　どうする
つもりですか。
　　　　　　　あと

★ 詢問對方有何打算，用「どうするつもりですか」。

{形容詞・動詞普通形} ＋から；{名詞；形容動詞詞幹} ＋だから。【原因】

表示原因、理由。一般用於說話人出於個人主觀理由，進行請求、命令、希望、主張及推測，是種較強烈的意志性表達。中文是：「因為…」。如例：

生活 對話

A 日曜日はどこか行きましたか。

星期天去了什麼地方嗎？

B それが、疲れていたのでお昼ごろまでずっと寝ていました。起きた時はもう 11 時過ぎでした。

別提了。實在太累，一直睡到快中午，醒來時都11點多了。

 **重點 原因**

A そうですか。よく寝たから、元気になったでしょう。

這樣哦。不過這樣睡得飽飽的，想必恢復活力了吧。

> 為什麼「元気になりました」？看原因「から」前面，是「よく寝た」。

 文法應用實例

> 那家店太貴了，所以不去。

┌昂貴┐ ┌──不去──┐
あの 店は 高いから、行きません。
　　　　　 たか 　　　 い

★為什麼「行きません」？看原因「から」前面，是「高い」。

> 這是用平假名寫的，所以應該讀得懂吧？

┌平假名┐ ┌讀得懂┐
平仮名だから、読めるでしょう。
ひら が な 　　 よ

★為什麼應該「読める」？看原因「から」前面，是「平仮名だ」。

> 因為歌聲很難聽，所以不想唱。

┌歌┐ ┌差勁┐
歌が 下手だから、歌いたくないです。
うた へ た 　　　 うた

※ 為什麼「歌いたくない」？看原因「から」前面，是「下手だ」。

track 116 ♫ {形容詞・動詞普通形} ＋ので；{名詞；形容動詞詞幹} ＋なので。【原因】表示原因、理由。前句是原因，後句是因此而發生的事。「ので」一般用在客觀的自然的因果關係，所以也容易推測出結果。中文是：「因為…」。如例：

〈生活〉對話　　　　　　　　　　重點　原因

A 明日は仕事なので、行けません。
　 あした　しごと　　　　　　　　い

　 我明天還要工作，所以沒辦法去。

B そうですか、それは残念ですね。
　　　　　　　　　　　　ざんねん

　 是哦？實在太遺憾了。

為什麼沒辦法去？看原因「なので」前面，是「明日は仕事」。

文法應用實例

請往後退，以免發生危險。

┌危険┐　　　　┌往後退┐
危ないので、下がって　ください。
あぶ　　　　　さ

★為什麼要往後退？看原因「ので」前面，是「危ない」。

因為累了，所以休息一下。

┌累了┐　　　　　　　┌休息┐
疲れたので、ちょっと　休みます。
つか　　　　　　　　やす

※ 為什麼要休息一下？看原因「ので」前面，是「疲れた」。

這本書很重要，所以請還給我。

　　　　┌重要┐　　　　┌歸還┐
この　本は　大切なので、返して　ください。
　　　ほん　たいせつ　　　　　かえ

★為什麼要還給我？看原因「なので」前面，是「この本は大切」。

は～より

{名詞}＋は＋{名詞}＋より。【比較】表示對兩件性質相同的事物進行比較後，選擇前者。「より」後接的是性質或狀態。如果兩件事物的差距很大，可以在「より」後面接「ずっと」來表示程度很大。中文是：「…比…」。如例：

生活 對話　　　　　　　　　重點　比較

A 北海道は九州より大きいです。
ほっかいどう　きゅうしゅう　　おお

北海道的面積比九州還要大。

B 北海道は日本で一番大きい都道府県ですからね。
ほっかいどう　にほん　いちばんおお　　とどうふけん

畢竟北海道是日本的都道府縣之中最大的行政區。

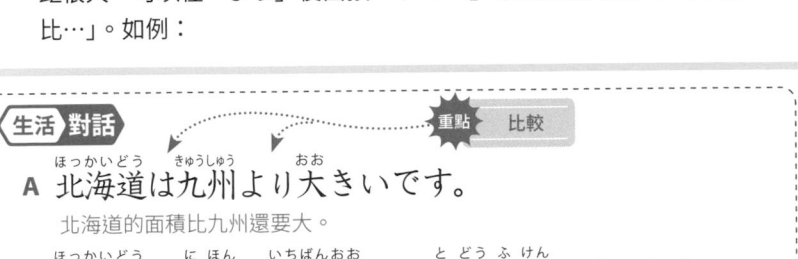

北海道　　　　**九州**　　>

比較相同性質的事物，是「は」前面的「北海道」比較大。

 **文法應用實例**

妹妹比我高。

妹 は　私より　背が　高いです。
いもうと　わたし　　せ　　たか

★比較相同性質的事物，是「は」前面的「妹」比較高。

開汽車比搭電車來得方便。

車は　電車より　便利です。
くるま　でんしゃ　　べんり

★比較相同性質的事物，是「は」前面的「車」比較方便。

林小姐的日文比洪先生更為流利。

林さんは　洪さんより　日本語が　上手です。
リン　　ホン　　　にほんご　　じょうず

★比較相同性質的事物，是「は」前面的「林さん」日文更好。

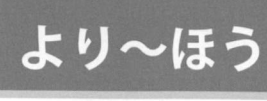

文法 7　より～ほう

track 118

{名詞；形容詞・動詞普通形} ＋より（も、は）＋ {名詞の；形容詞・動詞普通形；形容動詞詞幹な} ＋ほう。【比較】表示對兩件事物進行比較後，選擇後者。「ほう」是方面之意，在對兩件事物進行比較後，選擇了「こっちのほう」（這一方）的意思。被選上的用「が」表示。中文是：「…比…、比起…，更…」。如例：

生活 對話

　　　　　　　　　　　　　　　　　　　　　　　　　重點　比較

A　お店で食べるより自分で作ったほうがおいしいです。
　　みせ　　た　　　　　　じぶん　つく

　　比起上餐廳，還是自己煮的比較好吃。

B　そうですね。自分の好きな味で作ることができるか
　　　　　　　　じぶん　す　　あじ　つく
　　らでしょうね。

　　是啊，應該是因為可以烹調出自己喜歡的口味吧。

> 比較相同性質的事物，「ほう」前面「自分で作る」的更好吃。

文法應用實例

哥哥的腳程比我快。

私より　兄の　ほうが　足が　速いです。
わたし　あに　　　　　あし　　はや

「腳步」　「快速」

★比較相同性質的事物，「ほう」前面的「兄」更快。

比起夏天，我更喜歡冬天。

夏より　冬の　ほうが　好きです。
なつ　　ふゆ　　　　　　す

「夏天」「冬天」

★比較相同性質的事物，更喜歡「ほう」前面的「冬」。

孩子的名字，與其用生僻字，還是取常見字比較好。

子どもの　名前は　難しいより
こ　　　　　なまえ　　むずか

「名字」「困難」

簡単な　ほう　がいいです。
かんたん

※ 比較相同性質的事物，「ほう」前面「簡單」的更好。

8 あまり〜ない

track 119 ♫

あまり（あんまり）＋{[形容詞・形容動詞・動詞]否定形}＋〜ない。【程度】

「あまり」下接否定的形式，表示程度不特別高，數量不特別多。中文是：「不太…」。如例句1、2；補充〖口語－あんまり〗在口語中常說成「あんまり」。如例句3；補充〖全面否定－ぜんぜん〜ない〗若想表示全面否定可用「全然〜ない」。中文是：「完全不…」。如對話：

生活 對話　　　　　　　　　　　　　　　　　　**重點** 全面否定

A 勉強（べんきょう）しましたが、全然（ぜんぜん）分（わ）からない。

　雖然讀了書，還是一點也不懂。

B ここは本当（ほんとう）に嫌（いや）ですね。問題（もんだい）もだんだん難（むずか）しく

　なってきましたね。

　這個單元真的很討厭耶！題目也越來越難了。

「全然」後接
「分からない」
表示完全不懂。

文法應用實例

這部電影不怎麼好看。

この　映画（えいが）は　あまり　面白（おもしろ）く（不有趣）

ありませんでした。 🔊

★「あまり」後接「面白くありませんでした」表示不怎麼好看。

王同學很少來上課。

王（ワン）さんは　学校（がっこう）に　あまり　来（き）ません。（不來・學校）

🔊

★「あまり」後接「来ません」表示很少來。

這家餐館的拉麵不太好吃。

この　店（みせ）の　ラーメン（拉麵）は　あんまり

おいしくなかった（不好吃）です。 🔊

★「あまり」後接「おいしくなかったです」表示不太好吃。

　　説明用言（動詞、形容詞、形容動詞）的狀態和程度，屬於獨立詞而沒有活用，主要用來修飾用言的詞叫副詞。

● 副詞的構成

一、副詞的構成有很多種，這裡著重舉出下列幾種：

1. 一般由兩個或兩個以上的平假名構成

ゆっくり（慢慢地）

とても（非常）

よく（好好地，仔細地；常常）

ちょっと（稍微）

2. 由漢字和假名構成

未_まだ（尚未）

先_まず（首先）

既_{すで}に（已經）

3. 由漢字重疊構成

色_{いろいろ}々（各種各樣）

青_{あおあお}々（綠油油地）

広_{ひろびろ}々（廣闊地）

二、以內容分類有：

1. 表示時間、變化、結束

まだ（還）

もう（已經）

すぐに（馬上，立刻）

だんだん（漸漸地）

2. 表示程度

あまり〔～ない〕（〈不〉怎麼…）

すこし（一點兒）

たいへん（非常）

184 |

ちょっと（一些）
とても（非常）
ほんとうに（真的）
もっと（更加）
よく（很，非常）

3. 表示推測、判斷

たぶん（大概）
もちろん（當然）

4. 表示數量

ぜんぶ（全部）
おおぜい（許多）
たくさん（很多）
すこし（一點兒）
ちょっと（一點兒）

5. 表示次數、頻繁度

いつも（經常，總是）
たいてい（大多，大抵）
ときどき（偶而）
はじめて（第一次）
また（又，還）
もう一度（再一次）
よく（時常）

6. 表示狀態

ちょうど（剛好）
まっすぐ（直直地）
ゆっくり（慢慢地）

小試身手 文 法 知 多 少 ？

請完成以下題目，從選項中，選出正確答案，並完成句子。

001 いちごを　たくさん　もらった（　　）、半分（はんぶん）　ジャムに　し
☐　ます。

①けど　　②ので

002 私（わたし）は　京都（きょうと）へ（　　）です。
☐　①行（い）きたい　　②行（い）って　ほしい

003 可愛（かわい）い　ハンカチ（　　）です。
☐　①がほしい　　②をください

004 来週（らいしゅう）　台湾（タイワン）に（　　）です。
☐　①帰（かえ）ろうと　思（おも）います　　②帰（かえ）るつもり

005 李（リー）さん（　　）森（もり）さん（　　）若（わか）いです。
☐　①は～より　　②より～ほう

006 今年（ことし）の　紅葉（こうよう）は、（　　）きれいでは　ないです。
☐　①どれが　　②あまり

錯 題糾錯 Note

錯題＆錯解

正解＆解析

參考資料

新日檢擬真模擬試題

もんだい1 ▊ 1 ▊ から ▊ 5 ▊ に 何を 入れますか。文章の
意味を 考えて、1・2・3・4から いちばん いい ものを
一つ えらんで ください。

日本で べんきょうして いる 学生が、「わたしの かぞく」に ついて
ぶんしょうを 書いて、クラスの みんなの 前で 読みました。

わたしの かぞくは、両親、わたし、妹の 4人です。父は
警官で、毎日 おそく ▊ 1 ▊ 仕事を して います。日曜
日も あまり 家に ▊ 2 ▊ 。母は、料理が とても じょうずです。
母が 作る グラタンは かぞく みんなが おいしいと 言います。
国に 帰ったら、また 母の グラタンを ▊ 3 ▊ です。
妹が 大きく なったので、母は 近くの スーパーで 仕事を
▊ 4 ▊ 。妹は 中学生ですが、小さい ころから ピアノを
習って いますので、今では わたし ▊ 5 ▊ じょうずに ひきます。

001

☐ ① だけ　② て　③ まで　④ から

002

☐ ① いません　② います　③ あります　④ ありません

003

☐ ① 食べる　② 食べて ほしい　③ 食べたい　④ 食べた

004

☐ ① やめました　② はじまりました
　③ やすみました　④ はじめました

005

☐ ① では　② より　③ でも　④ だけ

▼ 翻譯與詳解請見 P.238

模擬試題 錯題糾錯＋解題攻略筆記！

錯題＆錯解

正解＆解析

參考資料

時間の表現

時間的表現

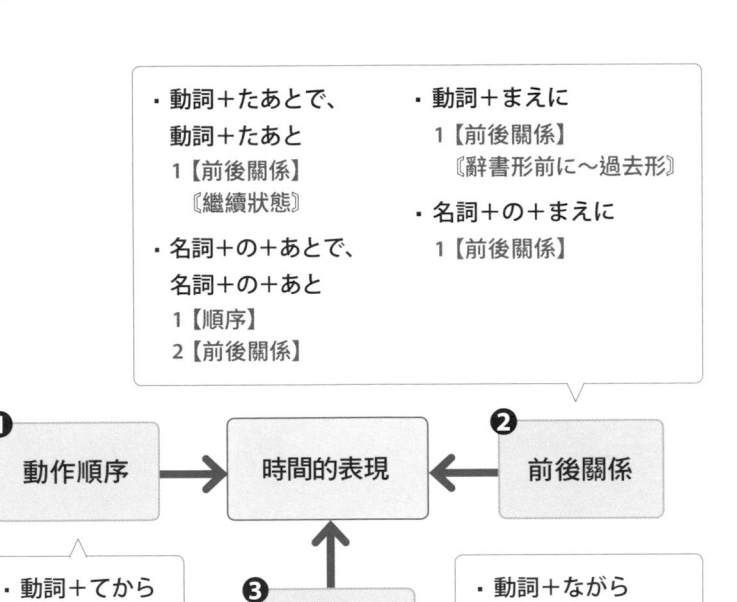

・動詞＋たあとで、
　動詞＋たあと
　1【前後關係】
　　〔繼續狀態〕

・名詞＋の＋あとで、
　名詞＋の＋あと
　1【順序】
　2【前後關係】

・動詞＋まえに
　1【前後關係】
　　〔辭書形前に～過去形〕

・名詞＋の＋まえに
　1【前後關係】

❶ 動作順序 → 時間的表現 ← ❷ 前後關係

・動詞＋てから
　1【起點】
　2【動作順序】

❸ 同時

・動詞＋ながら
　1【同時】
　　〔長期的狀態〕

・とき
　1【同時】
　2【時間點－之後】
　3【時間點－之前】

動詞＋てから

【動詞て形】＋から。【起點】表示某動作、持續狀態的起點。中文是：「從…」。如對話和例句1；【動作順序】結合兩個句子，表示動作順序，強調先做前項的動作或前項事態成立，再進行後句的動作。中文是：「先做…，然後再做…」。如例句2、3：

生活 對話

重點　起點

A この仕事を始めてから、今年で10年です。
　　しごと　はじ　　　　　　　　ことし　じゅうねん

我從事這項工作，到今年已經10年了。

B これからも毎日少しずつ、自分の知らない事を勉強
　　　　　まいにちすこ　　　　　じぶん　し　　　こと　べんきょう
するのが大事ですよ。
　　　　だいじ

不過，往後還是要養成每天吸收一些新知的習慣喔。

從什麼時候開始呢？原來是「この仕事を始めて」！

10年

 **文法應用實例**

自從生了孩子以後，每天忙得不可開交。

子どもが　生まれて　から、毎天　忙しい です。
こ　　　　う　　　　　　　　まいにち　いそが

★從什麼時候開始忙碌的呢？原來是「子どもが生まれて」！

先洗手再吃東西。

手を　洗って　から　食べます。
て　　あら　　　　　　た

★「食べます」前要幹什麼呢？強調要先「手を洗って」！

請先買票再搭乘。

切符を　買って　から　乗って　ください。
きっぷ　か　　　　　　　の

★「乗ります」前要幹什麼呢？強調要先「切符を買って」！

文法 2 動詞＋たあとで、動詞＋たあと

track121

{動詞た形} ＋あとで；{動詞た形} ＋あと。【前後關係】表示前項的動作做完後，做後項的動作。是一種按照時間順序，客觀敘述事情發生經過的表現，而前後兩項動作相隔一定的時間發生。中文是：「…以後…」。如對話和例句1；補充〔繼續狀態〕後項如果是前項發生後，而繼續的行為或狀態時，就用「あと」。中文是：「…以後」。如例句2、3：

生活 對話 ··········· 重點 前後關係

A 宿題をしたあとで、ゲームをします。
做完功課之後再打電玩。

B ゲームのあとは、おやつの時間です。宿題のあとに楽しみがたくさんあります。
打過電玩就可以吃點心了。寫完功課以後就是滿滿的歡樂時間囉。

「たあとで」表示後做「ゲームをします」動作，先做「宿題をします」動作。

文法應用實例

先吃完飯再沖澡。

ご飯を 食べた あとで、シャワーを 浴びます。

★「たあとで」表示後做「シャワーを浴びます」動作，先做「ご飯を食べます」動作。

弟弟從學校回家以後，就一直在房裡睡覺。

弟は 学校から 帰った あと、ずっと 部屋で 寝て います。

※「たあと」表示回家以後，一直「寝ています」。

喝完酒以後，頭疼了起來。

お酒を 飲んだ あと、頭が 痛く なりました。

※「たあと」表示喝完酒以後，就「頭が痛くなりました」。

3 名詞＋の＋あとで、名詞＋の＋あと

track **122** ♩

{名詞}＋の＋あとで；{名詞}＋の＋あと。【順序】只單純表示順序的時候，後面接不接「で」都可以。後接「で」有強調「不是其他時間，而是現在這個時刻」的語感。中文是：「…後、…以後」。如對話和例句１；【前後關係】表示完成前項事情之後，進行後項行為。中文是：「…後」。如例句２、３：

〈生活〉對話　　　　　　　　　　　　　　　　　重點　順序

A 食事のあと、ちょっと散歩しませんか。
しょくじ　　　　　　　　　　　さんぽ

吃完飯，要不要散個步呢？

B いいですね。行きましょう。
　　　　　　　　い

好啊，走吧！

「のあと」表示「食事」之後，接著「散歩します」。

文法應用實例

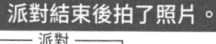

下班後要去泳池。

┌工作┐　　　　　　　┌泳池┐
仕事の　あと、プールへ　行きます。
しごと　　　　　　　　　　　　い

★「のあと」表示「仕事」之後，接著「プールへ行きます」。

派對結束後拍了照片。

┌──派對──┐　　　　　　　┌照片┐
パーティーの　あとで、写真を　撮り
　　　　　　　　　　　　　しゃしん　　と
ました。

★「のあとで」表示「パーティー」之後「写真を撮りました」。

洗完澡後寫功課。

　　　　　　　　　　┌功課┐　　┌寫┐
お風呂の　あとで、宿題を　します。
ふろ　　　　　　　しゅくだい

★「のあとで」表示「お風呂」之後，接著「宿題をします」。

{動詞辭書形}＋まえに。【前後關係】表示動作的順序，也就是做前項動作之前，先做後項的動作。中文是：「…之前，先…」。如對話和例句1；補充〖辭書形前に～過去形〗即使句尾動詞是過去形，「まえに」前面還是要接動詞辭書形。如例句2、3：

〈生活〉對話　　　　　　　　　　　　重點　前後關係

A みんな寝る前に歯を磨きます。
　大家都在睡覺前刷牙。

B あら、みんな歌いながら楽しく磨いてますね。
　唉，大家一邊唱歌一邊開心地刷著牙呢。

> 「前に」表示後做「寝る」動作，先做「歯を磨きます」動作。

文法應用實例

離開家門前請先說一聲。

家を　出る　前に　教えて　ください。
　　　「離開」　「之前」

★「前に」表示後做「家を出る」動作，先做「教えます」動作。

還不到5點就回去了。

5時に　なる　前に　帰りました。
「5點」　　　　　　　「回去了」

★「前に」表示還沒「5時になる」，就先「帰りました」。

在耶誕老公公還沒來之前就睡著了。

サンタクロースが　来る　前に　寝て
「耶誕老公公」　　　　　　　　「睡覺」
しまいました。

※「前に」表示還沒「サンタクロースが来る」，就先「寝てしまいました」。

名詞＋の＋まえに

{名詞} ＋の＋まえに。【前後關係】表示空間上的前面，或做某事之前先進行後項行為。中文是：「…前、…的前面」。如例：

生活 對話　　　　　　　　　　　　　　　　　　　　**重點** 前後關係

A ゲームの前に宿題をしなさい。宿題のあと、ケーキを持ってくるから。
打電玩前先寫功課！寫完功課，我就拿蛋糕過來。

B わ～い。すぐやります。
耶——，馬上寫！

「の前に」表示「ゲーム」之前，先做「宿題をします」動作。

📖 **文法應用實例**

考試前先上廁所。
┌考試┐　　┌廁所┐
テストの　前に　トイレに　行きます。
　　　　　まえ　　　　　　　　い
★「の前に」表示「テスト」之前，先做「トイレに行きます」動作。

這種藥請於餐前服用。
　　　　　┌用餐┐　　　　　┌服用┐
この　薬は　食事の　前に　飲みます。
　　　くすり　しょくじ　まえ　　の
※「の前に」表示這種藥在「食事」之前，先「飲みます」。

上課前請先到老師的辦公室一趟。
┌上課┐　　　　　　┌辦公室┐
授業の　前に　先生の　部屋へ　来て　ください。
じゅぎょう　まえ　せんせい　へや　　き
★「の前に」表示「授業」之前，先做「先生の部屋へ行く」動作。

6 動詞＋ながら

track 125 ♫

{動詞ます形}＋ながら。【同時】 表示同一主體同時進行兩個動作，此時後面的動作是主要的動作，前面的動作為伴隨的次要動作。中文是：「一邊…一邊…」。如例句 2、3；補充〔長期的狀態〕也可使用於長時間狀態下，所同時進行的動作。中文是：「一面…一面…」。如對話和例句 1：

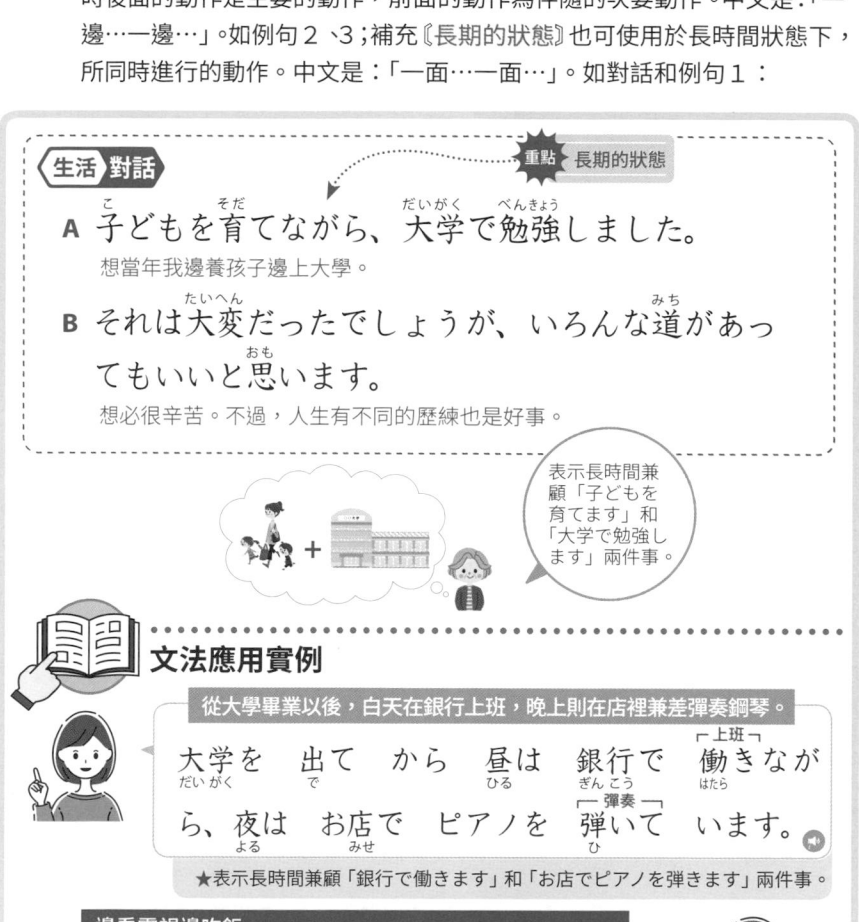

生活 對話

重點 長期的狀態

A 子どもを育てながら、大学で勉強しました。

想當年我邊養孩子邊上大學。

B それは大変だったでしょうが、いろんな道があってもいいと思います。

想必很辛苦。不過，人生有不同的歷練也是好事。

表示長時間兼顧「子どもを育てます」和「大学で勉強します」兩件事。

文法應用實例

從大學畢業以後，白天在銀行上班，晚上則在店裡兼差彈奏鋼琴。

大学を 出てから 昼は 銀行で 働きながら、夜は お店で ピアノを 弾いて います。

★表示長時間兼顧「銀行で働きます」和「お店でピアノを弾きます」兩件事。

邊看電視邊吃飯。

テレビを 見ながら、ご飯を 食べます。

★主要動作「ご飯を食べます」，伴隨「テレビを見ます」這一次要動作。

我們邊走邊聊吧。

歩きながら 話しましょう。

★主要動作「話します」，伴隨「歩きます」這一次要動作。

7 とき

track 126 ♫

【同時】｛名詞＋の；形容動詞＋な；形容詞・動詞普通形｝＋とき。表示與此同時並行發生其他的事情。中文是：「…的時候」。如對話和例句1；【時間點－之後】｛動詞過去形｝＋とき＋｛動詞現在形句子｝。「とき」前後的動詞時態也可能不同，表示實現前者後，後者才成立。中文是：「時候」。如例句2；【時間點－之前】｛動詞現在形｝＋とき＋｛動詞過去形句子｝。強調後者比前者早發生。中文是：「時、時候」。如例句3：

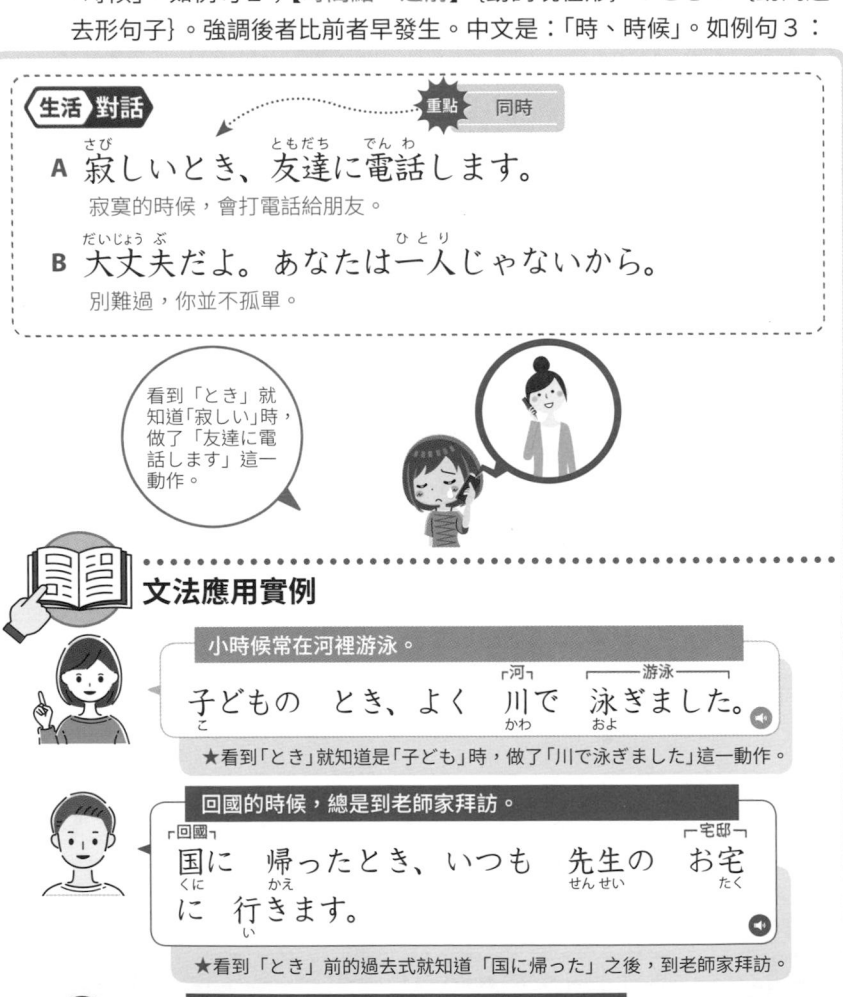

〈生活〉對話　　　　　　　　　　重點　同時

A 寂しいとき、友達に電話します。

寂寞的時候，會打電話給朋友。

B 大丈夫だよ。あなたは一人じゃないから。

別難過，你並不孤單。

看到「とき」就知道「寂しい」時，做了「友達に電話します」這一動作。

文法應用實例

小時候常在河裡游泳。

子どもの とき、よく 川で 泳ぎました。

★看到「とき」就知道是「子ども」時，做了「川で泳ぎました」這一動作。

回國的時候，總是到老師家拜訪。

国に 帰ったとき、いつも 先生の お宅に 行きます。

★看到「とき」前的過去式就知道「国に帰った」之後，到老師家拜訪。

離開公司時，打了電話回家。

会社を 出るとき、家に 電話しました。

※看到「とき」前是現在式就知道「会社を出る」之前，打了電話回家。

小試身手 文法知多少？

請完成以下題目，從選項中，選出正確答案，並完成句子。

001 私が テレビを 見て いる（　　）、友達が 来ました。
□　①とき　　②てから

002 歌を 歌い（　　）、掃除します。
□　①前に　　②ながら

003 大学を（　　）、もう 10年 たちました。
□　①出た あとで　　②出て から

004 郵便局に（　　）、手紙を 出します。
□　①行って　　②行って から

005 （　　）前に、歯を 磨きます。
□　①寝る　　②寝た

006 会議が（　　）あとで、資料を 片付けます。
□　①おわる　　②おわった

錯 題糾錯 Note
錯題＆錯解

正解＆解析

參考資料

新日檢擬真模擬試題

もんだい1　（　　　）に 何^{なに}を 入^いれますか。1・2・3・4から いちばん いい ものを 一^{ひと}つ えらんで ください。

001　夕飯^{ゆうはん}を たべた（　　　）おふろに 入^{はい}ります。
　□　①まま　　②まえに　　③すぎ　　④あとで

002　ねる（　　　）はを みがきましょう。
　□　①まえから　　②まえに　　③のまえに　　④まえを

003　へやの そうじを して（　　　）出^でかけます。
　□　①から　　②まで　　③ので　　④より

004　あねは ギターを ひき（　　　）うたいます。
　□　①ながら　　②ちゅう　　③ごろ　　④たい

もんだい2　★ に 入^{はい}る ものは どれですか。1・2・3・4から いちばん いい ものを 一^{ひと}つ えらんで ください。

005　_____ _____ ★ _____ あそびます。
　□　①して　　②しゅくだい　　③を　　④から

006　デパートで 買^かい物^{もの}を _____ _____ ★ _____ 見^みに 行^いきましょう。
　□　①あと　　②映画^{えいが}　　③した　　④を

▼ 翻譯與詳解請見 P.239

変化と時間の変化の表現

變化及時間變化的表現

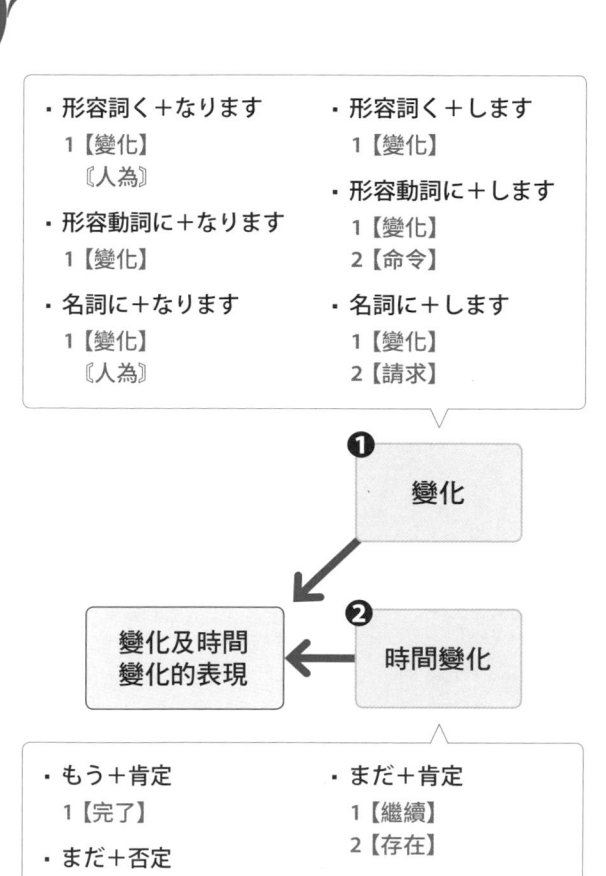

- 形容詞く＋なります
  1【變化】
  〔人為〕

- 形容動詞に＋なります
  1【變化】

- 名詞に＋なります
  1【變化】
  〔人為〕

- 形容詞く＋します
  1【變化】

- 形容動詞に＋します
  1【變化】
  2【命令】

- 名詞に＋します
  1【變化】
  2【請求】

❶ 變化

❷ 時間變化

變化及時間
變化的表現

- もう＋肯定
  1【完了】

- まだ＋否定
  1【未完】

- もう＋否定
  1【否定的狀態】

- まだ＋肯定
  1【繼續】
  2【存在】

形容詞く＋なります

track 127

{形容詞詞幹} ＋く＋なります。【變化】形容詞後面接「なります」，要把詞尾的「い」變成「く」。表示事物本身產生的自然變化，這種變化並非人為意圖性的施加作用。中文是：「變…」。如例句１、２；補充〖人為〗即使變化是人為造成的，若重點不在「誰改變的」，也可用此文法。中文是：「變得…」。如對話和例句３：

〈生活〉對話

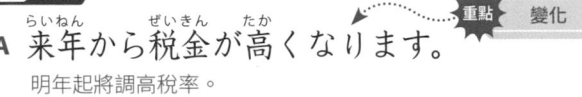

重點　變化

A 来年から税金が高くなります。
らいねん　ぜいきん　たか

明年起將調高稅率。

B じゃ、セールで安くても買うのをやめます。
やす　　か

既然如此，以後就算遇到特惠價也不敢亂買了。

重點不在於誰調高的，用「高く」＋自動詞「なります」。

10%
↑
8%

税

文法應用實例

小百合，妳長這麼大了呀！

┌ 大的 ┐　　┌── 變了 ──┐
百合ちゃん、大きく　なりましたね。
ゆり　　　　おお

★長大是自然的變化，用「大きく」＋自動詞「なりました」。

天色暗了，我們回去吧。

┌昏暗┐　　　　　　┌──回去吧──┐
暗く　なったので、帰りましょう。
くら　　　　　　　　　　　　かえ

※ 天色是自然變暗的，用「暗く」＋自動詞「なった」。

加鹽之後變好吃了。

┌鹽┐　┌─加入了─┐
塩を　入れたので、おいしく　なりました。
しお

★加了鹽自然就變得有味道了，用「おいしく」＋自動詞「なりました」。

文法 2 形容動詞に＋なります

track 128

{形容動詞詞幹} ＋に＋なります。【變化】表示事物的變化。如上一單元說的，「なります」的變化不是人為有意圖性的，是在無意識中物體本身產生的自然變化。而即使變化是人為造成的，如果重點不在「誰改變的」，也可用此文法。形容動詞後面接「なります」，要把語尾的「だ」變成「に」。中文是：「變成…」。如例：

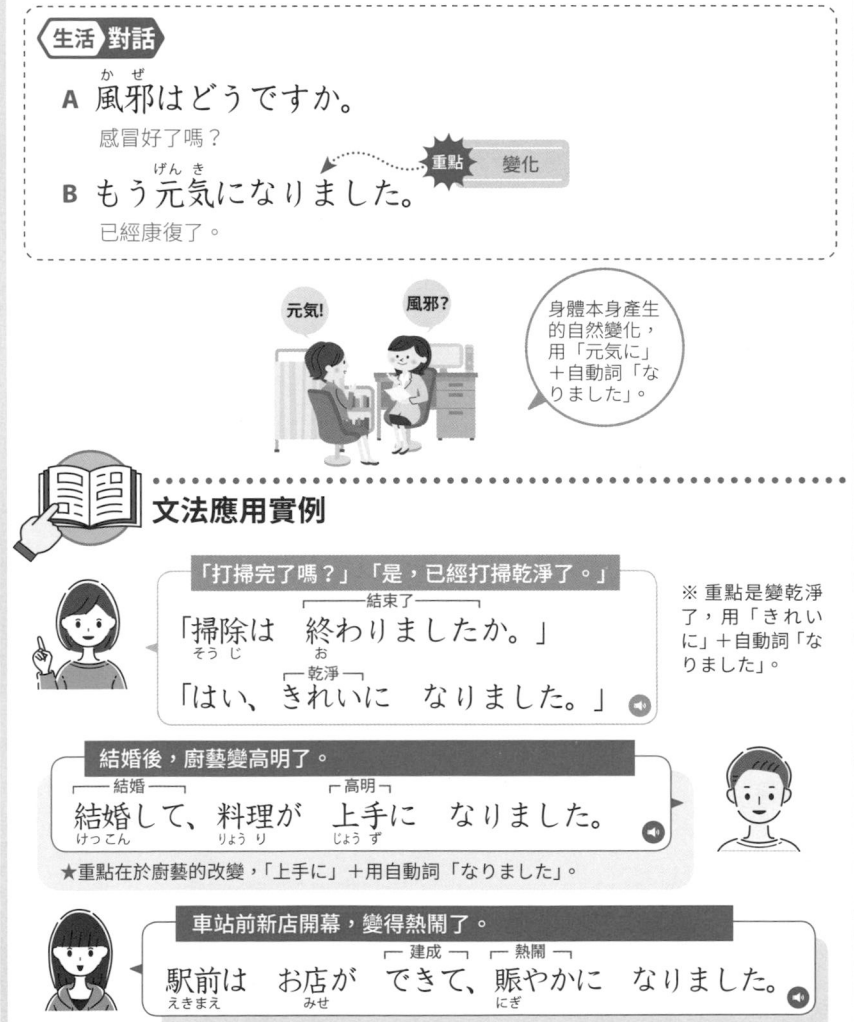

生活 對話

A 風邪はどうですか。
かぜ
感冒好了嗎？

重點 變化

B もう元気になりました。
げんき
已經康復了。

元気! 風邪?

身體本身產生的自然變化，用「元気に」＋自動詞「なりました」。

文法應用實例

「打掃完了嗎？」「是，已經打掃乾淨了。」

「掃除は　終わりましたか。」
そうじ　　お（結束了）

「はい、きれいに　なりました。」
（乾淨）

※ 重點是變乾淨了，用「きれいに」＋自動詞「なりました」。

結婚後，廚藝變高明了。

結婚して、料理が　上手に　なりました。
けっこん（結婚）　りょうり　じょうず（高明）

★重點在於廚藝的改變，「上手に」＋用自動詞「なりました」。

車站前新店開幕，變得熱鬧了。

駅前は　お店が　できて、賑やかに　なりました。
えきまえ　　みせ（建成）　　にぎ（熱鬧）

★場所本身產生的自然變化，「賑やかに」＋用自動詞「なりました」。

名詞に＋なります

track 129♫

{名詞} ＋に＋なります。【變化】表示在無意識中，事物本身產生的自然變化，這種變化並非人為有意圖性的。中文是：「變成…」。如例句；補充〔人為〕即使變化是人為造成的，如果重點不在「誰改變的」，而是狀態自然轉變的，也可用此文法。中文是：「成為…」。如對話：

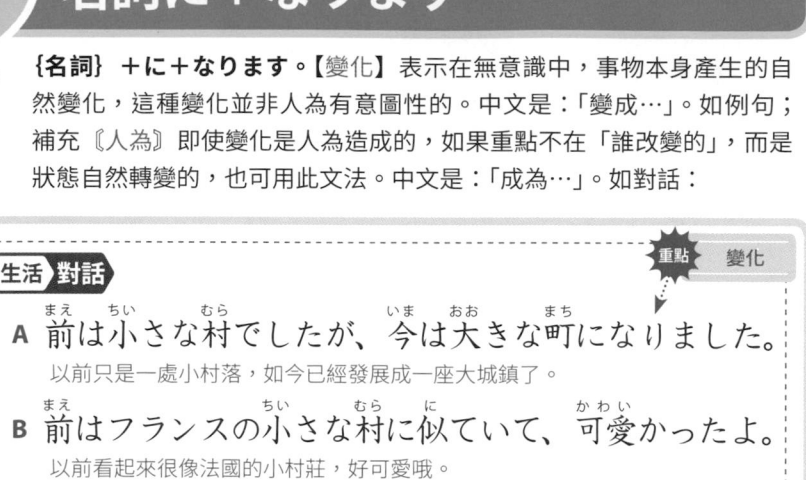

〈生活〉對話　　　　　　　　　　　　　　　　　　　重點　變化

A 前は小さな村でしたが、今は大きな町になりました。
　まえ　ちい　　むら　　　　いま　　おお　　まち
以前只是一處小村落，如今已經發展成一座大城鎮了。

B 前はフランスの小さな村に似ていて、可愛かったよ。
　まえ　　　　　　ちい　　むら　に　　　　かわい
以前看起來很像法國的小村莊，好可愛哦。

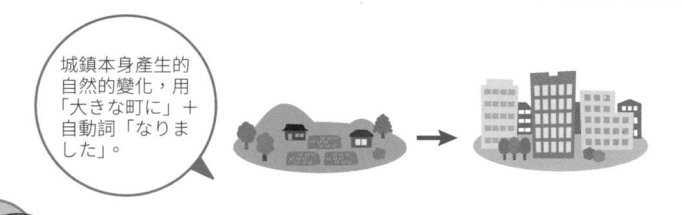

城鎮本身產生的自然的變化，用「大きな町に」＋自動詞「なりました」。

 **文法應用實例**

春天到了。

「春天」「──到了──」
春に　なりました。
はる

★季節的自然變化，用「春に」＋自動詞「なりました」。

今天將自午後開始下雨。

今日は　午後から　雨に　なります。
きょう　　ごご　　あめ

★下雨是自然的變化，用「雨に」＋自動詞「なります」。

妹妹已經是大學生了。

「妹妹」「─大學生─」
妹　は　大学生に　なりました。
いもうと　　だいがくせい

★成了「大学生」是身分自然的變化，用「大学生に」＋自動詞「なりました」。

4 形容詞く＋します

track 130 🎵

{形容詞詞幹}＋く＋します。【變化】表示事物的變化。跟「なります」比較，「なります」的變化不是人為有意圖性的，是在無意識中物體本身產生的自然變化；而「します」是表示人為的有意圖性的施加作用，而產生變化。形容詞後面接「します」，要把詞尾的「い」變成「く」。中文是：「使變成…」。如例：

生活 對話　　　　　　　　　　　　　重點　變化

A コーヒーはまだですか。はやくしてください。
咖啡還沒沖好嗎？請快一點！

B はい。ただいまお持ちいたします。
好的，馬上為您送過去。

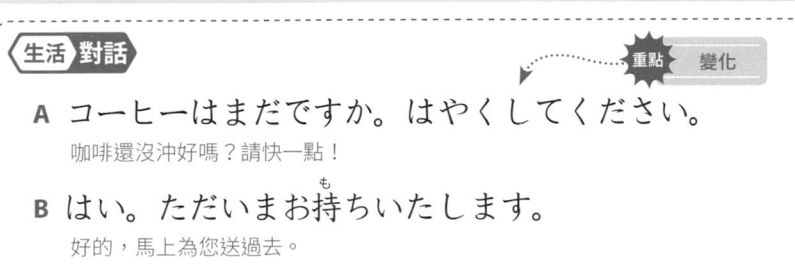

> 請對方有意圖的「はやくしてください」（動作快一點），用他動詞「します」。

文法應用實例

打開電燈，讓房間變亮。

電気を　つけて、部屋を　明るく　します。
でんき　　　　　　へや　　あか

★人為有意圖把房間「明るくします」（變亮），用他動詞「します」。

把智慧型手機上的字型調大。

スマートフォンの　字を　大きく　します。
　　　　　　　　　じ　　おお

★人為有意圖把字型「大きくします」（調大），用他動詞「します」。

行李很重吧。把東西拿出來一些。

荷物が　重いですね。もう　少し　軽く　します。
にもつ　おも　　　　　　　すこ　　かる
しましょう。

※ 人為有意圖把行李「軽くしましょう」（變輕吧），用他動詞「します」。

形容動詞に＋します

track 131 ♪

{形容動詞詞幹} **＋に＋します。**【變化】表示事物的變化。如前一單元所說的，「します」是表示人為有意圖性的施加作用，而產生變化。形容動詞後面接「します」，要把詞尾的「だ」變成「に」。中文是：「使變成…」。如對話和例句1；【命令】如為命令語氣為「にしてください」。中文是：「讓它變成…」。如例句2、3：

生活 對話

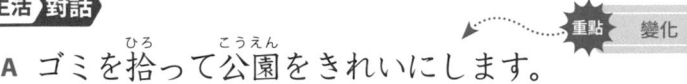
重點 變化

A ゴミを拾って公園をきれいにします。
ひろ　こうえん

撿拾垃圾讓公園恢復清潔的樣貌。

B すごーい、とてもきれいになったね。

真不敢相信，變得好乾淨喔！

人為有意圖讓公園「きれいにましす」（打掃乾淨），用他動詞「します」。

文法應用實例

把考卷上的試題出得稍微簡單一點。

　┌考試┐　　┌試題┐
テストの　問題を　もう　少し　簡単に　します。
　　　　　もんだい　　　すこ　かんたん

★人為有意圖把試題「簡単にします」（出簡單一點），用他動詞「します」。

請保持安靜！

┌安靜┐　　　　┌─請─┐
静かに　して　ください。
しず

★要人有意圖的保持「静かにして」（安靜），用他動詞「します」。

請保重身體。

┌身體┐　┌珍重┐
体を　大切に　して　ください。
からだ　たいせつ

★要人有意圖的「大切にして」（保重），用他動詞「します」。

6 名詞に＋します

track 132 ♫

{名詞}＋に＋します。【變化】表示人為有意圖性的施加作用，而產生變化。中文是：「讓…變成…、使其成為…」。如對話和例句１；【請求】請求時用「にしてください」。中文是：「請使其成為…」。如例句２、３：

生活 對話

重點 變化

A ２階は、子ども部屋にします。どう思う？

把２樓裝潢成兒童房，你覺得好不好？

B そうね。勉強も遊びもできる部屋にしたいね。
あっ、あとオンライン授業もね。

我想想……最好設計成既可以讀書又可以遊玩的房間。對了，還要能夠上遠距課程。

人為有意圖把２樓「子ども部屋にします」（設計成兒童房），用他動詞「します」。

文法應用實例

鋸掉森林的樹木，建成一座公園。

┌森林┐ ┌樹木┐
森の 木を 切って、公園に します。
もり き き こうえん

★人為有意圖把森林「公園にします」（建成一座公園），用他動詞「します」。

量太多了，請給我半碗飯就好。

┌多的┐ ┌半┐
多いので、ご飯を 半分に して
おお はん はんぶん
ください。

※ 有意圖的請求對方飯要「半分にして」（半碗），用他動詞「します」。

請把這張鈔票兌換成百圓硬幣。

┌鈔票┐ ┌硬幣┐
この お札を 100円玉に して ください。
さつ ひゃくえんだま

★有意圖的請求對方把鈔票「100円玉にして」（兌換成百圓硬幣），用他動詞「します」。

もう＋肯定

もう＋｛動詞た形；形容動詞詞幹だ｝。【完了】和動詞句一起使用，表示行為、事情或狀態到某個時間已經完了。用在疑問句的時候，表示詢問完或沒完。中文是：「已經…了」。如例：

生活 對話　　　　　　　　　重點　完了

A もう5時ですよ。いっしょに帰りましょう。
已經5點囉，我們一起回去吧。

B 一人で帰るほうが好きなんです。どうぞ、お先に。
我喜歡一個人回家。您先請吧。

「もう＋肯定」表示時間已經到了。

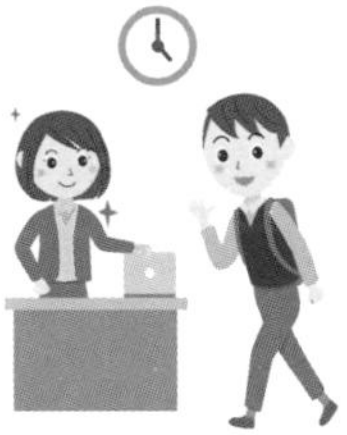

文法應用實例

丁小姐已經回去了。

丁さんは　もう　帰りました。

★「もう＋肯定」表示事情已經完了，丁小姐已回去了。

吃過飯了嗎？

ご飯は　もう　食べましたか。

★「もう＋肯定」在此表示詢問事情已經完了嗎？吃過了嗎？

「感冒好了嗎？」「已經沒事了。」

「風邪は　どうですか。」

「もう　大丈夫です。」

※「もう＋肯定」表示事情已經完了，已沒事了。

文法 8　まだ＋否定

track 134♫

まだ＋〔否定表達方式〕。【未完】表示預定的行為事情或狀態，到現在都還沒進行，或沒有完成。中文是：「還（沒有）…」。如例：

生活 對話　　　　　　　　　　　　重點　未完

A 熱がまだ下がりません。
　ねつ　　　　　さ
　發燒還沒退。

B それは大変ですね。早く病院に行ったほうがいい
　　　たいへん　　　はや　びょういん　い
　です。
　那怎麼行呢，趕快去醫院吧！

> 「まだ＋否定」
> 表示希望退燒，
> 但還沒退。

文法應用實例

這個生詞還沒學過。

この 言葉は まだ 習って いません。
　　ことば　　　　なら

> ★「まだ＋否定」
> 表示應該要學，
> 但還沒學過。

詞彙＝言葉　　學習＝習って

孫先生還沒來。

孫さんが まだ 来ません。
ソン　　　　　き

> ★「まだ＋否定」
> 表示應該要來，但
> 還沒來。

沒來＝来ません

我還沒去過日本。

私は まだ 日本に 行ったことが
わたし　　　にほん　い
ありません。

> ★「まだ＋否定」
> 表示還沒去過。

還＝まだ

もう＋否定

もう＋ **{否定表達方式}**。【否定的狀態】後接否定的表達方式，表示不能繼續某種狀態了。一般多用於感情方面達到相當程度。中文是：「已經不…了」。如例：

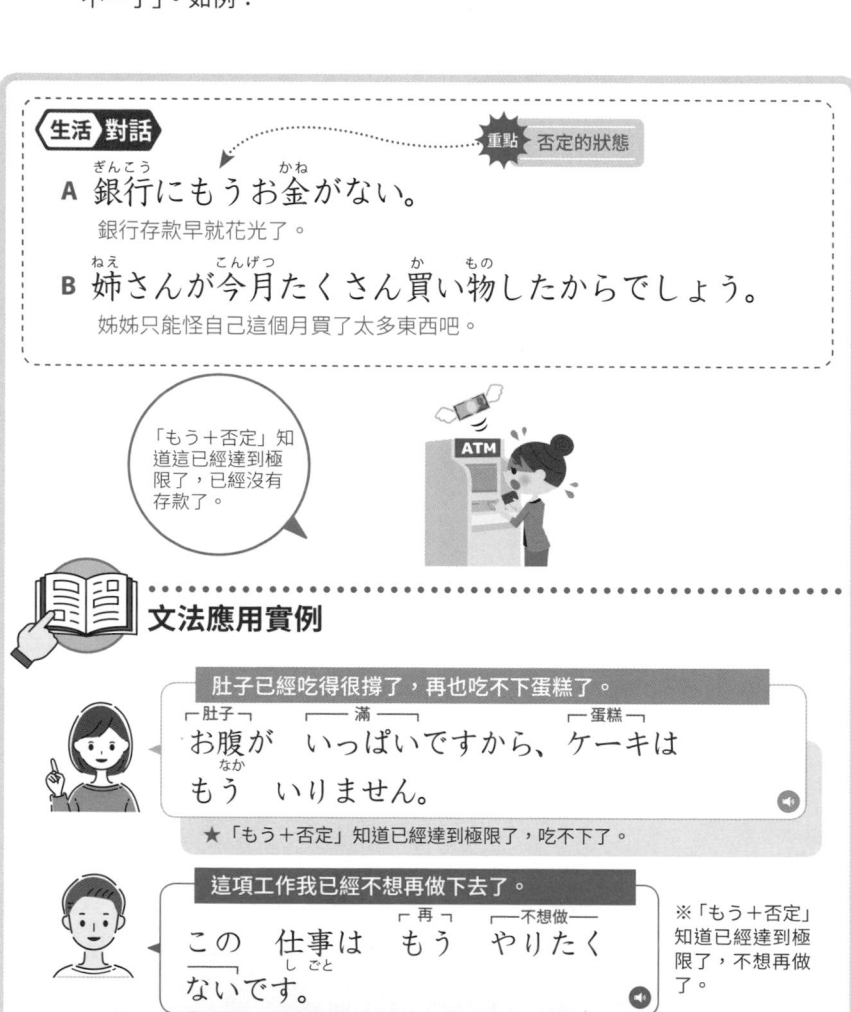

生活 對話

重點 否定的狀態

A 銀行にもうお金がない。

銀行存款早就花光了。

B 姉さんが今月たくさん買い物したからでしょう。

姉姉只能怪自己這個月買了太多東西吧。

「もう＋否定」知道這已經達到極限了，已經沒有存款了。

文法應用實例

肚子已經吃得很撐了，再也吃不下蛋糕了。

┌肚子┐ ┌─滿─┐ ┌─蛋糕┐
お腹が いっぱいですから、ケーキは
もう いりません。

★「もう＋否定」知道已經達到極限了，吃不下了。

這項工作我已經不想再做下去了。

┌─再─┐ ┌─不想做─┐
この 仕事は もう やりたく
ないです。

※「もう＋否定」知道已經達到極限了，不想再做了。

我再也不喜歡你了。

┌─你─┐ ┌─不喜歡─┐
あなたの ことは もう 好きじゃありません。

★「もう＋否定」知道已經達到極限了，不喜歡了。

10 まだ＋肯定

track 136

まだ＋｛肯定表達方式｝。【繼續】表示同樣的狀態，從過去到現在一直持續著。中文是：「還…」。如對話和例句１、２；【存在】表示還留有某些時間或還存在某東西。中文是：「還有…」。如例句３：

生活 對話　　　　　　　　　　　　重點　繼續

A 姉はまだお風呂に入っています。
あね　　　　ふ ろ　はい

姊姊還在洗澡。

B また、音楽を聴いたり、SNSをしたりしてるんじゃない。
おんがく　き

是不是又在浴室裡聽音樂、玩社交軟體了？

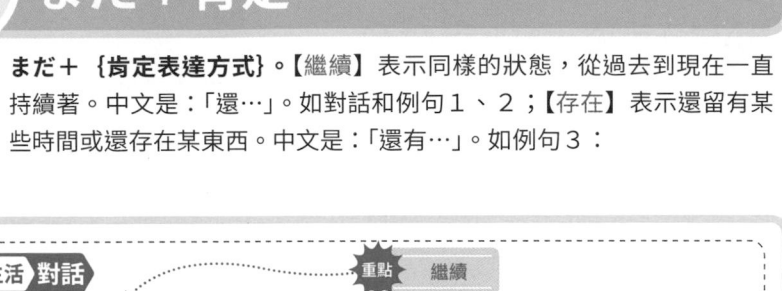

「まだ＋肯定」表同樣狀態一直持續著，還在洗澡。

文法應用實例

雖然已經是４月了，但還是很冷。

もう　４月ですが、まだ　寒いです。
　　　しがつ　　　　　　　さむ

★「まだ＋肯定」表同樣狀態一直持續著，還是很冷。

還在打電玩？快點睡！

まだ　ゲームを　して　いるの。はやく　寝なさい。
　　　　　　　　　　　　　　　　　　　　　　ね

★「まだ＋肯定」表打電玩的狀態一直持續著。

時間還非常充裕。

時間は　まだ　たくさん　あります。
じ かん

★「まだ＋肯定」表同樣狀態一直持續著，時間還同樣充裕。

小試身手 文法知多少？

請完成以下題目，從選項中，選出正確答案，並完成句子。

001 太郎は　大学生（　　）。

☐　①になりました　　②にしました

002 テレビの　音を　大き（　　）。

☐　①くなります　　②くします

003 日本語が　上手（　　）。

☐　①になりました　　②にしました

004 愛ちゃんは（　　）帰りましたよ。

☐　①まだ　　②もう

005 お客さんが　来るので、部屋と　トイレを（　　）します。

☐　①きれいな　　②きれいに

006 毎日　スポーツを　しましょう。体が（　　）なりますよ。

☐　①じょうぶに　　②じょうぶで

錯 題糾錯 Note

錯題＆錯解

正解＆解析

參考資料

新日檢擬真模擬試題

んだい1 ☐**1**☐ から ☐**5**☐ に 何を 入れますか。文章の 意味を 考えて、1・2・3・4から いちばん いい ものを 一つ えらんで ください。

日本で べんきょうして いる 学生が、「わたしの 町の 店」について ぶんしょうを 書いて、クラスの みんなの 前で 読みました。

わたしが 日本に 来た ころ、駅 ☐**1**☐ アパートへ 行く 道には 小さな 店が ならんで いて、八百屋さんや 魚屋さんが ☐**2**☐。

☐**3**☐、2か月前 その 小さな 店が ぜんぶ なくなって、大きな スーパーマーケットに なりました。

スーパーには、何 ☐**4**☐ あって べんりですが、八百屋や 魚屋の おじさん おばさんと 話が できなく なったので、☐**5**☐ なりました。

001

☐　①へ　　②に　　③から　　④で

002

☐　①あります　　②ありました　　③います　　④いました

003

☐　①また　　②だから　　③では　　④しかし

004

☐　①も　　②さえ　　③でも　　④が

005

☐　①つまらなく　　②近く　　③しずかに　　④にぎやかに

▼ 翻譯與詳解請見 P.241

模擬試題 **錯題糾錯＋解題攻略筆記！**

錯題＆錯解

正解＆解析

參考資料

断定、説明、名称、推測と存在の表現

断定、說明、名稱、推測及存在的表現

文法速記
心智圖

- じゃ
  1【轉換話題】
  2【では→じゃ】

- のだ
  1【主張】
  2【說明】
    〖口語ーんだ〗

- という＋名詞
  1【稱呼】

❶ 斷定、說明

❷ 名稱

斷定、說明、名稱、推測及存在的表現

❸ 推測

- でしょう
  1【推測】
    〖たぶん〜でしょう〗
  2【確認】

❹ 存在

- に〜があります／います
  1【存在】
    〖有生命ーいます〗
- は〜にあります／います
  1【存在】

じゃ

track 137

{名詞；形容動詞詞幹} ＋じゃ。【轉換話題】「じゃ」、「じゃあ」、「では」在文章的開頭時（或逗號的後面），表示「それでは」（那麼，那就）的意思。用在轉換新話題或場面，或表示告了一個段落。中文是：「那麼、那」。如對話和例句１；**【では→じゃ】**「じゃ」是「では」的縮略形式，也就是縮短音節的形式，一般是用在口語上。多用在跟自己比較親密的人，輕鬆交談的時候。中文是：「是…」。如例句２、３：

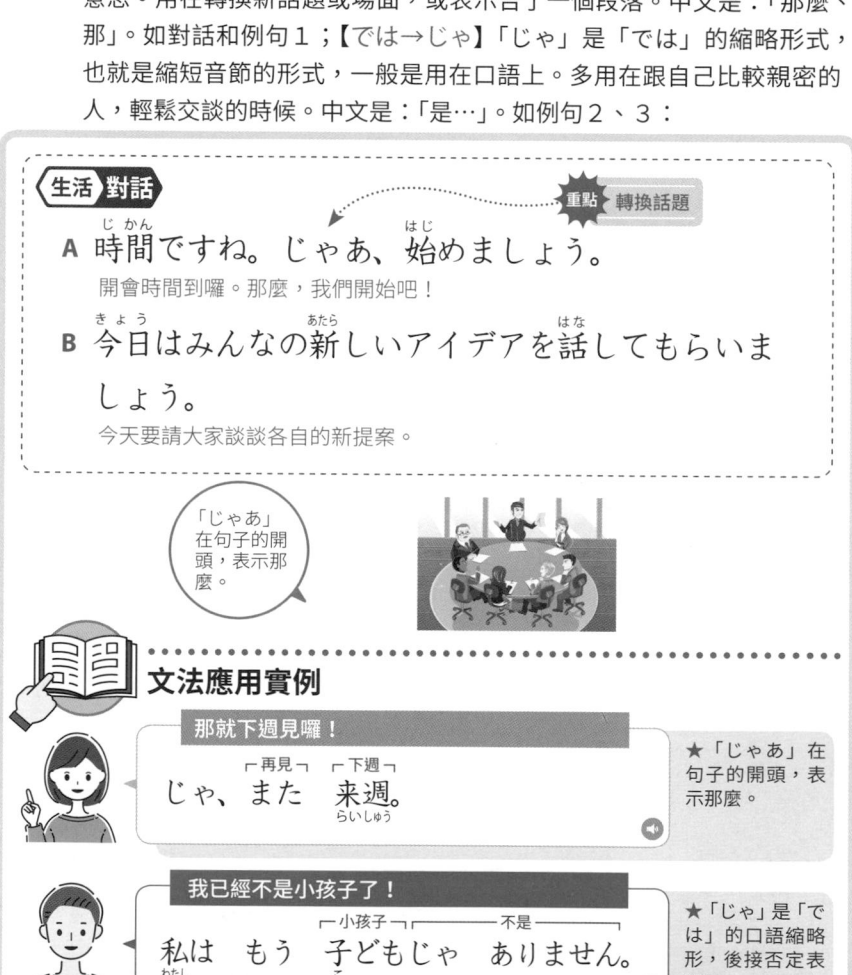

生活 對話

重點 轉換話題

A 時間ですね。じゃあ、始めましょう。
じかん　　　　　　　　　はじ

開會時間到囉。那麼，我們開始吧！

B 今日はみんなの新しいアイデアを話してもらいま
きょう　　　　　　あたら　　　　　　　　　はな

しょう。

今天要請大家談談各自的新提案。

「じゃあ」在句子的開頭，表示那麼。

文法應用實例

那就下週見囉！

┌再見┐ ┌下週┐
じゃ、また　来週。
　　　　　　　らいしゅう

★「じゃあ」在句子的開頭，表示那麼。

我已經不是小孩子了！

　　　　　┌小孩子┐ ┌──不是──┐
私は　もう　子どもじゃ　ありません。
わたし　　　　こ

★「じゃ」是「では」的口語縮略形，後接否定表不是。

忙到快昏了！

┌完全┐ ┌──不閒──┐
全然　暇じゃ　ないよ。
ぜんぜん　ひま

★「じゃ」是「では」的口語縮略形，後接否定表不是。

【主張】用於表示說話者強調個人的主張或決心。中文是：「…是…的」。如對話和例句1；【說明】{形容詞・動詞普通形} ＋のだ；{名詞；形容動詞詞幹} ＋なのだ。表示客觀地對話題的對象、狀況進行說明，或請求對方針對某些理由說明情況，一般用在發生了不尋常的情況，而說話人對此進行說明，或提出問題。中文是：「(因為) 是…」。如例句2；補充〖口語－んだ〗{形容詞動詞普通形} ＋んだ；{名詞；形容動詞詞幹} ＋なんだ。尊敬的說法是「のです」，口語的說法常將「の」換成「ん」。如例句3：

生活 對話

重點　主張

A 私（わたし）が悪（わる）かったんです。本当（ほんとう）にすみませんでした。

都怪我不好，真的非常抱歉！

B そうですか。では、今日（きょう）の掃除（そうじ）は君一人（きみひとり）でやりなさい。

是嗎？那麼，今天你一個人負責打掃吧。

「んです」是「のだ」的口語，強調個人的主張。

文法應用實例

老師，我已經想回國了。

先生（せんせい）、もう 国（くに）へ 帰（かえ）りたいんです。

★「んです」是「のだ」的口語，表示說話者的決心。

肚子好痛！是今天早上喝的牛奶過期了。

お腹（なか）が 痛（いた）い。今朝（けさ）の 牛乳（ぎゅうにゅう）が 古（ふる）かったのだ。

※「のだ」表客觀地說明。

「你來得好晚啊。」「巴士遲遲不來啊。」

「遅（おそ）かったですね。」「バスが 来（こ）なかったんです。」

★「んです」是「のだ」的口語，強調個人的主張。

3 という＋名詞

track 139 ♬ {名詞} ＋という＋ {名詞}。【稱呼】表示說明後面這個事物、人或場所的名字。一般是說話人或聽話人一方，或者雙方都不熟悉的事物。詢問「什麼」的時候可以用「何と」。中文是：「叫做…」。如例：

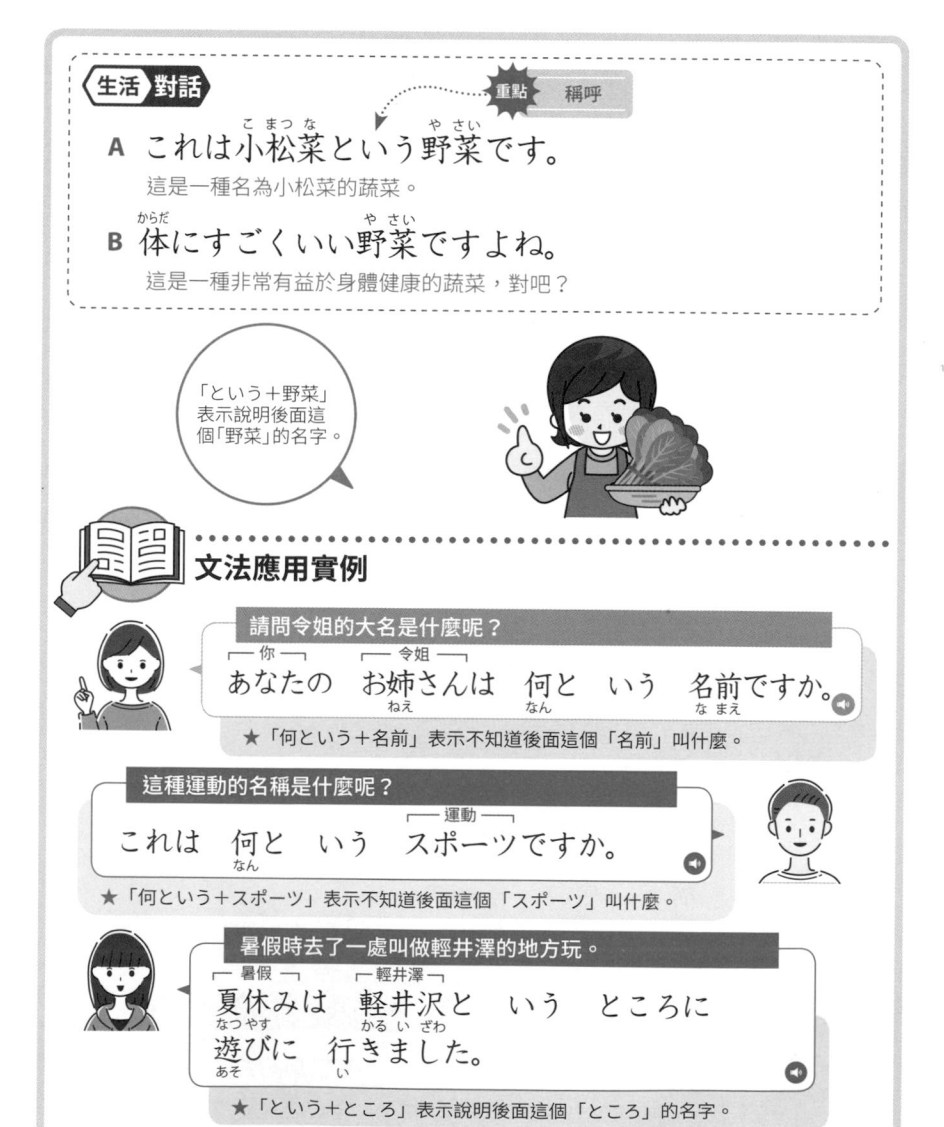

生活 對話　　　　　重點　稱呼

A これは小松菜という野菜です。
　これ是一種名為小松菜的蔬菜。

B 体にすごくいい野菜ですよね。
　這是一種非常有益於身體健康的蔬菜，對吧？

「という＋野菜」
表示說明後面這
個「野菜」的名字。

文法應用實例

請問令姐的大名是什麼呢？

―你―　　―令姐―
あなたの　お姉さんは　何と　いう　名前ですか。

★「何という＋名前」表示不知道後面這個「名前」叫什麼。

這種運動的名稱是什麼呢？

　　　　　　　―運動―
これは　何と　いう　スポーツですか。

★「何という＋スポーツ」表示不知道後面這個「スポーツ」叫什麼。

暑假時去了一處叫做輕井澤的地方玩。

―暑假―　　―輕井澤―
夏休みは　軽井沢と　いう　ところに
遊びに　行きました。

★「という＋ところ」表示說明後面這個「ところ」的名字。

でしょう

{名詞;形容動詞詞幹;形容詞・動詞普通形} ＋ **でしょう**。【推測】伴隨降調，表示說話者的推測，說話者不是很確定，不像「です」那麼肯定。中文是：「也許…、可能…」。如對話和例句1；補充〖たぶん～でしょう〗常跟「たぶん」一起使用。中文是：「大概…吧」。如例句2；【確認】表示向對方確認某件事情，或是徵詢對方的同意。中文是：「…對吧」。如例句3：

生活 對話

重點　推測

A 明日は晴れるでしょう。
　あした　は

　明天應該是晴天吧。

B テレビでは明日は晴れだと言っていましたよ。
　　　　　　あした　は　　　　　　　　い

　電視上說明天會放晴喔。

A じゃあ、明日は久しぶりに遠くまでお出かけしま
　　　　　あした　ひさ　　　　とお　　　で
しょうか。

　很久沒出去走走了，那麼明天就到遠一點的地方吧。

明天是晴天嗎？用「でしょう」伴隨降調，來表示推測。

 **文法應用實例**

晚上的月色應該很美吧。

┌晚上┐　┌月亮┐
夜は　月が　きれいでしょう。
よる　つき

★月色會很美嗎？用「でしょう」伴隨降調，來表示推測。

這個時間，老師大概不在吧。

┌時間┐　　　　　┌大概┐
この　時間は、先生は　たぶん　いないでしょう。
　　　じかん　せんせい

★不在嗎？用「でしょう」伴隨降調，來表示推測。

打破這個盤子的人是你沒錯吧？

　　┌盤子┐　┌──打破──┐
この　お皿を　割ったのは　あな
　　　さら　　わ
たでしょう。

※ 是你嗎？用「でしょう」語氣上揚或降調，向對方確認。

に～があります／います

{名詞} ＋に＋ {名詞} ＋があります／います。【存在】表某處存在某物或人，也就是無生命事物，及有生命的人或動物的存在場所，用「(場所) に (物) があります、(人) がいます」。表示事物存在的動詞有「あります／います」，無生命的事物或自己無法動的植物用「あります」。中文是：「…有…」。如對話和例句1；補充〖有生命－います〗「います」用在有生命的，自己可以動作的人或動物。如例句2、3：

〈生活〉對話   重點 存在

A テーブルの上に花瓶があります。
うえ　かびん
桌上擺著花瓶。

B あら、花瓶と1輪の花があるだけで、お部屋も明る
　　 かびん　　いちりん　はな　　　　　　　　へや　あか
くなりますね。
哇，單是擺上花瓶再插上一朵花，整個房間就感覺明亮多了。

存在的桌上用
「に」表示，「花
瓶」是無生命體
用「あります」。

文法應用實例

車站前有家銀行。

駅前に　銀行が　あります。
えきまえ ぎんこう
★存在的車站前用「に」表示，「銀行」是無生命體用「あります」。

公園裡有小朋友。

公園に　子どもが　います。
こうえん　こ

★存在的公園、
那裡用「に」表
示，「子ども、
貓」是有生命
的用「います」。

那裡有貓。

あそこに　猫が　います。
ねこ

は〜にあります／います

{名詞} ＋は＋ {名詞} ＋にあります／います。【存在】表示某物或人，存在某場所用「（物）は（場所）にあります／（人）は（場所）にいます」。中文是：「…在…」。如例：

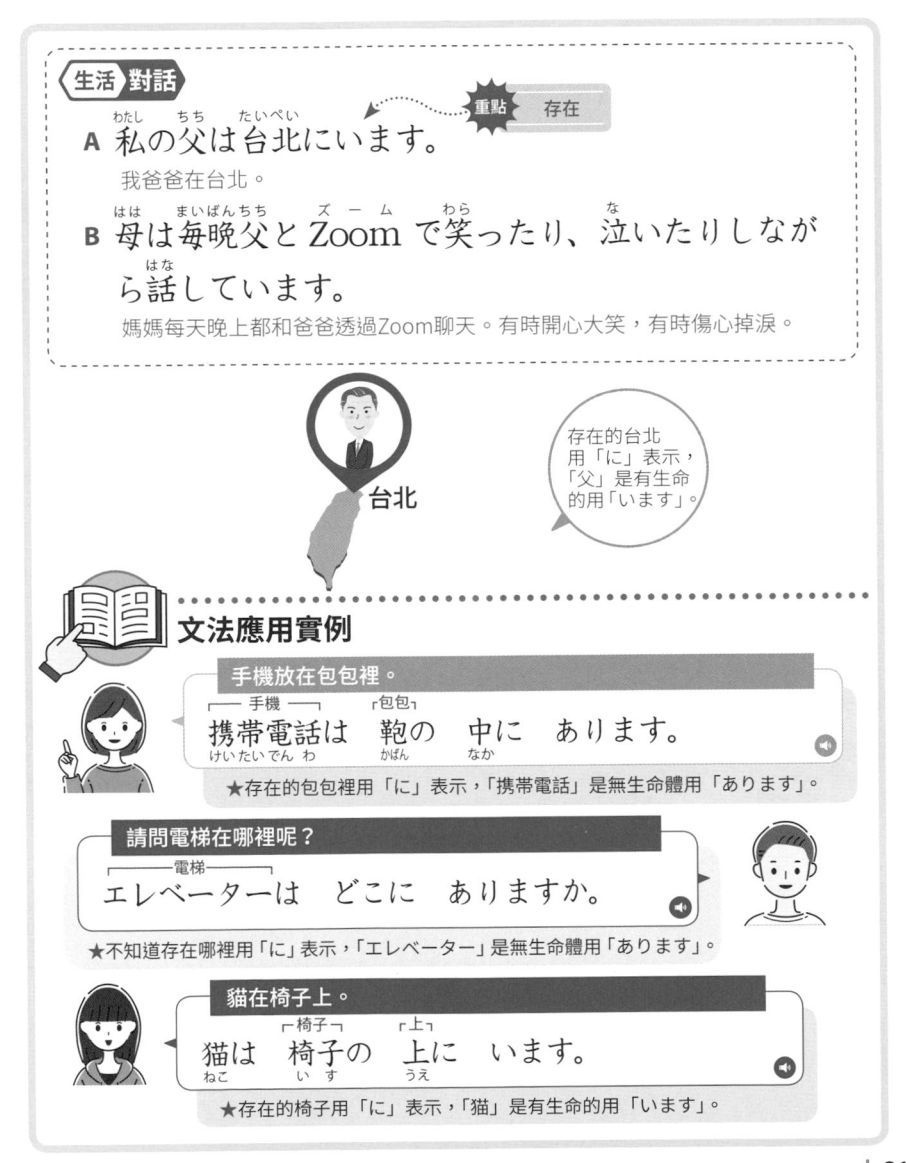

生活 對話

重點　存在

A 私の父は台北にいます。
わたし ちち たいぺい

我爸爸在台北。

B 母は毎晩父と Zoom で笑ったり、泣いたりしながら話しています。
はは まいばんちち ズーム わら　　　　な　　　　　　　　　　　はな

媽媽每天晚上都和爸爸透過Zoom聊天。有時開心大笑，有時傷心掉淚。

台北

> 存在的台北用「に」表示，「父」是有生命的用「います」。

文法應用實例

手機放在包包裡。

―手機―　　　　包包
携帯電話は　鞄の　中に　あります。
けいたいでん わ　　かばん　なか

★存在的包包裡用「に」表示，「携帯電話」是無生命體用「あります」。

請問電梯在哪裡呢？

―電梯―
エレベーターは　どこに　ありますか。

★不知道存在哪裡用「に」表示，「エレベーター」是無生命體用「あります」。

貓在椅子上。

―椅子―　―上―
猫は　椅子の　上に　います。
ねこ　　い す　　うえ

★存在的椅子用「に」表示，「猫」是有生命的用「います」。

小試身手 文法知多少？

請完成以下題目，從選項中，選出正確答案，並完成句子。

001 机の 上（　　）辞書（　　）。
□ ① に～があります　② は～にあります

002 あれは フジ（　　）花です。
□ ① と　② という

003 スマホは どこに（　　）か。
□ ① います　② あります

004 明日は 雨が 降る（　　）。
□ ① でしょう　② です

005 公園に 犬が 2匹（　　）。
□ ① あります　② います

006 鈴木さんは たぶん（　　）。
□ ① 来るですか　② 来るでしょう

錯 題糾錯 Note

錯題&錯解

正解&解析

參考資料

新日檢擬真模擬試題

もんだい1 ┌─ 1 ─┐ から ┌─ 5 ─┐ に 何を 入れますか。文章の
意味を 考えて、1・2・3・4から いちばん いい ものを
一つ えらんで ください。

日本で べんきょうして いる 学生が、「日曜日に 何を するか」
について、クラスの みんなに 話しました。

わたしは、日曜日は いつも 朝 早く おきます。へや
┌─ 1 ─┐ そうじや せんたくが おわってから、近くの こうえん
を さんぽします。こうえんは、とても ┌─ 2 ─┐ 、大きな 木が
何本も ┌─ 3 ─┐ 。きれいな 花も たくさん さいて います。
　　ごごは、としょかんに 行きます。そこで、3時間ぐらい ざっ
しを 読んだり、べんきょうを ┌─ 4 ─┐ します。としょかんから
帰る ときに 夕飯の やさいや 肉を 買います。夕飯は テレ
ビを ┌─ 5 ─┐ 、一人で ゆっくり 食べます。
　　夜は、2時間ぐらい べんきょうを して、早く ねます。

001

☐　①や　②の　③を　④に

002

☐　①ひろくで　②ひろいで　③ひろい　④ひろくて

003

☐　①います　②いります　③あるます　④あります

004

☐　①したり　②して　③しないで　④また

005

☐　①見たり　②見ても　③見ながら　④見に

▼ 翻譯與詳解請見 P.242

答案＆解題

01　格助詞的使用（一）

問題 1

＊1. 答案 3

天氣很熱，所以戴上了帽子。
1 に　　2 で　　3 を　　4 が

▲ 表示動作作用的對象（帽子），用「を」。
例：
・音楽を聞きます。
　聽音樂。
・何を飲みますか。
　要喝點什麼嗎？

※ 記住這些動詞吧！
服、シャツ→（〜を）きます
穿→衣服、襯衫

ズボン、くつ→（〜を）はきます
穿→褲子、鞋子。

ぼうし→（〜を）かぶります
戴→帽子。

めがね→（〜を）かけます
戴→眼鏡。

＊2. 答案 3

A「昨天我對你説過的事還記得嗎？」
B「是的，我記得很清楚。」
1 は　　2 に　　3 が　　4 へ

▲ 説明或修飾名詞的句子。基本句為以下
a 和 b 兩個句子。

a「きのう、わたしはあなたに（〇〇と）
　言いました。」
　「昨天我告訴過你（〇〇）了。」

b「（あなたは）a を覚えていますか。」
　「（你）還記得 a 嗎？」

▲ 整合 ab 兩句就會變成→

c（あなたは）{きのう、わたしがあなた
　に言ったこと}を覚えていますか。
　（你）記得｛昨天我告訴過你的話｝嗎？

▲ 這時候，「が」就成為修飾句中的小主語，
・わたしは→わたしが
・言いました→言った

▲ 請注意這幾點變化。例：
・A 母はケーキを作りました。
　媽媽做了蛋糕。

　B これはケーキです。
　這是蛋糕。

→C これは{母が作った}ケーキです。
　這是｛媽媽做的｝蛋糕。

※ 説明名詞的方法有以下幾種。例：

「どんなケーキ。」
「是什麼樣的蛋糕呢？」

・わたしのケーキ
　我的蛋糕

・おいしいケーキ
　好吃的蛋糕

・りんごのケーキ
　蘋果口味的蛋糕

・わたしが（の）好きなケーキ
　我喜歡的蛋糕

・母が作ったケーキ
　媽媽做的蛋糕

・店で買ったケーキ
　在店裡買的蛋糕

＊3. 答案 2

> 學生正在大學前面的路上行走。
> 1 や　　2 を　　3 が　　4 に

▲ 「(場所)を歩きます／在(場所)行走」中，表示行走的場所(範圍跟路徑)的助詞用「を」。題目中「学生が、大学の前の道（　）歩いています」，而「大学の前の道」＝場所(範圍跟路徑)，所以用「を」。

▲ 如果問題是「学生が大学の前の道（　）います。」，則要用表示存在場所的「に」。

▲ 「を」表示路徑的例子：

・道を歩きます。
　在街道行走。(行走的場所是街道)
・公園を散歩します。
　在公園散步。(散步的場所是公園)
・橋を渡ります。
　過橋。(過的是橋)
・あの角を右へ曲がります。
　在那個轉角處右轉。(轉彎的地方是那個轉角)

※ 請注意要正確使用「(場所)に」和「(場所)で」。例：

・道に犬がいます。
　路上有狗。(表示存在的場所)
・公園でテニスをします。
　在公園打網球。(表示動作的場所)

問題2

＊4. 答案 4

> A「下星期要不要去參加派對呢？」
> B「好，我想去。」
> 1 ません　　　　2 に
> 3 パーティー　　4 行き

▲ 正確語順：らいしゅう　パーティー　に　行き　ません　か。

▲ 當要邀請別人去某地時，可用「に行きませんか／要不要去…呢」或是「に行きましょう／一起去…吧」。本題的句尾是「か／呢」，所以應該是「行きませんか。」至於前面應該依序填入「パーティー／派對」和「に」。所以正確的順序是「3→2→4→1」，而　★　的部分應填入選項4「行き／去」。

＊5. 答案 2

> A「你家附近有公園嗎？」
> B「有，有一座非常大的公園。」
> 1 家の　　2 の　　3 あなた　　4 近くに

▲ 正確語順：あなた　の　家の　近くに　公園は　ありますか。

▲ 「近くに／附近」的「に」是表示公園的所在位置，所以應填在「公園は／公園」之前。至於是哪裡的附近，就在「あなたの家の／你家」附近。如此一來，正確的順序是「3→2→1→4」，而　★　的部分應填入選項2「の」。

＊6. 答案 2

> A「今天早上是幾點起床的呢？」
> B「7點半。」
> 1 おき　　2 に　　3 なんじ　　4 ました

▲ 正確語順：けさは　なんじ　に　おき　ました　か。

▲ 當詢問做某事的時間點，要用「なんじに〜しましたか／是在幾點做了…呢？」的句型。因此「けさは／今天早上」之後應接「なんじに／是在幾點」。而「か」之前應填入「ました／了」，若前面再加入「おき／起床」，連接起來就是「けさはなんじにおきましたか／今天早上幾點起床呢？」。換句話說，正確順序是

「３→２→１→４」，而 ___★___ 的部分應填入選項２「に」。

| 02　格助詞的使用（二）

＊1. 答案 4

> （在）門的前面看到了一隻可愛的狗。
> 1 は　　　2 が　　　3 へ　　　4 で

▲ 動作（見ました／看到了）發生的場所（門の前／門前）用「で」表示。例：
- 喫茶店でコーヒーを飲みます。
  在咖啡廳喝咖啡。
- 部屋の中で遊びましょう。
  在房間裡玩耍吧。

※ 請小心不要跟表示存在的場所或目的地的「に」搞混了！例：
- 喫茶店に友達がいます。
  朋友在咖啡廳（存在的場所）。
- 喫茶店に行きましょう。
  去咖啡廳（目的地）吧！

■ 文法總整理～「で」

▲ 動作發生的場所。例：
- 部屋で音楽を聞きます。
  在房間聽音樂。

▲ 方法、手段。例：
- はさみで紙を切ります。
  （道具）用剪刀剪紙。
- インターネットでことばを調べます。
  （方法）用網路查詢詞彙。
- 電車で学校へ行きます。
  （使用的交通工具）搭電車去學校。
- 家から学校まで、電車で３０分かかります。
  從家裡到學校，搭電車要花 30 分鐘。

- 日本語で手紙を書きます。
  （語言）用日文寫信。

▲ 材料。例：
- 卵と牛乳でプリンを作ります。
  用雞蛋跟牛奶製作布丁。

▲ 狀況、狀態。例：
- 着物で写真を撮ります。
  穿和服拍照。
- 家族で旅行に行きます。
  和家人一起去旅行。

▲ 原因、理由。例：
- 風邪で学校を休みました。
  因為感冒，所以向學校請假了。
- 雪で電車が止まりました。
  因為下雪，所以電車停駛了。

＊2. 答案 4

> 請沿著車站前面那條路（往）東邊走。
> 1 を　　　2 が　　　3 か　　　4 へ

▲ 方向用「へ」表示。例：
- 次の角を右へ曲がってください。
  請在下一個轉角向右轉。
- 男は駅の方へ走って行きました。
  男人朝車站的方向跑去了。

＊3. 答案 1

> A「郵局在哪裡呢？」
> B「在這個巷口（向）左轉的那邊。」
> 1 に　　　2 は　　　3 を　　　4 から

▲ 目的地用「に」表示。例：
- おふろに入ります。
  洗澡。（直譯：我要進浴室了）
- 門の前に集まります。
  在門口集合。
- バスに乗ります。
  搭乘公車。

※ 使用表示方向的「へ」亦可。

＊4. 答案 1

> 我和媽媽（在）百貨公司買東西。
> 1 で　　2 に　　3 を　　4 は

▲ 表示做動作的場所用「で」。例：

・<ruby>図書館<rt>としょかん</rt></ruby>で<ruby>勉強<rt>べんきょう</rt></ruby>します。
在圖書館讀書。

・<ruby>京都<rt>きょうと</rt></ruby>で<ruby>写真<rt>しゃしん</rt></ruby>を<ruby>撮<rt>と</rt></ruby>りました。
在京都拍了照。

《其他選項》

▲ 正確使用方法如下：

　2　デパートに（います）。
　　　在百貨公司。（表示存在的場所）
　　　デパートに（<ruby>行<rt>い</rt></ruby>きます）。
　　　去百貨公司。（表示目的地）

　3　（くつ）を（<ruby>買<rt>か</rt></ruby>います）。
　　　買鞋子。（表示動作的對象）

＊5. 答案 3

> 弟弟今天（由於）感冒而在睡覺。
> 1 を　　2 ので　　3 で　　4 へ

▲ 表示原因、理由用「で」。例：

・<ruby>来週<rt>らいしゅう</rt></ruby><ruby>仕事<rt>しごと</rt></ruby>で<ruby>北京<rt>ぺきん</rt></ruby>へ<ruby>行<rt>い</rt></ruby>きます。
下週因為工作要去北京。

・<ruby>地震<rt>じしん</rt></ruby>で<ruby>窓<rt>まど</rt></ruby>ガラスが<ruby>割<rt>わ</rt></ruby>れました。
地震導致窗玻璃破裂了。

《其他選項》

▲ 選項1「風邪を／感冒」後面應該接「引きます／罹患」。所以若是「風邪を引いて寝ています／得了感冒正在睡覺」則為正確敘述。

▲ 選項2「ので／因為、由於」是表示原因、理由的助詞，但當接在名詞後面時，「ので」要改為「なので」。所以若是「風邪なので寝ています／因為得了感冒而正在睡覺」則為正確敘述。例：

・<ruby>雨<rt>あめ</rt></ruby>なので、<ruby>出<rt>で</rt></ruby>かけません。
因為下雨，就沒外出了。（接在名詞後面的形式）

・<ruby>熱<rt>ねつ</rt></ruby>があるので、<ruby>休<rt>やす</rt></ruby>みます。
因為發燒，所以休息。（接在動詞後面的形式）

問題2

＊6. 答案 2

> A「你哥哥好嗎？」
> B「是的，他相當精神奕奕地上大學。」
> 1 げんき　　2 大学　　3 で　　4 に

▲ 正確語順：はい、とても　<ruby>元気<rt>げんき</rt></ruby>　で　<ruby>大学<rt>だいがく</rt></ruby>　に　行って　います。

▲「とても／相當」需放在形容詞或形容動詞前面，意思是「たいへん／非常」，所以「とても」後面應該接上「げんきで／精神奕奕」。至於「行っています／上、去」前面應該用「に」來表示地點，要填入「大学に」。所以正確的順序是「1→3→2→4」，而___★___的部分應填入選項2「<ruby>大学<rt>だいがく</rt></ruby>」。

| 03　格助詞的使用（三）

問題1

＊1. 答案 4

> A「你明天要（和）誰見面呢？」
> B「小學時代的朋友。」
> 1 は　　2 が　　3 へ　　4 と

▲ 做動作的對象，或一起做動作的人，用「と」表示。例：

・<ruby>父<rt>ちち</rt></ruby>と<ruby>電話<rt>でんわ</rt></ruby>で<ruby>話<rt>はな</rt></ruby>します。
和父親通電話。

・母と映画を見ました。
  和母親看電影。

＊2. 答案 2

> 圖書館從星期六（到）星期一休館。
> 1も　　2まで　　3に　　4で

▲ 表示時間或場所的範圍用「から～まで／
  從…到…」。「から／從…」表示起點，「ま
  で／到…」表示終點。例：
  ・銀行は9時から3時までです。
    銀行從9點營業到3點。
  ・家から公園まで、毎日走っています。
    每天都從家裡跑到公園。

＊3. 答案 1

> A「這是誰的書呢？」
> B「山口同學（的）。」
> 1の　　2へ　　3が　　4に

▲ 表示所有權的時候用「の／的」。本題是
  「山口くんの本です／是山口君的書」的
  句子省略了「本／書」。例：
  ・A：これはだれのかばんですか。
      這是誰的包包呢？
  ・B：佐々木さんのです。
      佐佐木先生的。

＊4. 答案 3

> 昨天我（和）朋友去了公園。
> 1が　　2は　　3と　　4に

▲ 做動作的對象，或一起做動作的人，用
  「と」表示。例：
  ・明日（わたしは）友達と会います。
    明天（我）會和朋友見面。
  ・昨日（わたしは）妹とスーパーへ行き
    ました。
    昨天（我）和妹妹一起去了超市。

＊5. 答案 1

> A「這把傘是（向）誰借的呢？」
> B「向鈴木先生借的。」
> 1から　　2まで　　3さえ　　4にも

▲ 從對方接受行為動作時，用「から／に」
  （從／從）表示。例：
  ・彼女から手紙をもらいました。
    從女友那裡收到了信。
  ・先生に辞書を借りました。
    從老師那裡借了字典。
  ・母に料理を習いました。
    向媽媽學做菜。

問題2

＊6. 答案 3

> A「你家裡養了哪些寵物呢？」
> B「有狗和貓喔。」
> 1犬　　2ねこが　　3と　　4います

▲ 正確語順：犬 と ねこが います
  よ。

▲ 由於詢問的是「どんなペットがいますか。
  ／養了哪些寵物呢？」，因此首先「いま
  す」應放在「よ」的前面，變成「います
  よ」。當要敘述兩種東西的並列時，要用
  「と～が」，也就是「犬とねこが／狗和
  貓」。所以正確的順序是「1→3→2→
  4」，而____★____的部分應填入選項3「と」。

| 04　副助詞的使用

問題1

＊1. 答案 2

> 到底（要）去還是不去，現在還不知道。
> 1と　　2か　　3や　　4の

226

▲ 本題的意思是，「(我) 會去呢，(或者) 不會去呢，還沒有決定」。當疑問句位於文章中間時，「か」的前面應為普通形。「會去或不會去」和「行くかどうか／會去與否」意思相同。例：

- 鈴木さんが英語ができるかできないか、知っていますか。
  你知道鈴木先生懂英文呢，還是不懂英文呢？
- この映画がおもしろかったかどうか、教えてください。
  請告訴我這部電影有趣與否。

＊2. 答案 4

> 我（有）兩個哥哥。
> 1 まで　　2 では　　3 から　　4 には

▲ 強調名詞的句子。例：

- 今夜、9 時には帰ります。
  今晚會在 9 點回家。
- 母には 2 年以上会っていません。
  和母親有兩年沒見面了。
- （シャワーはいいですが、）お風呂には入らないでください。
  （要淋浴可以，但）請不要泡澡。

■ 文法總整理～強調名詞的時候～

強調名詞的時候，助詞會有以下幾種變化：

▲ が、を→は。例：

- わたしはドイツ語ができません。
  我不會德文。
- →わたしはドイツ語はできません。（英語はできます）
  德文我不會。（英文的話我會）
- わたしはテレビを見ました。
  我看了電視。
- →わたしはテレビは見ました。（新聞は読みませんでした）

我看了電視。（沒有看報紙）

▲ へ、に、で→へは、には、では。例：

- 駅へバスで行きます。
  搭公車去車站。
- →駅へはバスで行きます。（公園へは歩いて行きます。）
  車站是搭公車去的。（公園則是走路去的）
- 駅前にはいい店がたくさんあります。
  車站前有很多不錯的店。
- ここでは写真を撮らないでください。
  請不要在這裡拍照。

＊3. 答案 3

> 這種肉很貴，所以（只）買一點點。
> 1 は　　2 の　　3 しか　　4 より

▲「しか～ない／只有…而已」是表示「それ以外はない／除此以外就沒有、只有」的限定用法。例：

- 私は中国語しか分かりません。
  我只會中文。
- 今 500 円しかありません。
  現在只有 500 圓。
- 昨日少ししか寝ませんでした。
  昨天只睡了一下子。

＊4. 答案 1

> A「有好多魚在游喔。」
> B「是呀。（大概）有 50 條魚左右吧。」
> 1 ぐらい　　2 までは　　3 やく　　4 などは

▲「50 ぴきぐらい／50 條左右的魚」＝「だいたい 50 ぴき／大概 50 條魚」。例：

- この映画は 10 回ぐらい見ました。
  這部電影大概看了 10 次左右。
- A：東京からパリまでどのくらいかかりますか。
  從東京到巴黎大概要花多少時間呢？

B：１３時間くらいかかります。
大約要花 13 小時。

＊5. 答案 3

> A「剛才房間裡有誰在嗎？」
> B「沒有，（誰也）不在。」
> 1 だれが　2 だれに　3 だれも　4 どれも

▲「疑問詞（だれ、なに、どこ）も～ない／
（誰、什麼、哪裡）也…沒有」後接否定
形，表示全面否定。例：

- 週末はどこも行きません。
　週末哪裡都不去。
- A：何を買いましたか。
　買了什麼呢？
- B：わたしはくつを買いました。
　我買了鞋子。
- C：わたしはなにも買いませんでした。
　我什麼都沒有買

※ 請留意「だれがいますか／有誰在嗎」和
「だれかいますか／有人在嗎」的差異。

「（疑問詞）が～」。例：

- A：部屋にだれがいますか。
　是誰在房間裡面？
- B：田中さんがいます。／だれもいま
せん。
　是田中先生在裡面。／沒有人在裡面。

「（疑問詞）か～」。例：

- A：部屋にだれかいますか。
　有人在房間裡？
- B：はい、（田中さんが）います。／
いいえ、だれもいません。
　有，有人（田中先生）在裡面。／
沒有，沒有人在裡面。

＊6. 答案 4

> A「今天是你的生日嗎？」
> B「是的。是 8 月 13 日。」
> 1 も　　2 まで　　3 から　　4 は

▲ 表示主題用「は」。例：

- 今日はいい天気ですね。
　今天天氣很好喔。
- これはあなたの本ですか。
　這是你的書嗎？

《其他選項》

▲ 選項 1，生日一年只有一天，用「今日
も／今天也」不合邏輯。

▲ 選項 3「から／從」表示起點，選項 2「ま
で／到」表示終點，用在一年只有一天
的生日也不合邏輯。例：

- 明日から４日間、大阪へ出張です。
　從明天起，要去大阪出差 4 天。
- 夏休みは８月３１日までです。
　暑假到 8 月 31 日結束。

| 05　其他助詞及接尾語的使用

問題 1

＊1. 答案 4

> A「可以教我（做）麵包的方法嗎？」
> B「可以呀！」
> 1 作ら　　2 作って　　3 作る　　4 作り

▲ 可以用「（動詞ます形）方／（動詞ます形）
法」表示製作方法，與「どう作ります
か／是怎麼做的呢」意思相同。例：

- あなたの名前の読み方を教えてくだ
さい。
　請告訴我你名字的唸法。

・漢字が覚えられません。何かいい覚え方はありませんか。
漢字都記不住，有沒有什麼好的背誦方法呢？

＊2. 答案 4

山田「田上先生有兄弟姊妹嗎？」
田上「我（雖然）有哥哥，但是沒有弟弟。」
1 から　　2 ので　　3 で　　4 が

▲「有哥哥」、「沒有弟弟」這樣前後相反的句子要用逆接表現，逆接表現的助詞用「が」。

▲用「は～が、～は～」表示對比。例：
・肉は食べますが、魚は食べません。
吃肉但是不吃魚。
・自転車はありますが、車はありません。
有腳踏車但是沒有汽車。

＊3. 答案 3

（通電話）
山田「敝姓山田，請問您那裡（有）一位田上先生（嗎）？」
田上「您好，我就是田上。」
1 では　ないですか　　2 いましたか
3 いますか　　　　　　4 ですか

▲ 文中「そちらに田上さん（は）いますか／請問您那裡（有）一位田上先生（嗎）？」的（は）省略。在會話中，助詞時常被省略。

▲ 因為前文有「そちらに／那邊」所以後文接「いますか／有…」才是正確的。

▲ 若前文沒有「そちらに」的話，「山田と申しますが、（あなたは）田上さん（　）／我叫山田，請問（您）是田上先生嗎？」選項4「ですか」以及選項1「ではないですか」都是正確的。選項2是過去式所以不正確。

※「と申します」是「といいます」較禮貌的説法。

※「そちら」是「そこ」較禮貌的説法。

＊4. 答案 3

A「是誰吃了我的便當？」
B「是妹妹吃的。」
1 に　　　2 と　　　3 が　　　4 は

▲ 本題是用「疑問詞＋が」的文法表現。當問句使用「だれ、どれ、いつ…」等疑問詞當作主語時，主語後面會接「が」，回答時主語也必須要用「が」。

＊5. 答案 2

A「請問沖繩也會下雪嗎？」
B「雖然曾經下雪，但幾乎（不下）。」
1 ふります　　　　　　2 ふりません
3 ふって　いました　4 よく　ふります

▲「あまり～ない／不太…」後接否定形，表示程度較低。例：

・このりんごはあまりおいしくないです。⇔このりんごはとてもおいしいです。
這顆蘋果不太好吃。⇔這顆蘋果非常好吃。
・彼女は料理があまり上手ではありません。⇔彼女は料理がとても上手です。
她廚藝不太好。⇔她廚藝非常好。

※ B「曾經下過…」→「（動詞た形）ことがあります」表示過去的經驗。例：

・パンダを見たことがありますか。
你曾經看過熊貓嗎？

※「～はありますが、～／雖然曾經…，但…」→「Xが、Y」。反論用「が」表示X跟Y的內容不同，表示相反的意思。例：
・日本語は、面白いですが、難しいです。
日文雖然很有趣卻也很難。

・わたしのアパートは古いですが、きれい
です。
我的公寓雖然很舊，卻很乾淨。

問題2

＊6. 答案 1

A「我家的貓一天到晚都在睡覺耶！」
B「那麼巧！我家的貓也是一樣耶！」
1ねて　2一日中　3います　4ねこは

▲ 正確語順：うちの　ねこは　一日中
ねて　います　よ。

▲ 首先，「うちの／我家的」之後應填入「ね
こは／貓」，句尾的「よ／耶」前應填入
「います／都」。「一日中／一整天」是表
達一整天一直在做某件事，用「一日中～
している／一整天都…」的説法。如此
一來本題的順序就是「4→2→1→3」，
★ 的部分應填入選項1「ねて」。

06 疑問詞的使用

問題1

＊1. 答案 2

A「你喜歡那個人的（什麼）地方呢？」
B「他非常堅強。」
1どこの　2どんな　3どれが　4どこな

▲「どんな（名詞）か」是用於詢問有關（名
詞）的説明與訊息。例：
・A：あなたのお母さんはどんな人ですか。
您的母親是一位什麼樣的人呢？
B：やさしくて、元気な人です。
既温柔又很有活力的人。
・A：どんな夏休みでしたか。
暑假過得怎麼樣？
B：楽しい夏休みでした。
暑假過得很開心。

《其他選項》
▲ 選項1若是改成「その人のどこがすき
ですか／喜歡那個人的什麼地方」則正
確。

＊2. 答案 1

A「有沒有（什麼）飲料呢？」
B「有咖啡喔！」
1何か　2何でも　3何が　4どれか

▲「何か」用來表示不特定的某物。問題的
意思是，「水かお茶かコーヒーかわから
ない（水でもお茶でもコーヒーでもい
い）が、飲み物／不確定要開水，茶，還
是咖啡（也就是開水、茶或咖啡都可以），
總之想喝飲料」。而B的回答「はい、
コーヒーがありますよ／沒問題，有咖
啡喔！」中省略了「はい／沒問題」。例：
・A：ちょっと疲れましたね。何か飲み
ませんか。
有點累了耶。要不要喝點什麼呢？
B：ええ、飲みましょう。
好呀，喝點東西吧。

《其他選項》正確用法

2　わからないことは、何でも聞いてく
ださい。
有不懂的地方，儘管問我。（包括A、B、
C全部都可以）
3　A：何が飲みたいですか。
想喝點什麼嗎？
B：コーヒーが飲みたいです。
我想喝咖啡。

＊3. 答案 4

桌上（什麼東西都）沒有。
1何でも　2だれも　3何が　4何も

230

▲ 「（なに、だれ、どこ…）も～ない／（什麼東西、誰、哪裡…）都沒有…」的否定形句型，表示全部都沒有。例：

・冷蔵庫の中に何もありません。
　冰箱裡什麼都沒有。

・今日は何も食べていません。
　今天什麼東西都沒吃。

・ここには何も書かないでください。
　請不要在這裡寫任何標記。

《其他選項》

▲ 選項 1「何でも／什麼都」的肯定形句型，表示全部都有，每一項都可以。

▲ 選項 2，由於動詞是「ありません／沒有」，因此主語不是人（だれ／誰）而是物（なに／什麼東西）。主語是人時，動詞應是「いません／不在」。

▲ 選項 3 疑問句「何が／哪裡」要以「ですか」、「ますか」結尾。

＊4. 答案 2

A「那件襯衫是花了（多少錢）買的呢？」
B「兩千圓。」
1 どう　2 いくら　3 何　4 どこ

▲ 由於回答是「２千円です／兩千圓」，所以問句應該選用於詢問價錢的「いくら／多少錢」。

問題 2

＊5. 答案 3

A「昨天你是幾點離開家門的呢？」
B「9 點半。」
1 家　　2 出ました　　3 を　　4 に

▲ 正確語順：きのうは　何時　に　家　を　出ました　か。

▲ 詢問事件的時間點要用「なんじに～か／

幾點…呢」。因此，「なんじ／幾點」後應該接「に」，而句尾的「か」的前面應該接「出ました／離開家門」。「を」是接在名詞後的助詞，因此順序應是「家」「を」。如此一來正確的順序就是「4→1→3→2」，　★　的部分應填入選項 3「を」。

＊6. 答案 4

（在百貨公司裡）
顧客「請問賣手帕的專櫃在幾樓呢？」
員工「在 2 樓。」
1 は　　2 みせ　　3 です　　4 なんがい

▲ 正確語順：ハンカチの　店　は　何階　です　か。

▲ 由於員工回答「在 2 樓」，由此可知顧客詢問的是手帕專櫃在幾樓。因此在「ハンカチの／手帕的」之後應該接「みせ／專櫃」「は」。而最後的「か／呢」之前則是「です／在」。也就是說，順序應該是「2→1→4→3」，所以　★　的部分應填入選項 4「なんかい／幾樓」。

07 指示詞的使用

問題一

在日本留學的學生以〈我和電腦〉為題名寫了一篇文章，並且在班上同學的面前誦讀給大家聽。

　我每天都在家裡使用電腦。需要查詢資料時，電腦非常便利。

　要外出的時候，可以先查到應該在哪個車站搭電車或地鐵，或者是店家的位置。

> 　我們留學生對日本的交通道路不太熟悉，所以如果沒有電腦，實在非常傷腦筋。

＊1. 答案 1

> 1 べんり　2 高（たか）い　3 安（やす）い　4 ぬるい

▲ 文中提到「何かを調べるときに／當查詢資料時」，從句意而言，以「便利（べんり）」最正確答案。

※「とき（に）」的使用方法。例：

・わたしは、新聞（しんぶん）を読（よ）むとき（に）、めがねをかけます。
　我在閱讀報紙時會戴眼鏡。
・この時計（とけい）は、日本（にほん）へ来（く）るとき（に）、父（ちち）にもらいました。
　這只錶是我來日本時，爸爸送我的。

＊2. 答案 2

> 1 どこ　　2 どの　　3 そこ　　4 あの

▲ 文中提到「乗るのかを／搭乘呢」，看到「か」知道填空處，要來一個疑問指示詞，而「どこ」後面不能接名詞，所以答案以後接名詞的連體詞「どの」為正確。

＊3. 答案 4

> 1 しらべる　　　　2 しらべよう
> 3 しらべて　　　　4 しらべたり

▲ 這裡使用「～たり、～たりします／又…又…／一下子…一下子…」的句型。

※ 請注意「～」的部分放在句中的什麼地方→一下子「どの乗り物に乗るのかを調べ／查詢搭乘哪種交通工具」，一下子「店の場所を調べ／查詢店家的位置」。

＊4. 答案 3

> 1 しって　いる　　　2 おしえない
> 3 しらない　　　　　4 あるいて　いる

▲「あまり／太」後面需接否定形。而選項2跟選項3都是否定型，但選項2「教えない／不告訴」的意思並不符合，因此正確答案是選項3「しらない／不知道」。

＊5. 答案 4

> 1 むずかしいです　　2 しずかです
> 3 いいです　　　　　4 こまります

《其他選項》

▲ 選項1「難しいです／困難」、選項2「静かです／安靜」、「パソコンがないと～／沒有電腦的話…」意思就是「パソコンがないとき、いつも～／當沒有電腦的時候，總是…」。就文意來說，以選項1和選項4的意思較適切。又，這句話的主語是「わたしたち留学生は／我們留學生」，所以選項1「難しいです」不符合文意。正確用法如下：

×わたしは、(漢字（かんじ）がわからないと）難（むずか）しいです。
　我（如果不懂漢字會）覺得困難。
○わたしは、(漢字（かんじ）がわからないと）困（こま）ります。
　我（如果不懂漢字會）覺得困擾。
○漢字（かんじ）の勉強（べんきょう）は、難（むずか）しいです。
　學習漢字很困難。

問題1

＊1. 答案 1

> 這家店的拉麵（既便宜）又好吃。
> 1 やすくて　　　　2 やすい
> 3 やすいので　　　4 やすければ

▲ 本題的意思是「この店のラーメンは安い
です。そして、おいしいです／這家店的
拉麵很便宜，而且好吃」。當連接形容詞
句時，「(形容詞) いです」應改為「(形容
詞) くて」。例：

・このカメラは小さくて、軽いです。
這台相機又小又輕。
・教室は広くて、明るいです。
教室又寬敞又明亮。

《其他選項》

▲ 選項 3「安いので／因為便宜」的「の
で／因為」是表示理由的用法。但是「安
い／便宜」和「おいしい／好吃」之間
並沒有因果關係，所以不是正確答案。

＊2. 答案 1

> 我妹妹的歌唱得（很好）。
> 1 じょうずに　　　2 じょうずだ
> 3 じょうずなら　　4 じょうずの

▲ 當使用形容動詞修飾動詞時，「形容動詞
な」應改為「形容動詞に」。本題是在
「妹は歌を歌います／妹妹在唱歌」的基
本句上予以補充說明（どう歌いますか
／她唱歌好聽嗎）是「上手に歌います
／唱得很好聽」。例：

・ケーキをきれいに並べます。
把蛋糕擺得整齊漂亮。
・使い方を簡単に説明してください。
請簡單說明使用方法。

※ 當使用形容詞修飾動詞時，「形容詞い」
應改為「形容詞く」。例：

・ここに名前を大きく書きます。
在這裡大大地寫上名字。

・よくわかりました。
我清楚地了解了。

＊3. 答案 4

> A「夜色真是（靜謐）哪。」
> B「是呀，蟲兒在院子裡叫著。」
> 1 しずかなら　　　2 しずかに
> 3 しずかだ　　　　4 しずかな

▲ 形容動詞接續名詞時，需改為「な」的
形式。「夜／晚上」是名詞。例：

・きれいな花ですね。
真是美麗的花呀！
・大切な話をします。
有重要的事要講。

※ 形容動詞接續動詞時，需改為「に」的
形式。例：

・簡単に説明してください。
請簡單地說明。
・この町は有名になりました。
這個城鎮變得很有名了。

問題2

＊4. 答案 4

> A「在日本的食物當中，你喜歡什麼樣
> 的呢？」
> B「在日本的食物當中，我喜歡的是天
> 婦羅。」
> 1 は　　2 すきな　　3 わたしが　　4 の

▲ 正確語順：日本の　食べ物で　わたし
が　すきな　の　は　てんぷらです。

▲「てんぷらです／天婦羅」之前填入「は」。
「わたしが／我」的後面應接「すきな／
喜歡的」。「の」可以替代「東西」或「事

情」等名詞，所以原句「わたしがすき
なものは／我喜歡的東西是」可替代成
「わたしがすきなのは／我喜歡的是」。
如此一來順序就是「3→2→4→1」，
　★　的部分應填入選項4「の」。

＊5. 答案 2

> 這個房間非常寬敞又安靜呢。
> 1 です　　2 て　　3 ひろく　　4 しずか

▲ 正確語順：この　部屋は　とても　広
く　て　静か　です　ね。

▲「とても／非常」應接在形容詞或形容動
詞之前。以這題來說，就是接在「ひろ
く／寬敞」或「しずか／安靜」之前。
那麼，如何分辨應該接在「ひろく」還
是「しずか」之前呢？由於「て」是接
在「ひろく」之後，所以順序應「ひ
ろくてしずか」。另外，「ね」之前則是
「です」。所以正確的順序是「3→2→
4→1」，而　★　的部分應填入選項2
「て」。

＊6. 答案 4

> A「山田小姐是個什麼樣的人呢？」
> B「是一位非常漂亮而且很有幽默感的
> 　人喔！」
> 1 人　　　　　　2 です
> 3 きれいで　　　4 たのしい

▲ 正確語順：とても　きれいで　楽しい
人　です　よ。

▲ 由於問的是一位什麼樣的人，所以句尾
的「よ／喔」前面應填入「人です／是
人」。形容詞「たのしい／有幽默感的」
應接在名詞「人」之前，連接起來就是
「きれいでたのしい人／漂亮又有幽默感
的人」。所以正確的順序是「3→4→
1→2」，而　★　的部分應填入選項4

「たのしい」。

09　動詞的表現

問題1

＊1. 答案 4

> 中山「大田小姐，那個皮包真漂亮呀！
> 　　　已經用很久了嗎？」
> 大田「不是的，上星期（買的）。」
> 1 かいます　　　　2 もって　いました
> 3 ありました　　　4 かいました

▲ 想一想當被詢問「（あなたはバッグを）
前から持っていましたか／（你的提包）
是從以前就有的嗎」時，應該回答什麼。

▲「(動詞て形) ています」表示狀態。例：
・A：あなたは車を持っていますか。
　　　你有車子嗎？
　B：はい、持っています。
　　　有，我有車子。
　A：いつから持っていますか。
　　　從什麼時候開始有的呢？
　B：昨年から持っています。昨年買い
　　　ました。
　　　從去年開始。去年買的。

▲ 由於題目問的是「前から／從以前」，所
以回答應該是「いいえ、先週から持っ
ています。先週買いました／不，從上
星期開始。上星期買的。」

※「前から持っていましたか／從以前開
始就有的嗎？」這樣的問法，隱含的意
思是「今までずっと（持っている）／到
現在都一直（有的）」，和「前から持っ
ていますか」意思相同。

《其他選項》

▲ 選項1因為題目是「先週／上星期」，所
以回答應該是過去式。

▲ 選項 2 因為題目是「先週／上星期」，所以用進行式的「ています／一直…」不合邏輯。例：

・私は結婚しています。
我結婚了。（表示狀態）

・私は先月結婚しました。
我上個月結了婚。（表示一次性的行為）

＊2. 答案 3

這裡（有）買好的明信片，請自行取用。
1 やります　　　　2 ください
3 あります　　　　4 おかない

▲「(他動詞て形) あります／…著、有」是表示物體的狀態，用在敘述某人基於某種意圖而從事行為的結果。例：

・机の上に花が飾ってあります。
桌上擺飾著花朵。

・ノートに名前が書いてあります。
筆記本上寫著名字。

・牛乳は冷蔵庫に入れてあります。
牛奶放在冰箱裡。

・A：パーティーの用意はできていますか。
宴會都準備好了嗎？

　B：はい、食べ物はもう買ってあります。
是的，食物已經買好了。

＊3. 答案 4

夜空中掛（著）一輪明月。
1 いきます　　　　2 あります
3 みます　　　　　4 います

▲「(自動詞て形) います／…著、在」是表示物體的狀態。相較於「(他動詞て形) あります／…著、有」用在敘述某人基於某種意圖而從事行為的結果，「(自動詞て形) います」則是用在單純敘述看到的狀況。例：

・時計が止まっています。
時鐘是停著的。

・ドアが開いています。
門開著。

・A：パンはどこですか。
麵包在哪裡呢？

　B：パンは冷蔵庫に入っています。
麵包放在冰箱裡。

＊4. 答案 1

在慶生會上（又）吃又喝地享用了美食。
1 たり　　　2 て　　　3 たら　　　4 だり

▲ 本題使用的句型是「たり、〜たりします／又…又…、時而…時而…」。

＊5. 答案 4

A「你的眼睛是紅的哦。昨天晚上是幾點睡的呢？」
B「昨天晚上（沒有睡），一直在讀書。」
1 寝なくて　　　　2 寝たくて
3 寝てより　　　　4 寝ないで

▲「(動詞①ない形) ないで動詞②／不而動詞②」的句型表示不做動詞①而改做動詞②。例：

・今日は大学に行かないで、家で勉強します。
今天不去大學，（而）在家裡唸書。

・お菓子を食べないで、ご飯を食べなさい。
別吃零食，（而）來吃飯！

《其他選項》

▲ 選項 1「(動詞ない形) なくて／無法」表示原因、理由。例：

・子どもが寝なくて、困っています。
孩子一直不睡覺，讓我很困擾。

・宿題の作文が書けなくて、泣きたくなりました。
習題的作文寫不出來，快要哭了。

▲ 選項 1，從語意思考，「寝ない／不睡覺」並不是「勉強した／用功了」的理由，所

以不是正確答案。

▲ 選項 2「寝たくて／想睡」也是表原因、理由。例：

・音が聞きたくて、大きくしました。
因為想聽聲音，所以把音量調大了。

・あなたに会いたくて来ました。
因為太想見你所以來了。

從語意思考，選項 2 同樣不是正確答案。

▲ 選項 3，沒有「寝てより」這種說法。如果要用「より〜（の方）が／與其…還不如…（來得）」的句型，應該是「寝る（動詞辭書形）より／與其睡覺」。此時句尾應該是「寝るより勉強した方がいいです／與其睡覺不如用功來得好」。

※ 也請順便記住「（動詞①ない形）で動詞②」的另一種用法吧！

「（動詞①ない形）で動詞②」亦可表示動詞②在動詞①的狀態下進行。例：

・電気をつけないで寝ます。
不開燈睡覺。（亦即，在不開燈的狀態下睡覺）

・コーヒーは砂糖を入れないで飲みます。
咖啡喝不加糖的。（亦即，通常喝無糖咖啡）

※「（動詞①て形）て、動詞②」的用法也相同。例：

・電気をつけて寝ます。
開著燈睡覺。

・コーヒーは砂糖を入れて飲みます。
咖啡喝加糖的。（亦即，通常喝摻糖咖啡）

問題 2

＊ 6. 答案 3

中山「林小姐在假日會做些什麼呢？」
林「讓我想想，通常都打高爾夫球。」
1 います　2 して　3 を　4 ゴルフ

▲ 正確語順：そうですね、たいてい　ゴルフ　を　して　います。

▲「何をしていますか／做些什麼呢」這樣的問句通常用「をしています／通常…」來回答。因此，句尾應依序填入「をしています」這 3 個選項，至於「何（を）／什麼」的部分則應填入「ゴルフ／高爾夫」。所以，正確的順序是「4→3→2→1」，而 ★ 的部分應填入選項 3「を」。

| **10** 要求、授受、提議及勸誘的表現

問題 1

＊ 1. 答案 2

A「下回要不要一起爬山呢？」
B「好耶！我們一起（去爬山吧）！」
1 のぼるでしょう　2 のぼりましょう
3 のぼりません　4 のぼって　います

▲ 當收到提議「（動詞ます形）ませんか／要不要（動詞ます形）…呢」的時候，應該回答「はい、（動詞ます形）ましょう／好，去（動詞ます形）吧」。例：

・A：ちょっと休みませんか。
要不要稍微休息一下呢？

B：ええ、休みましょう。
好的，休息吧。

・A：今夜食事に行きませんか。
今晚要不要去吃飯呢？

B：いいですね、行きましょう。
好啊，去吃飯吧。

※「ましょう」亦可用於邀約對方的時候。例：

・みなさん、はやく行きましょう。
各位，快走吧。

- ご飯ができました。さあ、食べましょう。
  飯做好了。來，吃吧！

＊2. 答案 2

> A「昨天因為生日，從朋友那裡（收到了）花。就是這個。」
> B「花真漂亮！」
> 1 あげました　　　2 もらいました
> 3 ください　　　　4 ほしいです

▲ 從情境中的「これです／就是這個」，知道生日的人是A。「友達に花をもらいました／從朋友那裡收到了花」中的「に／從」是「友達にA へ／從朋友到A」的用法，由此可以知道花是以「友達→私／朋友→我」的方向移動。因此，「友達に花を」的後面一定是接2的「もらう／收到」。

＊3. 答案 4

> A「好熱！要不要喝點什麼呢？」
> B「真的好熱！我（想喝）冰果汁。」
> 1 飲みましょう　　2 ください
> 3 飲んでください　4 飲みたいです

▲ 想邀約對方跟自己做某事用句型「（動詞ます形）ませんか／要不要…呢」。而這一提問的回答，看到「ジュースが」的「が」知道，答案是4的「飲みたいです」。這是來自「○○が＋他動詞たい」這一句型。「飲む」是他動詞。

▲「何か」表示不特定的某物。例：
- A：何が食べたいですか。
  有想吃什麼嗎？
- B：お刺身が食べたいです。
  我想吃生魚片。

＊4. 答案 4

> （在蔬果店裡）
> 大島「請給我那種紅蘋果5顆。」
> 店員「好的，這個給您。」
> 1 を　　　　　　　2 赤い
> 3 5こ　　　　　　4 りんご

▲ 正確語順：その　赤い　りんご　を　5こ　ください。

▲ 當想表達請給我某種東西時，可用「をください／請給我…」的句型。若要加上數量「○こ／○個」時，會用「を○こください／請給我…○個」的句型。因此，句尾「ください」的前面應填入「を5こ」。而「赤い／紅」後面應該接名詞「りんご／蘋果」。所以正確的順序是「2→4→1→3」，而 ＿＿★＿＿ 的部分應填入選項4「りんご」。

＊5. 答案 4

> A「請問車站在哪裡呢？」
> B「我不曉得，可以請你去派出所問警察嗎？」
> 1 に　　　　　　　2 おまわりさん
> 3 ください　　　　4 聞いて

▲ 正確語順：知らないので、交番で　おまわりさん　に　聞いて　ください　ませんか。

▲ 央託別人時，可以用「してください／請…」，或者更有禮貌的「してくださいませんか／可否請…」以及「してくださいますか／可以請…」這些句型。這題的句尾是「ませんか」，因此應該是「聞いてくださいませんか／可否請您去請教嗎」。在這句之前應填入表示「だれに／向誰（詢問）」的詞，只要放上「お

まわりさんに／向警察」即可。所以正確的順序是「２→１→４→３」，而____★____的部分應填入選項４「聞いて」。

＊6. 答案 4

田中「我買這個。高橋小姐買哪個好呢？」
高橋「我<u>要</u>再小<u>些</u><u>輕些的</u>。」
　１ほしい　　２の　　３かるい　　４が

▲ 正確語順：私は　もっと　ちいさくて　<u>かるい</u>　<u>の</u>　<u>が</u>　<u>ほしい</u>　です。

▲ 希望得到某物時，句型可以用「がほしい／想要…」。看到句尾是「です」，知道前面應該是「がほしい」。看到題目句的「ちいさくて／小的」判斷是形容詞後接形容詞的使用，因此後面應該接形容詞「かるい／輕的」，來表示兩種屬性的並列「又小又輕」。最後剩下選項「の」，知道是名詞化的形式，就是「がほしい」喜歡的對象。因此放在「がほしい」的前面。所以正確的順序是「３→２→４→１」，而____★____的部分應填入選項４「が」。

11 希望、意志、原因、比較及程度的表現

問題 1

在日本留學的學生以〈我的家庭〉為題名寫了一篇文章，並且在班上同學的面前誦讀給大家聽。

我的家人包括父母、我、妹妹共4個人。我爸爸是警察，每天都工作到很晚，連星期天也不常在家裡。我媽媽的廚藝很好，媽媽做的焗烤料理全家人都說好吃。等我回國以後，想再吃一次媽媽做的焗烤料理。

由於妹妹長大了，媽媽便開始在附近的超級市場裡工作。我妹妹雖然還是個中學生，但是從小就學鋼琴，所以現在已經彈得比我還好了。

＊1. 答案 3

　１だけ　　２て　　３まで　　４から

▲「まで／到」表示終點。例：
・会社は９時から５時までです。
　公司（的上班時間）是從９點到５點。
・昨夜は１２時まで勉強しました。
　昨天用功到了１２點。

▲「遅く／很晚」和「遅い時間／很晚的時刻」意思相同。例：
・彼は毎晩遅くまで起きています。
　他每天到很晚都沒睡。
・彼は昨夜遅くに電話をかけてきました。
　他昨天深夜時打了電話來。

＊2. 答案 1

　１いません　　　　　２います
　３あります　　　　　４ありません

▲ 由於接在「あまり／太」後面，所以要用否定形。而主語是「父は／爸爸」，所以要選「いません／不在」而不是「ありません／沒有」。

＊3. 答案 3

　１食べる　　　　　２食べて　ほしい
　３食べたい　　　　４食べた

▲ 基本句是「私はグラタンを（　）です／我（　）焗烤」，可以填在「です」前面的應該是選項２「食べてほしいか／想吃嗎」或選項３「食べたい／想吃」的其中一個。當要表達「私は○○を食べた

238

い／我想吃〇〇」的時候，吃東西的主詞是「私／我」；當要表達「私は(人に)〇〇を食べてほしい／我想讓(某人)吃〇〇」的時候，吃東西的主詞是(某人)。因此正確答案是「食べたい」。例：

・「たい」私はこの映画が見たいです。
　「たい／想」我想看這個電影。
　「てほしい」私はこの映画をあなたに見てほしいです。
　「てほしい／希望」我希望你能看這個電影。
・「たい」私は医者になりたいです。
　「たい／想」我想當醫生。
　「てほしい」私は息子に医者になってほしいです。
　「てほしい／希望」我希望兒子能當醫生。

＊4. 答案 4

1 やめました	2 はじまりました
3 やすみました	4 はじめました

▲「スーパーで／在超市」句中的「で」是表示動作的場所。選項 1「(仕事を)やめました／辭去了(超市的工作)」以及選項 3「(仕事を)休みましたは／向(超市老闆)請假了」，這兩項都不是在超市裡做的動作，也不符合文意，所以不是正確答案。接在「スーパーで」後面的動作應該是選項 2「始まりました(自動詞)／開始了」或選項 3「始めました(他動詞)／開始了」。由於題目中的目的語是「仕事を／工作」，所以後面接的是他動詞「始めました」。

《其他選項》

1 母はスーパーの仕事をやめました。
　媽媽辭去了超市的工作。
2 学校は 4 月から始まります。
　學校是從 4 月開始。(自動詞用法)

・パーティーは 7 時に始まります。
　宴會是 7 點開始。
3 母はスーパーの仕事を休みました。
　媽媽向超市請假了。

＊5. 答案 2

1 では	2 より	3 でも	4 だけ

▲ 主語是「妹」。「妹は私( )上手です／妹妹( )我拿手」意思是和「我」比較，因此選擇「より／比、較」。

| 12　時間的表現

問題 1

＊1. 答案 4

吃完晚餐(之後)去洗澡。
1 まま　2 まえに　3 すぎ　4 あとで

▲「A(動詞過去式)あとで、B(動詞)」表示在 A 動作之後做另一個動作 B。這種敘述方式用來表達動作 B 動作不是在 A 動作之前做的，而是在 A 動作之後做的。例：

・勉強したあとで、テレビを見ます。
　念完書後看電視。
・家を出たあとで、雨が降ってきました。
　出門後就開始下雨了。

※ 請順便記下「(名詞)のあとで、(動詞)／在(名詞)之後，(動詞)」的句型吧！例：

・スポーツのあとで、シャワーを浴びます。
　運動後淋浴。
・仕事のあとで、映画を見ませんか。
　工作結束後要不要看個電影呢？

▲ 選項 2「在…之前」用於句型「A(動詞

辭書形）まえに、B（動詞）」，這種敘述方式用來表達 B 動作不是在 A 動作之後做的，而是在 A 動作之前做的。例：

・寝る前に、歯を磨きます。
　在睡覺前刷牙。

＊2. 答案 2

在睡覺（前）要刷牙喔！
1 まえから　　　　2 まえに
3 のまえに　　　　4 まえを

▲ 表示時間的助詞用「に」。表示兩的動作有前後順序之分時用「（動詞辭書形）前に／…之前，先…」。例：

・友達が来る前に部屋を掃除します。
　在朋友來之前打掃房間。
・雨が降る前に帰りましょう。
　在下雨前回家吧！

※ 一起記住「（名詞）の前に／…前」跟「（表示時間的用語）前に／…前」吧！例：

・食事の前に手を洗います。
　在吃飯前洗手。
・テストの前に勉強しました。
　在考試前用功唸了書。（名詞）
・2年前に日本に来ました。
　兩年前來日本。
・手紙は3日前に出しました。
　信已經在3天前寄出了。（期間）

＊3. 答案 1

先打掃完房間（之後）再出門。
1 から　2 まで　3 ので　4 より

▲ 在一個句子當中，同時出現「掃除をします／打掃」和「出かけます／出門」兩個動詞。藉由「（動詞て形）から（動詞）／之後（動詞）」的句型表示兩個動作的前後關係。例：

・宿題をしてから、晩ご飯を食べます。
　功課做完後再吃晚餐。
・切符を買ってから入ってください。
　請先買好票再進場

＊4. 答案 1

我姊姊（一邊）彈著吉他（一邊）唱歌。
1 ながら　2 ちゅう　3 ごろ　4 たい

▲「（動詞ます形）ながら／一邊（做動作）」表示一個人同時進行兩個動作。例：

a 音楽を聞きながら、食事をします。
　邊聽音樂邊吃飯。
b 働きながら、学校に通っています。
　一邊工作一邊上學。

→也可以像例句 b 用在長時間從事某件事物。

《其他選項》

▲ 正確使用方法如下：

2 この本は今月中に返してください。
　這本書請在這個月內歸還。
・授業中です。静かにしましょう。
　上課中，請保持安靜。
3 では、明日 10 時ごろに行きます。
　那麼，明天 10 點左右前往。
・このごろ、元気がありませんね。
　最近沒什麼精神喔。

問題2

＊5. 答案 1

先做功課以後再玩。
1 して　2 しゅくだい　3 を　4 から

▲ 正確語順：宿題 を して から 遊びます。

▲「を」前接表目的語的名詞，像是「を食べる／吃…」、「をする／做…」，而在本題中，應是「しゅくだいを／作業」。「か

240

ら」表示前後關係，因此要表達「しゅくだいをしたあとで／做完功課以後」時，可以用「しゅくだいをしてから／先做功課」。如此一來順序就是「2→3→1→4」，__★__的部分應填入選項1「して」。

＊6. 答案 2

到百貨公司購物後，再去看電影吧！
1 あと　　2 映画(えいが)　　3 した　　4 を

▲ 正確語順：デパートで 買(か)い物(もの)を し
た あと 映画(えいが) を 見(み)に 行(い)きま
しょう。

▲ 要表示前項動作做完後，做後項的動作，句型可以用「動詞た形＋あと／…以後…」。由於句子前面提到了「買い物を」因此緊接著應該填入「したあと」。接下來看到句尾的「見に行きましょう」，判斷是表示移動的目的，而這移動目的的對象是「映画」，表示對象助詞用「を」。

▲ 所以正確的順序是「3→1→2→4」，而__★__的部分應填入選項2「映画」。

| 13　變化及時間變化的表現

問題 1

在日本留學的學生以〈我居住的街市上的店〉為題名寫了一篇文章，並且在班上同學的面前誦讀給大家聽。

> 我剛來到日本的時候，從車站走到公寓的這一段路上，沿途一家家小商店林立，有蔬果店也有魚舖。
> 可是，在兩個月前那些小商店全部都消失了，換成了一家大型超級市場。

> 超級市場裡面什麼都有，非常方便，但是從此無法與蔬果店和魚舖的老闆及老闆娘聊天，走這段路變得很無聊了。

＊1. 答案 3

1 へ　　2 に　　3 から　　4 で

▲「{駅からアパートへ行く} 道には、〜／{從車站到公寓}的路徑是…」中，{ } 的部分是在説明該走哪條路（修飾名詞）。而「から／從」則表示起點。

＊2. 答案 2

1 あります　　　　2 ありました
3 います　　　　　4 いました

▲ 由「わたしが日本に来たころ／我來到日本的那時候」可以知道是過去的事。選項2跟選項4都是過去式。另外，文中「八百屋さん／蔬果店」和「魚屋さん／魚舖」指的不是人物而是店家，由此可知正確答案是「ありました」。

※ 請留意「八百屋さん」跟「魚屋さん」有時用來指經營該店鋪的老闆或店員。例：
・あの背(せ)の高(たか)い魚屋(さかなや)さんは本当(ほんとう)に親切(しんせつ)だ。
那位身材高大的魚舖老闆相當親切。

＊3. 答案 4

1 また　　2 だから　　3 では　　4 しかし

▲ 在 3 後面的敘述是「その小さな店が全部なくなって、〜／那些小店全都消失了…」，而 3 前面則提到林立的小店，也就是 3 前後兩段描述相反的內容，所以應該填入表示逆接的連接詞「しかし／但是」。

《其他選項》正確用法

1　また今度お願いします。
　　下次再麻煩您了。

2　雨だよ。だから、もう帰ろうよ。
　　下雨了！所以，我們該回家了啦。

→比「だから」更禮貌的説法是「ですから」。

3　授業を終わります。では、また明日。
　　課程到這裡結束。那麼，明天見。

＊4. 答案　3

1も	2さえ	3でも	4が

▲「何(なん)でも」是指「任何東西(事物)全部都」的意思。例：

・食べたい物は、何でも食べてください。
　想吃的東西，什麼都請盡量吃。

・彼は本をたくさん読むので、何でもよく知っている。
　他讀了很多書，所以無所不知。

《其他選項》

▲選項1若唸作「何(なに)も」後面接否定形，表示「全然～ない／完全沒有…」的意思。例：

・今朝から何も食べていません。
　從今天早上就什麼都沒吃。

・昨日のことは何も知りません。
　昨天的事我什麼都不知道。

＊5. 答案　1

1 つまらなく	2 近く
3 しずかに	4 にぎやかに

▲「便利ですが、(～ので)、つまらなくなりました／雖然方便，(因為…)，但是變得缺乏趣味了」這句話中，「便利ですが」的「が」是逆接。由於「便利」含有正向語意，因此 ⑤ 應填入意思相反的詞彙。

▲「～と話ができなくなったので／由於沒辦法和…聊天」句中的「ので／由於」是表現原因、理由的用法。因為沒辦法聊天，所以導致了 ⑤ 的結果。從選項的語意判斷，符合的是選項1或選項3。但是選項3「しずかに／安靜」並不是無法和老闆及老闆娘聊天對作者造成的結果，所以不對，因此正確答案是選項1「つまらなく／缺乏趣味」。

▲「べんりです／方便」和「つまらなくなりました／變得缺乏趣味」這兩句話都是表達作者的想法和心情。

▲「(形容詞)く＋なります／變得」表示人或事物的變化。例：

・弟は背が高くなりました。
　弟弟長高了。

・スープが冷たくなりました。
　湯變涼了。

▲ 也一起記住「形容動詞に＋なります」「名詞に＋なります」的用法吧。例：

・ピアノが上手になりました。
　鋼琴變得很拿手了。(形容動詞)

・今年、大学生になりました。
　今年開始就是大學生了。(名詞)

---

14 斷定、說明、名稱、推測及存在的表現

問題 1

在日本留學的學生以〈星期天做什麼呢〉為題名寫了一篇文章，並且在班上同學的面前誦讀給大家聽。

　　我星期天總是很早起床。打掃完房間、洗完衣服以後，我會到附近的公園散步。那座公園很大，有好幾棵大樹，也開著很多美麗的花。

下午我會去圖書館，在那裡待３個小時左右，看看雜誌或者是讀讀功課。從圖書館回來的路上買做晚飯用的蔬菜和肉等等。晚飯一面看電視，一面自己一個人慢慢吃。

晚上大約用功兩個小時就早早上床睡覺。

＊1. 答案 2

1 や	2 の	3 を	4 に

▲ 當把「部屋を掃除します／要打掃房間」變成名詞時，要將「を」換成「の」，成為「部屋の掃除／打掃房間」。本題的「部屋の掃除」和「洗濯／洗衣服」兩項事物並排列舉。例：
- 英語を勉強します→英語の勉強
  要學習英語。→英語學習
- 姉が結婚します→姉の結婚
  姉姉要結婚。→姉姉的婚禮

＊2. 答案 4

1 ひろくで	2 ひろいで
3 ひろい	4 ひろくて

▲ 本題的意思是「公園はとても広いです。そして、～／公園非常寬廣，而且…」。當形容詞連接後續語句時，「形容詞いです」應改為「形容詞くて」。例：
- この携帯電話は新しくて、便利です。
  這支手機是新款的，使用方便。
- テストは難しくて、全然できませんでした。
  試題很難，連一題都答不出來。

＊3. 答案 4

1 います	2 いります
3 あるます	4 あります

▲「(公園には) 大きな木が何本も（ ）／(公園裡)（ ）好幾棵高大的樹木」，這個句子的主語是「木が／樹」，所以動詞是「あります／有」。

＊4. 答案 1

1 したり	2 して	3 しないで	4 また

▲ 這裡要用「～たり、～たりします／有時…，有時…」這一句型。

＊5. 答案 3

1 見たり	2 見ても	3 見ながら	4 見に

▲ 基本句是「(わたしは) 夕飯を食べます／(我) 吃晚餐」，變化為「(わたしは) テレビを（ ）、夕飯を食べます／(我)（ ）電視，吃晚餐」。「テレビを見ます／看電視」和「夕飯を食べます／吃晚餐」是同時進行的兩件事，這時要用「～ながら／一邊…一邊…」。

※ 本題的主語並不是「わたしは／我」而是「夕飯は／晚餐」。這個句子是在說明「夕飯をどう食べますか／是如何吃晚餐的呢？」。這時，其隱含的意思相當於「(朝食は～ですが、) 夕飯は～です／(早餐雖然是…) 晚餐則是…」中的「は」。

自學必背 N5 單字

㈠ 基本單字

● 星期

日文單字	中譯
にちようび【日曜日】	星期日
げつようび【月曜日】	星期一
かようび【火曜日】	星期二
すいようび【水曜日】	星期三
もくようび【木曜日】	星期四
きんようび【金曜日】	星期五
どようび【土曜日】	星期六
たんじょうび【誕生日】	生日

● 日期

日文單字	中譯
ついたち【一日】	（每月）一號，初一
ふつか【二日】	（每月）二號，二日；兩天；第二天
みっか【三日】	（每月）三號；三天
よっか【四日】	（每月）四號，四日；四天
いつか【五日】	（每月）五號，五日；五
むいか【六日】	（每月）六號，六日；六天
なのか【七日】	（每月）七號；七日，七天
ようか【八日】	（每月）八號，八日；八天
ここのか【九日】	（每月）九號，九日；九天
とおか【十日】	（每月）十號，十日；十天
はつか【二十日】	（每月）二十日；二十天
いちにち【一日】	一天，終日；一整天；一號（ついたち）
カレンダー【calendar】	日曆；全年記事表

● 顏色

日文單字	中譯
あおい【青い】	藍的，綠的，青的；不成熟
あかい【赤い】	紅的
きいろい【黄色い】	黃色，黃色的

日文單字	中譯
くろい【黒い】	黑色的；褐色；骯髒；黑暗
しろい【白い】	白色的；空白；乾淨，潔白
ちゃいろ【茶色】	茶色
みどり【緑】	綠色
いろ【色】	顏色，彩色

㈡ 動植物、大自然

◉ 家族

日文單字	中譯
おじいさん【お祖父さん・お爺さん】	祖父；外公；（對一般老年男子的稱呼）爺爺
おばあさん【お祖母さん・お婆さん】	祖母；外祖母；（對一般老年婦女的稱呼）老婆婆
おとうさん【お父さん】	（「父」的鄭重說法）爸爸，父親
ちち【父】	家父，爸爸，父親
おかあさん【お母さん】	（「母」的鄭重說法）媽媽，母親
はは【母】	家母，媽媽，母親
おにいさん【お兄さん】	哥哥（「兄さん」的鄭重說法）
あに【兄】	哥哥，家兄；姐夫
おねえさん【お姉さん】	姊姊（「姉さん」的鄭重說法）
あね【姉】	姊姊，家姊；嫂子
おとうと【弟】	弟弟（鄭重說法是「弟さん」）
いもうと【妹】	妹妹（鄭重說法是「妹さん」）
おじさん【伯父さん・叔父さん】	伯伯，叔叔，舅舅，姨丈，姑丈
おばさん【伯母さん・叔母さん】	姨媽，嬸嬸，姑媽，伯母，舅媽

◉ 人物的稱呼

日文單字	中譯
あなた【貴方・貴女】	（對長輩或平輩尊稱）你，您；（妻子稱呼先生）老公
わたし【私】	我（謙遜的說法 "わたくし"）
おとこ【男】	男性，男子，男人
おんな【女】	女人，女性，婦女
おとこのこ【男の子】	男孩子；年輕小伙子
おんなのこ【女の子】	女孩子；少女
おとな【大人】	大人，成人

日文單字	中譯
こども【子供】	自己的兒女；小孩，孩子，兒童
がいこくじん【外国人】	外國人
ともだち【友達】	朋友，友人
さん	（接在人名，職稱後表敬意或親切）…先生，…小姐

◉ 大自然

日文單字	中譯
いぬ【犬】	狗
ねこ【猫】	貓
はな【花】	花
さかな【魚】	魚
どうぶつ【動物】	（生物兩大類之一的）動物；（人類以外，特別指哺乳類）動物

◉ 季節、氣象

日文單字	中譯
はる【春】	春天，春季
なつ【夏】	夏天，夏季
あき【秋】	秋天，秋季
ふゆ【冬】	冬天，冬季
かぜ【風】	風
あめ【雨】	雨，下雨，雨天
ゆき【雪】	雪
てんき【天気】	天氣；晴天，好天氣
あつい【暑い】	（天氣）熱，炎熱
さむい【寒い】	（天氣）寒冷
すずしい【涼しい】	涼爽，涼爽
はれる【晴れる】	（天氣）晴，（雨，雪）停止，放晴

(三) 日常生活

◉ 身邊的物品

日文單字	中譯
かばん【鞄】	皮包，提包，公事包，書包
にもつ【荷物】	行李，貨物

ぼうし【帽子】	帽子
ネクタイ【necktie】	領帶
ハンカチ【handkerchief】	手帕
めがね【眼鏡】	眼鏡
さいふ【財布】	錢包
スリッパ【slipper】	室內拖鞋
くつ【靴】	鞋子
くつした【靴下】	襪子

● 衣服

日文單字	中譯
せびろ【背広】	（男子穿的）西裝（的上衣）
ワイシャツ【white shirt】	襯衫
うわぎ【上着】	上衣；外衣
シャツ【shirt】	襯衫
コート【coat】	外套，大衣；（西裝的）上衣
ようふく【洋服】	西服，西裝
ズボン【(法) jupon】	西裝褲；褲子
ボタン【(葡) botão button】	釦子，鈕釦；按鍵
セーター【sweater】	毛衣
スカート【skirt】	裙子

● 食物

日文單字	中譯
コーヒー【(荷) koffie】	咖啡
ぎゅうにゅう【牛乳】	牛奶
おさけ【お酒】	酒（「酒」的鄭重說法）；清酒
にく【肉】	肉
みず【水】	水；冷水
おちゃ【お茶】	茶，茶葉（「茶」的鄭重說法）；茶道
パン【(葡) pão】	麵包
やさい【野菜】	蔬菜，青菜
たまご【卵】	蛋，卵；鴨蛋，雞蛋
くだもの【果物】	水果，鮮果

● 器皿、調味料

日文單字	中譯
バター【butter】	奶油
しょうゆ【醤油】	醬油
しお【塩】	鹽，食鹽
さとう【砂糖】	砂糖
おさら【お皿】	盤子（「皿」的鄭重說法）
ちゃわん【茶碗】	碗，茶杯，飯碗
グラス【glass】	玻璃杯；玻璃
コップ【（荷）kop】	杯子，玻璃杯
カップ【cup】	杯子；（有把）茶杯

● 住家

日文單字	中譯
いえ【家】	房子，房屋；（自己的）家；家庭
うち【家】	自己的家裡（庭）；房屋
にわ【庭】	庭院，院子，院落
かぎ【鍵】	鑰匙；鎖頭；關鍵
アパート【apartment house 之略】	公寓
ドア【door】	（大多指西式前後推開的）門；(任何出入口的) 門
つくえ【机】	桌子，書桌
いす【椅子】	椅子
へや【部屋】	房間；屋子
まど【窓】	窗戶
ベッド【bed】	床，床舖
シャワー【shower】	淋浴
トイレ【toilet】	廁所，洗手間，盥洗室
ふろ【風呂】	浴缸，澡盆；洗澡；洗澡熱水
でんき【電気】	電力；電燈；電器
とけい【時計】	鐘錶，手錶
でんわ【電話】	電話；打電話
ほんだな【本棚】	書架，書櫃，書櫥
れいぞうこ【冷蔵庫】	冰箱，冷藏室，冷藏庫

テレビ【television 之略】	電視

● 建築物

日文單字	中譯
みせ【店】	店，商店，店鋪，攤子
えいがかん【映画館】	電影院
びょういん【病院】	醫院
たいしかん【大使館】	大使館
きっさてん【喫茶店】	咖啡店
レストラン【（法）restaurant】	西餐廳
たてもの【建物】	建築物，房屋
デパート【department store】	百貨公司
やおや【八百屋】	蔬果店，菜舖
こうえん【公園】	公園
ぎんこう【銀行】	銀行
ゆうびんきょく【郵便局】	郵局
ホテル【hotel】	（西式）飯店，旅館

● 方向、位置

日文單字	中譯
ひがし【東】	東，東方，東邊
にし【西】	西，西邊，西方
みなみ【南】	南，南方，南邊
きた【北】	北，北方，北邊
うえ【上】	（位置）上面，上部
した【下】	（位置的）下，下面，底下；年紀小
ひだり【左】	左，左邊；左手
みぎ【右】	右，右側，右邊，右方
そと【外】	外面，外邊；戶外
なか【中】	裡面，內部；其中
まえ【前】	（空間的）前，前面
うしろ【後ろ】	後面；背面，背地裡
むこう【向こう】	前面，正對面；另一側；那邊

㈣ 表示狀態的形容詞

◉ 意思相對的詞

日文單字	中譯
あつい【熱い】	（溫度）熱的，燙的
つめたい【冷たい】	冷，涼；冷淡，不熱情
あたらしい【新しい】	新的；新鮮的；時髦的
ふるい【古い】	以往；老舊，年久，老式
おいしい【美味しい】	美味的，可口的，好吃的
まずい【不味い】	不好吃，難吃
おもい【重い】	（份量）重，沉重
かるい【軽い】	輕的，輕快的；（程度）輕微的；輕鬆的
おもしろい【面白い】	好玩；有趣，新奇；可笑的
つまらない	無趣，沒意思；無意義
きたない【汚い】	骯髒；（看上去）雜亂無章，亂七八糟
きれい【綺麗】	漂亮，好看；整潔，乾淨
しずか【静か】	靜止；平靜，沈穩；慢慢，輕輕
にぎやか【賑やか】	熱鬧，繁華；有說有笑，鬧哄哄
じょうず【上手】	（某種技術等）擅長，高明，厲害
へた【下手】	（技術等）不高明，不擅長，笨拙
つよい【強い】	強悍，有力；強壯，結實；擅長的
よわい【弱い】	弱的；不擅長
むずかしい【難しい】	難，困難，難辦；麻煩，複雜
やさしい【易しい】	簡單，容易，易懂
あかるい【明るい】	明亮；光明，明朗；鮮豔
くらい【暗い】	（光線）暗，黑暗；（顏色）發暗，發黑
はやい【速い】	（速度等）快速
おそい【遅い】	（速度上）慢，緩慢；（時間上）遲的，晚到的；趕不上

㈤ 表示動作的動詞

◉ 意思相對的詞

日文單字	中譯
いれる【入れる】	放入，裝進；送進，收容；計算進去
だす【出す】	拿出，取出；提出；寄出

うる【売る】	賣，販賣；出賣
かう【買う】	購買
おす【押す】	推，擠；壓，按；蓋章
ひく【引く】	拉，拖；翻查；感染（傷風感冒）
おりる【下りる・降りる】	【下りる】（從高處）下來，降落；（霜雪等）落下；【降りる】（從車，船等）下來
のる【乗る】	騎乘，坐；登上
かす【貸す】	借出，借給；出租；提供幫助（智慧與力量）
かりる【借りる】	借進（錢、東西等）；借助
でかける【出掛ける】	出去，出門，到…去；要出去
かえる【帰る】	回來，回家，歸去，歸還
やすむ【休む】	休息，歇息；停歇；睡，就寢；請假，缺勤
はたらく【働く】	工作，勞動，做工
よむ【読む】	閱讀，看；唸，朗讀
かく【書く】	寫，書寫；作（畫）；寫作（文章等）

◉ 自動詞、他動詞

日文單字	中譯
あく【開く】	開，打開；開始，開業
あける【開ける】	打開，開（著）；開業
かかる【掛かる】	懸掛，掛上；覆蓋；花費
かける【掛ける】	掛在（牆壁）；戴上（眼鏡）；捆上，打（電話）
きえる【消える】	（燈，火等）熄滅；（雪等）融化；消失，看不見
けす【消す】	熄掉，撲滅；關掉，弄滅；消失，抹去
しまる【閉まる】	關閉；關門，停止營業
しめる【閉める】	關閉，合上；繫緊，束緊
ならぶ【並ぶ】	並排，並列，列隊
ならべる【並べる】	排列；並排，陳列；擺，擺放
はじまる【始まる】	開始，開頭；發生
はじめる【始める】	開始，創始

Index 索引

MEMO

我的貼身日檢老師
絕對合格 全攻略！

自學合格 06

新制日檢 **N5** 必背必出文法 (25K)

───── MP3 + 朗讀 QR-Code

發行人	林德勝
著者	吉松由美、田中陽子、西村惠子、千田晴夫、大山和佳子、林勝田、山田社日檢題庫小組
出版發行	山田社文化事業有限公司
	地址 臺北市大安區安和路一段112巷17號7樓
	電話 02-2755-7622　02-2755-7628
	傳真 02-2700-1887
郵政劃撥	19867160號　大原文化事業有限公司
總經銷	聯合發行股份有限公司
	地址 新北市新店區寶橋路235巷6弄6號2樓
	電話 02-2917-8022
	傳真 02-2915-6275
印刷	上鎰數位科技印刷有限公司
法律顧問	林長振法律事務所　林長振律師
定價	新台幣 349 元
初版	2022年 11 月

© ISBN : 978-986-246-721-3
2022, Shan Tian She Culture Co. , Ltd.

朗讀QR-code